KB108148

오사카 소년 탐정단

JYUUJIYASHIKI NO PIERO

ⓒ Keigo Higashino 1989

All rights reserved.

Original Japanese edition published by KODANSHA LTD.

Korean translation rights arranged with KODANSHA LTD.

through EntersKorea Co., Ltd.

이 책의 한국어판 저작권은 (주)엔터스코리아를 통해 저작권자와 독점 계약한
도서출판 재인에 있습니다.
신저작권법에 의해 한국 내에서 보호를 받는 저작물이므로 무단 전재와 무단 복제를 금합니다.

오사카 소년 탐정단

초판 1쇄 펴낸 날 2014년 8월 6일 7쇄 펴낸 날 2022년 8월 5일
지은이 히가시노 게이고 **옮긴이** 김난주 **펴낸이** 박설림 **펴낸곳** 도서출판 재인 **디자인** 오필민디자인
등록 2003. 7. 2. 제300-2003-119 **주소** 서울시 강남구 도곡동 467-6 대림아크로텔 1812호
전화 02-571-6858 **팩스** 02-571-6857

ISBN 978-89-90982-59-9 03830 Copyright ⓒ 재인, 2014 Printed in Korea.

책값은 뒤표지에 표시되어 있습니다. 잘못된 책은 바꿔 드립니다.

오사카 소년 탐정단

入禁止 大阪府警察 出入

HIGASHINO KEIGO

히가시노 게이고 지음 김난주 옮김

재인

시노부 선생님의 추리

1

다 쓰러져 가는 연립 주택이 온통 흔들릴 정도로 우당탕거리며 누군가가 계단을 뛰어 내려왔다. 그러기 직전에는 문을 쾅 닫는 요란한 소리가 들렸다. 밤 11시다. 아이들이 소란을 피울 시간대도 아니다. 잠시 후 "여보!" 하는 소리가 자지러졌다. 생활고가 느껴지는 약간 쉰 목소리다.

"돈 가져가지 말라고 했잖아!"

'돈'이라고 하면 득달같이 반응하는 것이 오사카 다운타운의 특징이다. 여태껏 닫혀 있던 창문들 중 두세 개가 이 한마디에 열렸다. 소리를 지른 여자네 바로 옆집에 사는 야마다 도쿠코라는, 쉰 살이 넘은 깡마른 여자도 구경꾼 중 하나였다. 그녀는 밖에서 벌어지는 소동을 잘 봐야겠다고 생각했는지 일부러 안경까지 꺼내 쓰고 있었다. 그녀의 집은 2층이라서 내려다보는 모양새다.

연립 주택 앞에는 조그만 공터가 있다. 거기에 경트럭 한 대가 서 있었다. 이미 시동이 걸려 있어 꽁무니에서 하얀 연기가 간헐적으로 흘러나온다. 소리 지른 여자가 차 앞을 돌아 운전석 옆으로 가더니 뭐라고 하는 듯했다.

마침내 경트럭이 요란한 소리를 내며 움직이기 시작했다. 여자가 또 뭐라고 하는 것 같은데 도쿠코가 있는 데까지는 들리지 않는다. 경트럭은 공터를 빠져나가자 왼쪽으로 돌아 캄캄한 밤길로 사라졌다.

포기한 여자가 되돌아오는 모습을 보면서 도쿠코는 창문을 닫았다. 그리고 현관으로 나가 여자의 발소리가 집 앞으로 다가오기를 기다렸다가 문을 열었다. 놀란 여자가 걸음을 멈췄다.

"무슨 일이야, 큰 소리가 나던데?"

밤중에 큰 소리를 냈다고 잔소리하는 것이라 여겼는지 여자가 "죄송합니다."라며 머리를 숙였다.

"서방이 또 온 거야?"

그러자 여자는 지친 얼굴에 희미하게 미소를 지으며 고개를 끄덕였다. 도쿠코는 얼굴을 찡그렸다. 딱하다고 동정하는 듯한 표정에서 연륜이 느껴진다.

"고생이 참 많네, 아이도 아직 어린데. 그래도 힘내야지."

그렇게 말하고서 도쿠코는 고개를 저으며 문을 닫았다. 내일이면 도쿠코가 이 일로 여자들과 수다를 피울 것이 불 보듯 뻔했다. 여자는 한숨을 한 번 내쉬고는 자기 집 문을 열었다.

2

6학년 5반 교실은 3층에 있다. 그러니까 1층에 있는 교무실에서 가려면 계단을 올라가야 한다. 다케우치 시노부는 2층까지 올라가서 위를 보았다. 3층으로 가는 층계참에 있던 그림자가 휙 사라지는 것이 시야에 들어왔다. 순간의 일이지만 잘못 본 것은 아니다. 오늘의 망보기 역은 다나카 뎃페이인 듯하다. 시노부는 한껏 숨을 들이쉬고 어깨에 힘을 준 후 계단을 올라갔다. 5반 교실은 층계 바로 옆이다. 달그락달그락, 책상과 의자를 끄는 소리가 들렸다. 그렇다고 시노부가 교실에 들어갔을 때 학생들이 모두 자리에 앉아 있는 것은 아니다. 분명히 몇 명은 선 채로 고함을 질러 대고 있을 것이다. 아니나 다를까, 이날도 시노부의 모습이 보이자 교실 저 끝에서 이 끝으로 허둥지둥 뛰어와 자리에 앉는 꾸러기가 두 명 있었다. 시노부는 그들을 흘겨보며 교단 한가운데로 걸어갔다.

"모두 일어서!"

"안녕하십니까?"

"자리에 앉아!"

구령을 외치는 것은 당번의 일이다.

시노부는 검은 표지의 파일로 교탁을 한 번 탁 쳤다.

"출석을 부르겠다. 큰 소리로 똑바로 대답해. 안 그러면 결석으로 처리할 거야."

빠르게 내뱉고 나서 잇달아 이름을 불렀다.

"아베, 이시카와, 이노우에, 고토…… 고토, 없어? 똑바로 대답하라니까."

시노부의 말투가 거칠어지는 것은 아이들의 대답이 엉망이기 때문이다. 느릿느릿 대답하든지 이상한 소리를 내든지. 제대로 대답하는 놈이 없다. 그리고 그녀의 이런 반응은 아이들의 흥미를 한층 돋우고 만다.

"후쿠시마…… 후쿠시마 안 왔어? 이상하네."

시노부가 이 반을 맡은 후로 한 번도 결석한 적이 없는 아이였다. 덩치가 큰 편은 아니지만 얼굴은 단단하게 생겼다.

"결석은 후쿠시마 한 명뿐이지? 그럼 바로 수업에 들어가겠다. 다들 수학 문제 풀어. 그리고 다나카하고 와다, 너희들은 나중에 앞에 나와서 칠판에 풀고."

투덜거리는 두 개구쟁이의 모습을 흘겨보면서 시노부는 겨우 1교시 수업에 들어갔다.

다케우치 시노부는 스물다섯 살의 독신이다. 단기 대학을 졸업하고 이 오지 초등학교 교단에 선 지 5년이 되었다. 그녀는 부모님과 여동생과 함께 오사카에 살고 있다. 아버지는 가전 회사의 공장장이고 여동생은 그곳에서 사원으로 일하고 있다. 초등학교 선생은 시노부의 어릴 적 꿈이었다.

얼굴이 동글동글하게 생긴 미인이라 부임 당시에는 '시노부 짱'이라고 부르는 선생들도 있었지만 일주일이 채 지나지 않아 아무도 그렇게 부르지 않게 되었다. 그러한 호칭이 전혀 어울리지 않는다는 것을 깨달았기 때문이다. 오사카 변두리에서 자란 탓에 말투는 빠르고 거칠고, 행동거지는 빠릿빠릿하지만 촌스럽다. 도무지 섬세한 구석이라고는 없으니 생긴 것과 속이 전혀 다르다.

"자, 다들 풀었겠지?"

시노부가 일어서자 "아니요." 하고 다들 투정을 부렸다. 그러나 그녀는 그런 아이들을 싹 무시하고 칠판으로 다가간다. 그런 투정을 일일이 상대할 수는 없다.

그때 교실 앞쪽 문이 20센티미터 정도 열렸다. 그 틈으로 금테 안경과 넓은 이마가 보인다. 교무 주임인 나카다였다. 나카다는 시노부에게 오라고 손짓했다. 그를 본 아이들 사이에 키득거리는 웃음소리가 번졌다. 나카다의 별명은 '빵 대 십'이다. 홀러덩 벗어진 머리를 감추기 위해 머리를 3 대 7이 아닌 1 대 9, 아니 거의 0 대 10으로 가르고 다니기 때문에 붙은 가혹한 별명이다. 시노부는 문으로 다가가면서 아이들을 한 번 노려보았다. 그러나 그 눈길에 평소의—평소에도 그리 대단할 건 없지만—날카로움은 없었다. 사실 빵 대 십은 체험 학습을 가는 버스 안에서 시노부가 아이들을 웃기려고 한 소리였다.

"선생님, 후쿠시마 오늘 안 왔지?"

시노부가 복도로 나가 문을 닫기를 기다렸다가 나카다가 말했다. 시노부는 고개를 끄덕였다.

"지금 연락이 왔는데 아버지가 돌아가셨다는군."

"뭐라고요……?"

그러면서 시노부는 순간적으로 '상복을 뭘 입지?' 하고 생각했다. 겨울옷은 아무래도 더울 텐데…….

"그런데 얘기가 좀 복잡해서 말이야. 교무실에 가서 얘기하면 좋겠는데."

"네, 알겠습니다."

시노부는 다시 문을 열고 아이들에게 조용히 기다리라고 지시했다. 자습을 하게 된 아이들은 신이 나서 고개를 끄덕였다.

"시끄럽게 떠들면 숙제 내 줄 거니까, 그런 줄 알아."

시노부는 그 말을 남기고 문을 닫았다.

교무실에 들어간 그녀는 교무 주임의 책상으로 갔다. 나카다는 빵 대 십 머리를 쓰다듬으면서 점잖게 말을 꺼냈다. 얘기를 들은 시노부는 황당하다는 듯 말했다.

"말도 안 돼요."

"말이 안 되는 소리를 내가 왜 하겠어."

나카다가 언짢다는 듯 입을 쑥 내밀었다.

"하지만 살해당하다니…… 어쩌다 그렇게 됐죠?"

"난들 아나, 나도 이런 경험은 처음이라고. 아무튼 지금은 연락을 기다리는 수밖에 없어."

"저도 경찰서에 가 보는 편이 좋겠죠?"

시노부는 내심 설레는 기분으로 물었다. 그녀는 수사 드라마의 광팬이다. 그런 드라마에는 꼭 듬직하게 생긴 독신 형사가 등장한다. 그것도 별명이 영어로 된.

"선생님이 왜 가 봐야 하지요?"

"그야 피해자 아들의 선생이니까……."

"피해자 아들의 선생님이 사건과 무슨 관계가 있는데요?"

"없나요?"

"없지요."

"……그렇군요."

할 수 없지, 하고 시노부는 속으로 중얼거렸다.

3

후쿠시마 후미오가 탄 경트럭은 오사카 남쪽을 흐르는 야마토 강 제방에서 발견되었다. 지명으로는 스미요시 구 아비코. 근처에 부립 고등학교가 있고, 처음 발견자는 그 학교의 남자 육상부원이었다. 그 학생은 이른 아침에 이 제방에서 달리는 것이 습관이라고 한다. 달리던 도중, 버려진 듯한 경트럭이 있어 무심코 그 안을 들여다보았다는 것이다.

연락을 받고 스미요시 경찰서와 오사카 부경 본부의 수사관들이 달려온 것은 오전 8시가 조금 넘은 시각이었다. 제방은 곧바로 통행이 금지되었지만 원래도 통행량이 그리 많은 곳은 아니다.

사인은 후두부의 외상이었다. 끝이 뾰족한 흉기로 뒷머리를 맞은 것으로 보였다. 하지만 경트럭 짐칸 모서리에 피해자의 것으로 추정되는 혈흔과 머리카락이 붙어 있는 점으로 미루어 그것이 흉기였을 가능성도 있었다.

"오랜만에 와 보는군."

오사카 부경 수사 1과의 우루시자키는 야마토 강을 바라보면서 크게 심호흡을 한 후 말했다.

"옛날에는 여기서 수영도 했는데 말이야."

"이렇게 더러운 강에서 말입니까?"

키 180센티미터의 신도가 우루시자키를 내려다보면서 물었다. 신도는 내년이면 서른 살이고 우루시자키는 그보다 몇 년 선배다. 다만, 키는 우루시자키가 20센티미터나 작았다.

"옛날에는 이 강도 나름 깨끗했다고."

그렇게 말하고서 우루시자키는 탁한 잿빛 강물에서 파란색 경트럭으로 시선을 돌렸다.

"지문 채취는 끝났나 보군."

"네, 끝났습니다."

신도가 대답했다.

"운전대에 묻어 있던 피해자의 지문을 비롯해서 여러 사람의 지문이 채취된 모양입니다. 단, 문에 있는 지문은 완전하지 않은가 봅니다. 닦아 낸 흔적이 있다더군요."

"흠, 그래……."

우루시자키는 트럭 짐칸 옆에 쓰인 글자를 손으로 더듬었다. 'N건설'이라고 쓰여 있었다.

"이쿠노 구에 있는 회사입니다."

스미요시 서에서 나온 오가타라는 뚱뚱한 형사가 알려 주었다.

"피해자가 그 회사 사원은 아닌가 봐요. 사장과 어린 시절 친구여서 어제 하루 트럭을 빌려줬다더군요."

"그렇군."

피해자의 신원은 그가 지닌 면허증으로 밝혀졌다. 이쿠노 구에 사는 후쿠시마 후미오. 나이는 마흔 살. 키가 160센티미터밖에 안 되니 몸집은 작은 편이다. 발견 당시 옷차림은 쥐색 바지에 감색 점퍼. 면허증 외의 소지품은 동전 560엔과 오래된 마권이 들어 있는 지갑, 담배 세 개비가 남아 있는 담뱃갑, 그리고 상점가의 선전용 수건이었다. 모두 점퍼 주머니에 들어 있었다.

후미오의 아내 유키에가 경찰차를 타고 현장에 나타난 것은 9시 조금 전이었다. 유키에에 이어 남자아이 둘이 경찰차에서 내렸다. 후미오의 아들들로, 6학년생 도모히로와 2학년생 노리오다.

유키에는 표정이 없는 여자였다. 꼼꼼하게 화장하면 미인으로 보일 생김새인데, 남편의 죽음에 충격을 받아서인지 핏기 없는 얼굴에 초췌한 인상과 촌스러운 옷차림이 그 얼굴을 망가뜨리고 있었다.

사체를 확인한 후 경찰차 안에서 조사가 시작되었다. 뒷좌석에 우루시자키와 유키에가 앉고 앞좌석에는 신도와 스미요시 서의 오가타가 앉았다. 신도는 메모 담당이었다. 제방에 서서 강을 바라보고 있는 도모히로와 노리오의 모습이 앞유리창 너머로 보였다.

우루시자키가 우선 후미오의 직업에 대해 물었다. 유키에는 잠시 머뭇거리다가 작은 소리로 대답했다.

"지금 실직 상태예요."

"흐음, 그렇군요."

우루시자키의 표정에는 별 변화가 없었다.

"그렇다면 지금은 부인이……?"

네, 하고 그녀는 대답했다.

"주식회사 칠드라고, 장난감 만드는 회사에 다니고 있습니다."

우루시자키가 오가타를 보며 아는 회사냐고 묻는 듯한 표정을 지었다. 오가타는 고개를 빠르게 끄덕거렸다.

이어 우루시자키는 결혼한 시기와 가족 구성, 후미오가 이전에 다녔던 회사 등에 대해 몇 가지 질문을 했다.

"바깥분이 집을 나간 게 언제였습니까?"

"어젯밤 11시쯤이에요."

"꽤 늦은 시각이군요. 평소에도 그런 시각에 집을 나갑니까?"

"술을 마시러 나간 적은 있지만 차를 타고 나간 것은 처음이었어요."

"어디로 간다는 말은요?"

"안 했어요. 돈만 들고 나갔지……."

"돈을요? 얼마나 가지고 나갔습니까?"

"2, 3만 엔일 거예요."

흠, 하면서 우루시자키는 고개를 끄덕였다. 그 돈이 없어졌으니 강도의 짓일 가능성도 있다.

"나갈 때 모습은 어땠나요. 평소와 다른 점은 없었습니까?"

유키에는 잠이 덜 깬 사람처럼 우물거리다가 대답했다.

"굉장히 허둥댔어요. 뭘 물어도 대답이 없었고요."

"낮에는 어땠습니까, 낮에도 허둥대던가요?"

유키에가 고개를 저었다.

"낮에는 제가 일하러 나가고 집에 없었으니까 잘…… 모르겠네요."

"바깥분이 자주 경트럭을 타고 나갔습니까? 들은 바로는 빌린 차라고 하던데요."

"모르겠어요. 지금까지 그런 일은 한 번도 없었던 것 같아요."

"네……."

"바깥분이 여길 왜 왔는지 혹시 아십니까?"

오가타도 질문을 던졌다.

"글쎄요……."

유키에는 고개를 갸웃했다.

"이 부근에 아는 사람이 있습니까?"

"없을 거예요."

"최근에 자주 만난 사람은요? 아는 대로 말씀해 주시면 됩니다."

우루시자키의 질문에 그녀는 고개만 갸우뚱했다.

"술집이나 경마장에 주로 있었을 텐데, 전 잘 몰라요. 죄송합니다."

"그럼 최근에 혹시 달라진 점은 없었나요?"

"……."

"전화가 걸려 온 적은?"

"지난 몇 달 동안 그 사람에게 걸려 온 전화는 없었어요."

그래요, 하면서 우루시자키는 한숨을 쉬었다. 질문이 더 없냐는 뜻으로 오가타를 보았지만 그도 고개를 저었다. 우루시자키는 수사에 협력해 주어 고맙다고 인사하고 그녀를 차에서 내려 주었다.

후쿠시마 후미오가 살았던 연립 주택은 조그만 셋집들이 닥지닥지 들어서 있는 이쿠노 구 오지라는 곳에 있었다. 진입로가 좁은 데다 일방통행로가 많아 익숙하지 않으면 차를 타고 들어가기 어려운 곳이다.

우루시자키와 신도, 두 형사는 지하철을 타고 후미오의 집에서 가장 가까운 역에서 내려 사람들에게 물어 가며 간신히 그 연립 주택에 도착했다. 오사카 시내는 자가용보다 대중교통을 이용하는 편이 한결 빠르다.

두 형사는 연립 주택의 다른 집들을 하나하나 방문하면서 탐문 수사를 했다. 사체가 발견된 것이 바로 오늘 아침이라서인지 주민들은 사건을 전혀 모르고 있었다. 형사들이 집집마다 찾아다니며 묻자 그들이 오히려 무슨 일이냐면서 되물었지만 두 형사는 후미오가 살해되었다는 말을 하지 않았다.

탐문 수사가 절반쯤 끝난 시점에 명백해진 사실이 하나 있었다. 최근 후미오가 걸핏하면 폭력을 휘두르는 바람에 후쿠시마 집안의 상황이 엉망이라는 점이었다. 실직한 후로 후미오는 거의 매일 술을 마시고 소란을 피웠다고 한다.

"부인이 용케 버틴다 싶을 정도였어요. 그런데 그 사람이 무슨 일을 저질렀나요?"

주민들은 대부분 후미오가 범죄를 저지른 것으로 오해하는 눈치였다.

후쿠시마네 옆집 차례가 되었다. 야마다라는 문패가 달려 있었다. 문을 두드리자 깡마른 여자가 무슨 일이냐는 표정으로 얼굴을 내밀었다. 나이는 쉰이 좀 넘었을까. 경찰수첩을 보이자 더욱 수상쩍다는 듯한 눈초리를 했다.

"후쿠시마 씨 일 때문인데요."

우루시자키가 말을 꺼내자 여자는 대뜸 "역시 무슨 일이 있었나 보군요?" 하고 되물었다. 그 눈빛에 호기심이 어려 있었다.

"역시……라니요, 무슨 일이 있었습니까?"

여자가 그 질문을 기다렸다는 듯이 눈을 반짝였다.

"어젯밤에 큰 소리가 나기에 창문으로 내다봤더니 후쿠시마 씨 부인이 남편을 말리고 있더라고요."

"말리고 있었다니, 뭘 말이죠?"

"그야 뭐, 나가려는 거죠. 트럭을 타고 나가려는데 '여보, 기다려요.' 하면서요. 돈 가져가지 말라는 말도 했던 것 같은데……."

"그런데도 나갔다는 말인가요?"

여자가 흥, 콧방귀를 뀌었다.

"그 남자가 아내 말 듣는 걸 한 번도 본 적이 없어요."

"그때가 몇 시쯤이었죠?"

"음, 그러니까 그게……."

여자가 생뚱맞게 우루시자키의 손목시계를 보았다.

"11시쯤이었을 거예요."

유키에의 진술과 일치하는 시각이다.

"그 후에는요?"

"그 후에는 아무 일도 없었죠. 아 참, 11시 반쯤 부인이 찾아왔었어요. 혹시 밤중에 남편이 돌아와 소란을 피울지도 모르는데 미안하지만 좀 참아 달라고 하더군요. 아들도 같이 왔고요. 고생도 그런 고생……. 그런데 그 사람이 무슨 일을 저질렀나요?"

"아닙니다. 무슨 일을 저지른 건 아니고요."

그리고 우루시자키는 여자에게 옆집 사람들에 대해서 아는 것이 있으면 전부 얘기해 달라고 했다. 여자는 마치 물 만난 물고기처럼 말을 늘어놓았다. 대부분 다른 집에서 들은 내용과 중복되었지만, 얘기를 잔뜩 부풀려 하는 것이 이 여자의 특징인 듯했다.

"거참, 말이 많은 아주머니로군."

우루시자키가 손목시계를 들여다보며 혀를 찼다. 야마다 도쿠코의 얘기를 듣느라고 예정된 시간을 훌쩍 넘기고 만 것이다. 그렇다고 무슨 수확이 있는 것도 아니었다.

연립 주택에서 돌아오는 길에 두 형사는 N건설 주식회사에 들렀다. 주소로 보아 연립 주택에서 그리 멀지 않을 것이라고 생각은 했지만 실제로 가 보니 생각보다 더 가까운 곳에 있었다. 거리로 따지면 200미터 정도일까. 연립 주택 앞으로 난 길에서 바로 왼쪽으로 돌아 두 번째 모퉁이에서 다시 오른쪽으로 도니 회사가 나왔다. 회사 부지 내에는 대형 트럭과 트레일러가 무질서하게 서 있었다. 그중에 아까 본 경트럭과 같은 모델의 트럭도 몇 대 있었다.

죽 둘러보는데 조립식인 듯한 2층짜리 단출한 건물이 눈에 띄었다. 그곳이 사무실인 듯했다.

스미요시 서에서 연락이 간 덕분에 사건에 대해서는 회사

측도 이미 알고 있는 듯했다. 두 형사는 소박한 응접실에 사장 오가와와 마주 앉았다. 오가와는 양복 단추가 터져나갈 것처럼 뚱뚱한 남자로, 햇볕에 그을려 거뭇거뭇하고 번들거리는 얼굴이 어쩌다 돈깨나 만지게 된 졸부 같은 인상이었다.

"그 친구가 그렇게 되다니, 인간이란 게 참, 한 치 앞을 알 수 없습니다."

오가와는 그렇게 웅얼거렸지만 그다지 슬퍼하는 기색은 없었다.

"후쿠시마 씨와는 언제부터 알고 지냈습니까?"

우루시자키가 묻자 사장은 팔짱을 끼었다.

"초등학교를 같이 다녔으니 불알친구라고 할 수 있겠죠. 젊었을 때는 바보 같은 짓만 같이하던 사이라고 할 수 있겠고요. 최근에도 자주 만나기는 했죠, 경마 때문에. 하지만 그 친구가 하라는 대로 해서 돈을 딴 적이 없습니다."

그리고 오가와는 호쾌하게 웃었다.

"후쿠시마 씨가 타고 있던 경트럭이 여기 차인 것 같던데요?"

"그렇습니다. 그 친구가 어제 갑자기 빌려 달라고 해서 빌려줬죠."

"그게 몇 시쯤이었습니까?"

"오후 5시나 6시쯤이었을 겁니다."

의외로 이른 시각이라고 우루시자키는 생각했다.

"어디에다 쓸 거라는 얘기는 안 하던가요?"

"음, 무슨 물건을 옮긴다나, 그런 소리를 했는데……. 그때 제가 좀 바빠서 제대로 듣지를 못했습니다."

"그런 일이 전에도 자주 있었나요?"

"가끔 있었어요. 후쿠시마 말고도 아는 사람들이 간혹 빌려 달라고 하면 기꺼이 빌려주고 있습니다. 빌려준다고 줄어드는 것도 아니니까요."

"언제까지 빌리겠다는 말은 없었습니까?"

"오늘 아침까지 돌려주겠다고 했어요. 저야 뭐, 조금 늦어도 일에 지장은 없지만."

"오늘 아침……, 그렇다면 후쿠시마 씨는 밤중에 경트럭을 사용할 예정이었다는 말이군요?"

"그렇겠죠. 언제 어떻게 쓰든 그거야 그 친구 마음이지만 말입니다."

"밤에는 이 회사, 닫혀 있죠? 그러니까 아침이 되어야 돌려 줄 수 있다는 거 아니었을까요?"

"아니에요. 밤에도 문은 열려 있어요. 타고 다니다가 적당히 갖다 두면 된다고 했습니다. 옆에 N건설이라고 커다랗게 쓰여 있으니 훔쳐 갈 사람도 없고 말이죠."

"아하, 그렇군요."

그러고서 우루시자키는 후쿠시마 후미오가 살해당한 원인에 대해 짐작 가는 일은 없는지, 후미오의 지인 중 아는 사람이 있는지 묻고 나서 그 건설 회사에서 나왔다. 오가와는 후쿠시마의 죽음에 대해 이렇다 할 느낌이 없는 듯했다. 그래서 오히려 주관이 개입되지 않은 의견을 들을 수 있었다. 그러나 실마리가 없다는 사실에는 변함이 없었다.

4

후쿠시마 도모히로 아버지의 사체가 발견된 다음 날 아침, 시노부가 교실에 들어서니 두 남학생이 싸움질을 하고 있었다. 그것도 그저 말싸움을 하는 것이 아니라 둘이 붙어서 치고받고 싸우고 있었다. 교실 뒤쪽 책상과 의자가 뒤집혀 있고 둘이 바닥에 뒤엉켜 뒹굴었다. 벨소리가 울려서인지 대부분의 학생은 제자리에 앉은 채 고개만 그쪽을 향해 있었다. 싸우는 두 학생 주위를 몇몇이 둘러싸고 있기는 한데 아무도 말리는 기색은 없었다. 물론 싸움을 부추기지도 않았다. 딱 한 명, 학급 위원인 여자애가 소리를 버럭버럭 지르고 있었지만 상대를 제압하는 데 정신이 팔린 당사자들 귀에는 들리지 않는 듯했다.

"뭐야, 너희들. 뭐하는 거야!"

시노부는 그들에게 다가가 위에서 짓누르고 있는 쪽 아이의 어깨를 잡고 둘을 떼어 놓으려 했다. 아이들이라고는 하나 6학년쯤 되면 힘이 만만치 않다. 처음에는 움쩍도 하지 않더니 중재하는 사람이 선생님이라는 것을 알자 겨우 손아귀에서 힘을 뺐다.

"왜 싸우는 거야, 어?"

슬금슬금 일어난 두 아이는 하라다와 하타나카였다. 둘 다 초등학생치고는 몸집이 큰 편이다. 둘은 퉁퉁 부은 얼굴로 상대를 노려보기만 할 뿐 입을 열려 하지 않았다. 꽤 볼만하게 싸웠는지 둘 다 머리 꼭대기부터 발끝까지 시커멓다. 하라다 쪽은 실내화 한 짝이 벗겨져 있었는데, 아무래도 그 한 짝으로 하타나카의 얼굴을 때린 모양이었다. 하타나카의 동그란 이마에 '월성'이라는 운동화 회사의 마크가 거꾸로 찍혀 있었던 것이다.

"너희들이 말 안 하면 선생님이 다른 애들한테 물어볼 거야. 다른 애들까지 귀찮게 하지 말고 어서 대답해."

이 말이 먹혔는지 하라다가 간신히 무거운 입을 열었다.

"하타나카가 후쿠시마네 아버지를 죽인 사람이 후쿠시마라고 하기에 화가 나서 그랬어요."

느닷없이 충격적인 말이 튀어나와 시노부는 깜짝 놀랐다.

"내가 언제 그렇게 말했어?"

하타나카가 반박했다.

"그랬잖아!"

"후쿠시마가 그런 건 아니겠지, 라고 말했을 뿐이야."

"그게 그 말이지 뭐야?"

"이제 그만해!"

시노부가 둘 사이에 손을 집어넣었다.

"이렇게 금붕어처럼 입을 툭 내밀고 좀스럽게 싸울 거야? 이유는 알았어. 그런데 하타나카는 왜 그렇게 말했지? 친구에 대해서 그렇게 말하니까 하라다가 화를 내잖아."

그러자 하타나카는 그 금붕어 같은 입을 시노부 쪽으로 향했다.

"괜히 그런 게 아니란 말이에요. 전에 후쿠시마가 자기 아버지가 죽었으면 좋겠다고 말한 적이 있었어요. 그 생각이 나서……."

시노부의 안색이 싹 바뀌었다.

"후쿠시마가 자기 입으로 아버지가 죽었으면 좋겠다고 했단 말이니?"

"그렇다니까요."

그러자 하라다가 옆에서 고함을 질렀다.

"거짓말! 후쿠시마가 그런 말을 했을 리 없어."

"정말이야. 정말 그렇게 말했다고."

둘이 또 엉겨 붙을 기세라 시노부는 얼른 둘 사이를 가로막았다.

"알았어, 알았으니까 이제 그만해. 하타나카가 거짓말을 할 남자가 아니지. 하라다도 그건 믿지? 그런데 하타나카, 후쿠시마가 아무리 그런 말을 했다고 해도 역시 부모 자식이잖아. 너도 후쿠시마가 그런 짓을 할 아이가 아니라는 건 알지?"

"네……, 알아요."

하타나카가 기어 들어가는 목소리로 중얼거렸다.

"그럼 그렇게 말하면 안 되지. 이마 아프지? 오늘은 무승부로 하고 끝내자. 그럼 됐지? 하라다는 불만 있는 표정이네. 할 말 있으면 해 봐."

"제가 손해 본 기분이에요……."

"그냥 기분이 그런 거지. 싸우는 건 둘 다 잘못이야. 자, 수업 시작하자. 자리에 앉아."

시노부는 가까스로 싸움을 끝냈다. 그건 그런데, 그녀 안에 일말의 불안이 싹텄다. 그 불안 때문에 그녀는 3교시 실과 수업이 시작되기 전에 조퇴를 하고야 말았다.

신도는 근처에 볼일이 있어서 왔다가 후쿠시마의 연립 주택에 들러 보기로 했다. 날을 달리해서 탐문 수사를 하면 새로운 정보를 얻을 때가 종종 있기 때문이다. 특히 후쿠시마의 옆집에 사는 야마다 도쿠코는 남의 일에 상당히 관심이 많은 여자인 듯하니 어제 오늘 사이에 흥미로운 얘기 하나둘쯤 얻어들었을지도 모른다.

야마다의 집 문을 두드리자 잠시 후 주름이 자글자글한 얼굴이 나타났다. 신도는 얼굴에 미소를 띠며 그사이에 무슨 일이 없었느냐고 물으려 했는데 도쿠코 쪽이 한발 빨랐다.

"형사님, 마침 잘 왔어요."

그러고는 달려들 듯한 기세로 말을 늘어놓는데, 금니 사이로 튄 침이 신도의 양복에 묻어 그는 자신도 모르게 뒷걸음질을 치고 말았다.

"왜요, 무슨 일 있었습니까?"

"있다마다요. 조금 전에 이상한 여자가 후쿠시마 씨네 집 문을 쾅쾅 두드리더라고요."

"이상한 여자라니, 어떻게 이상한데요?"

"아주 못되게 생긴 젊은 여자였어요. 치장은 또 얼마나 요란스럽게 했는지. 아무튼 보나 마나 술장사하는 여자일 거야. 범인의 이거 아니겠어요?"

도쿠코는 새끼손가락을 세우고 고개를 비틀어 보였다. 그 얼굴이야말로 참으로 '못되게' 생겼다고 신도는 생각했다.

"문을 두드리고, 그다음엔 어떻게 됐는데요?"

"후쿠시마네 집에 아무도 없으니까 그다음에는 우리 집에 왔죠. 경찰에서 뭘 조사했느냐, 범인으로 지목된 사람은 있느냐, 그런 이상한 것만 묻더라니까."

"오호, 그래요."

범인의 행동치고는 지나치게 경솔하다 싶지만, 정부에게 상황을 알아보라고 했을 가능성도 있었다.

"어떤 여자였는지 좀 더 자세하게 말씀해 주세요."

"그러니까 젊고…… 어!"

신도의 어깨 너머로 도로 쪽을 보고 있던 도쿠코가 갑자기 숨을 삼켰다. 신도도 덩달아 그쪽을 보았다. 빨간 옷이 언뜻 보이더니 모퉁이를 돌아 사라졌다.

"저 여자야. 틀림없어요."

"빨간 옷 말이죠?"

"그렇다니까. 뭐하고 있는 거예요, 빨리 쫓아가지 않고."

마치 굼뜬 아이를 재촉하듯 도쿠코는 신도의 등을 떠밀었다. 왜 내가 이런 아주머니에게 지시를 받아야 하나 생각하면서도 신도는 뛰기 시작했다.

빨간 블라우스가 신도 앞쪽 20미터쯤에서 언뜻언뜻 보였다. 키는 160센티미터 정도. 뚱뚱하지는 않지만 체격이 좋다. 머리는 세미롱 스타일. 햇빛을 받아 밤색으로 빛난다. 오른

손에는 쇼핑백, 왼손에는 검은색 핸드백인지 작은 손가방인지를 들고 있다. 처음에는 보통 속도로 걸어가더니 나중에는 거의 뛰다시피 걸었다. 때로 뒤를 돌아보는 걸로 보아 뒤쫓는다는 것을 눈치챈 모양이라고 신도는 짐작했다.

여자는 똑바로 가는 척하다가 갑자기 모퉁이에서 왼쪽으로 꺾었다. 신도도 허둥지둥 그 모퉁이를 돌았다. 그러자 정신없이 뛰어가는 여자의 뒷모습이 보였다.

물론 신도도 뛰었다. 그러나 어차피 상대는 여자다. 그리 열심히 뛰지 않아도 여유가 있다. '도망치지 못할 거야. 뜻하지 않은 곳에서 월척을 낚았는데.'라고 생각했는데…….

잠시 후 그는 그런 생각이나 하고 있을 때가 아니라는 걸 깨달았다. 상대를 가볍게 앞지를 줄 알았는데 간격이 조금도 좁혀지지 않았다. 아니, 오히려 벌어지고 있을지도 몰랐다. 아무튼 상대는 굉장히 빨랐다.

저 앞에서 여자가 골목길로 들어서는 게 보였다. 그 발을 보고서 그는 깜짝 놀라는 동시에 수긍이 갔다.

"뭐야, 저 여자. 맨발이잖아."

정신 바짝 차리고 뛰어야겠는데, 하고서 여자를 뒤따라 골목길로 들어서는 순간 이마에 '딱!' 하고 충격을 받았다. 자신도 모르게 몸이 움츠러지는 걸 억지로 참으며 앞을 보니 아까 그 여자가 두 손에 하이힐을 들고 우뚝 서 있었다. 하이힐의 뾰족한 굽을 보자 이마가 다시 찌르르 아파 왔다.

"이런 파렴치한!"

여자가 고함을 질렀다. 두 볼이 푸르르 떨리는 게 신도의 눈에도 보였다.

"내가 누군 줄 알고 따라오는 거야. 난 오지의 시노부라고!"

여자 뒤를 밟은 쪽이 잘못이라고 시노부는 생각한다. 그러니 자신이 사과할 필요는 전혀 없다. 그런데도 사과 차원에서 차라도 한 잔, 이라는 말이 입에서 나온 이유는 상대가 후쿠시마 후미오를 죽인 범인을 찾고 있는 형사라는 사실을 알았기 때문이기도 하지만, 형사치고는 꽤 괜찮아 보이는 남자였기 때문이다.

"그렇군요. 소프트볼을 했다고요. 그러니 체력이 좋을 수밖에."

신도는 물수건으로 이마를 꾹꾹 누르면서 빈정거렸다.

"그런데 왜 후쿠시마네 집 주변에서 어슬렁거린 겁니까? 게다가 이웃에게 질문까지 하고."

"아, 그게 실은……."

시노부는 도모히로가 자기 아버지가 죽었으면 좋겠다는 소리를 했다는 말을 다른 학생에게 듣고 불안해서 찾아갔노라고 털어놓았다.

"그 아이가 그런 짓을 했을 리 없다고 믿지만, 경찰이 어떤 식으로 생각하고 있는지, 그 아이가 범인일 가능성이 없는지 마음에 걸려서 가만히 있을 수 없었어요. 그래서 동네 사람들에게 물어본 거예요."

"그렇다면 선생님도 그 가정에 문제가 있다고 생각하시는 건가요?"

"아버지가 직업이 없으니까요. 집에서는 술만 마신다고 하고……. 도모히로와 어머니가 고생이 많았겠다고 생각해요."

"흐음. 동네에도 그렇게 소문이 나 있는 모양입니다."

"역시 경찰은 도모히로를 의심하고 있나요?"

시노부가 눈을 치켜뜨고 신도를 보자 그는 피식 웃으면서 손바닥을 내저었다.

"내가 아는 한 그런 움직임은 없습니다. 게다가 가족이 범인일 가능성은 없어요."

"왜죠?"

"해부 결과, 사망 추정 시각은 사체가 발견되기 전날 밤 10시에서 12시 사이입니다. 그런데 피해자가 경트럭을 몰고 집을 나간 시각이 11시. 집에서 현장까지는 차로 30분 정도 걸리는 거리니까 범행 시각은 11시 반에서 12시 사이라고 볼 수 있겠죠. 그런데 옆집에 사는 야마다 씨 말에 따르면, 자신이 11시 반쯤 그 부인과 아들을 만났다고 합니다. 그러니 가족에게는 알리바이가 있는 셈이죠."

"그렇군요."

시노부는 후, 숨을 토했다.

"아무튼 뒷일은 우리에게 맡기십시오."

신도가 이마를 누르며 일어섰다.

"선생님은 학교에서 기다리시면 됩니다. 아, 그리고 그 빨간색 블라우스, 안 입는 편이 좋겠습니다."

"왜요?"

"아니, 뭐, 그냥."

야마다 도쿠코가 시노부를 물장사하는 여자로 오해했다는 말을 할까 하다가 그만두었다. 또 하이힐이 날아오면 큰일이다.

신도와 헤어진 후 시노부는 다시 후쿠시마의 집을 찾아갔다. 이번에는 사람이 있었다. 도모히로 혼자 집을 지키고 있었다.

"뭐야, 선생님이잖아."

도모히로는 시큰둥하게 말하고 풍선껌을 푸 불었다.

"뭐야, 라니. 무슨 인사가 그래? 나 들어간다."

시노부는 손을 뒤로 돌려 문을 닫고는 마루 끝에 앉았다.

"장례식은 내일 모레인데, 잘못 알고 오신 거 아니에요?"

"알고 있어. 네가 어쩌고 있나 걱정돼서 온 거야. 기운 잃지 않았나 해서."

"기운을 잃다니요. 이렇게 펄펄한데."

"그래도 아버지가 돌아가셨잖아. 조금은 충격일 텐데. 아니야?"

"놀라기야 했죠. 하지만 이것도 하늘의 뜻인데 어쩌겠어요."

"진짜 펄펄하네."

"선생님, 왠지 아쉬워하는 표정인데요. 기운 없는 척이라도 할까요?"

"이런 맹추, 그런 건 안 해도 돼. 그런데 너, 지금 뭐하는 거야?"

"차 끓이려고요. 그렇게 안 보여요?"

"잔에다 곧장 찻잎을 넣으면 어떡해. 놔둬, 신경 안 써도 돼. 그보다 너, 여러 가지로 많이 힘들지? 의논하고 싶은 일 있으면 선생님한테 말해."

"선생님한테 의논할 정도면 끝인 거죠."

"그렇게 맹랑한 소리를 할 정도라면 괜찮네."

시노부는 엉덩이를 번쩍 들었다. 전혀 어둡게 느껴지지 않는 도모히로의 태도를 어떻게 해석하면 좋을지 속으로 헷갈렸다.

그때 문이 열리면서 유키에가 들어왔다. 전에 봤을 때보다 훨씬 초췌한 것 같은데 그걸 화장으로 가리고 있는 느낌이었다.

유키에가 차를 대접하겠다고 했지만 시노부는 사양하고 재빨리 그 집에서 나왔다. 아들은 명랑한 데 반해 어머니는 충분히 암울했다.

5

그날 밤, 스미요시 서에서는 수사 회의가 열렸다. 하지만 이렇다 할 진전은 없었다. 살해 현장 주변에서 탐문 수사를 벌인 형사의 말이, 그 주변은 밤이 되면 사람의 발길이 뜸한 곳이라 문제의 경트럭을 목격한 사람을 찾아내기란 거의 불가능하다는 것이었다. 후미오의 인간관계를 조사하고 있는 형사도 주목할 만한 내용을 보고하지 못했다. 다만 같이 경마를 하는 사람들을 조사한 형사는 관심을 끌 만한 정보를 제공했다.

"그 사람들이 하는 얘기니까 어디까지가 사실인지는 알 수 없지만, 부인의 벌이로 먹고사는 것치고는 씀씀이가 헤펐답니다. 그러니까 어쩌면 빚을 졌을 가능성도 있지 않을까요?"

우루시자키와 신도도 이들의 보고를 듣고 있었다.

"이마는 어쩌다 그런 거야?"

우루시자키가 샤프펜슬 끝으로 신도의 이마를 가리켰다.

"혹이 제법 큰데."

"그러게 말입니다."

신도는 젖은 수건을 이마에 대고 낮에 있었던 일을 얘기했다. 동정해 주지 않을 거라고 생각은 했지만 우루시자키는 심지어 웃음을 터뜨렸다.

"그것참, 아주 큰일을 당했군. 요즘 여자들은 힘이 세서 말이지."

"웃을 일이 아니라고요. 방심하고 있다가 당해서 더 아프단 말입니다."

"그래도 참 적극적인 선생이로군. 그래 어땠어, 미인이던가?"

젊은 여자 얘기만 나왔다 하면 우루시자키는 꼭 그렇게 묻는다. 그래서 신도도 대답을 미리 생각해 놓고 있었다.

"입 다물고 얌전히 있으면 미인일 겁니다."

"야, 이거 기대되는데."

우루시자키의 입가가 헤벌어졌다. 그러나 그는 그 입에 다시 힘을 주더니 혼자 중얼거렸다.

"그래도 다시 한 번 조사해 볼 필요는 있겠군."

"다시 한 번……이라니요?"

"가족, 특히 유키에 말이야. 아무래도 미심쩍어. 어이, 유키에가 어디 다닌다고 했지?"

"주식회사 칠드라고, 장난감 만드는 회사요. 그 회사의 사카이 공장에서 윈치 다루는 일을 하고 있답니다."

"알았어. 내일 거기 가 보자고."

6

음악실 쪽에서 서툰 합창 소리가 들려온다. 노래를 한다기보다 꽥꽥 소리를 질러 대고 있다는 편이 옳을 것이다. 음악 선생은 작년에 음대를 졸업한, 얼굴이 갸름한 미인이다. 몸짓도 나긋나긋했다. 나이도 비슷해서 시노부 선생과 곧잘 비교가 된다.

태애앵자 꼬오옷이 피어어었네…….

"완전 엉망이네."

누군가 학생들은 담임을 닮는다고 했던 말이 떠올랐다. 음치도 닮는지 어쩐지는 모르겠지만, 그 미인 음악 선생은 시노부 반의 음악 성적이 나쁜 이유가 시노부의 영향이라고 믿을 것이다. 그리고 시노부는 교직원 연수 여행에서 노래 부르기 시합을 했을 때 그 믿음을 확인시켜 주는 오점을 남겼다.

"아, 듣지 말아야겠다."

시노부는 교실 문을 닫고 손에 든 원고지에 집중하려고 했다. 그것은 어제 1교시 때 아이들이 쓴 작문이었다. 주제는 '친구'.

'다나카는 얌체입니다. 컴퓨터를 잘하는 줄 알았더니 게임 책을 사서 필살기를 배워 남의 집에 가서는 잘난 척을 합니다.'

하라다의 작문이다. 친구의 좋은 점만 쓰라고 지시하지는 않았지만, 하라다는 400자 원고지 한 장에다 온통 친구의 험담만 늘어놓았다.

초등학생이 쓴 글은 재미있다. 어른은 상상도 못할 얘기를 태연하게 쓰기 때문이다. 날카로운 감성과 눈, 그것이 초등학생들의 무기다.

몇 개의 작문을 읽고 난 시노부의 눈길이 어느 한 작문에 고정되었다. 오타 미와라는 여자아이가 쓴 글의 첫 줄이 마음에 걸렸기 때문이다. 제목은 '다코야키의 추억'.

'엊그제 후쿠시마 군의 아버지가 돌아가셨습니다.'

그렇게 시작되는 글은 그 사건에 대한 생각을 자신의 경험에 비추어 써 내려간 것이었다. 미와도 몇 년 전에 사고로 아버지를 잃은 아이다.

'후쿠시마 군의 아버지는 작년에 딱 한 번 만난 적이 있습니다. 후쿠시마 군의 아버지는 다코야키 장사를 했는데, 그때 내가 다코야키를 사러 갔기 때문입니다. 후쿠시마 군도 아버지를 거들고 있었습니다.'

흐음, 다코야키 장사를 했단 말이지. 시노부는 그렇게 생각하면서 배를 쓱쓱 문질렀다. 배가 고팠다.

'트럭을 초등학교와 신사 사이 틈에 세워 놓고 포장마차처럼 만든 짐칸에서 다코야키를 팔고 있었습니다. 내가 사러 갔더니 후쿠시마 군은 고개를 돌리고 모르는 척했습니다. 창피해할 것 없다고 했더니 시끄럽다고 했습니다.'

시노부는 작문 아래에 이렇게 썼다.

'참 잘 썼어요. 앞으로도 사이좋게 지내도록 해요.'

7

후쿠시마 유키에가 일하는 주식회사 칠드의 사카이 공장은 난카이고야선 나카모즈 역에서 도보로 20분 정도 거리에 있었다. 사카이 공장하면 거창하게 들리는데, 회사도 공장도 그곳에 다 있었다. 시골에 흔히 있는 볼링장만 한 크기다.

우루시자키와 신도, 두 형사가 유키에의 상사를 만나고 싶다고 하자 경비와 안내를 겸하고 있는 마흔 줄의 남자가 두 사람을 내빈실로 안내해 주었다. 병원 대합실에나 있을 법한 긴 의자 하나가 덜렁 놓여 있었다.

"젊은 여자가 하나도 없다니, 거참 썰렁한 회사로군."

우루시자키가 의자에 앉자마자 투덜거렸다. 신도가 예상했던 말이었다.

두 형사가 10분 정도 기다리고 있자니 회색 머리를 뒤로 말끔히 넘긴 남자가 나타났다. 금테 안경이 콧잔등에 걸려 있어 마음씨 좋아 보이는 인상이었다. 그가 내미는 명함에는 제조부장 기도 이치로라고 인쇄되어 있었다.

"놀랐습니다. 우리 사원이 살인 사건에 연루될 줄이야 어떻게 알았겠습니까."

제조부장은 콧잔등의 번들거리는 기름을 더러운 손수건으로 닦아 냈다.

"바쁘실 텐데 불쑥 찾아와서 죄송합니다."

우루시자키는 그렇게 말하면서 고개를 살짝 숙였다.

"후쿠시마 씨에 대해서 말씀 좀 들을 수 있을까요?"

"어떤 걸 말입니까?"

기도의 표정이 진지했다.

"우선…… 후쿠시마 씨가 언제부터 이 회사에 다녔나요?"

기도는 주먹을 이마에 대고 잠시 생각에 잠겼다.

"정규직이 된 건 지난 4월이었지만, 비정규직으로 일한 것까지 합하면 꽤 오래됐습니다. 음, 2년쯤 되려나."

"지난 4월에 정규직이 되었다고요?"

"지금까지 일도 열심히 해 주었고 집안 사정도 대충은 알고 있는 터라 정사원으로 채용한 겁니다. 그렇게 해서 여러 가지 보장을 받는 편이 좋지 않을까 싶어서 권했어요. 그래서 4월부터……."

"그렇군요. 그렇다면 아신 지도 꽤 오래됐겠습니다. 기도 씨가 보기에 후쿠시마 유키에 씨는 어떤 사람이었습니까?"

"어떤 사람이라……."

기도는 팔짱을 끼고 고개를 오른쪽으로 삐딱하게 기울였다.

"뭐, 한마디로 좋은 사람이라고 할 수 있겠죠. 일도 딱 부러지게 잘하고, 겸손하고."

"직장에서의 평판은요?"

"아주 좋습니다. 나중에 현장으로 안내할까요?"

"아, 네. 부탁드립니다. 월급을 가불한 적은 없나요?"

"없을 겁니다. 불과 얼마 전까지 비정규직으로 일했으니까요. 정사원이 아니면 가불이 불가능하거든요."

"최근에 뭔가 문제를 일으켰다거나 한 적은 없습니까?"

"그런 얘기는 못 들었습니다. 일에 관한 것이라면 반장에게 물어보시는 게 좋을 겁니다."

"알겠습니다. 나중에 물어보죠. 남편 일로 의논을 청한 적은 없는지요?"

"없습니다. 저로서는 혹시 그래 주지 않을까 싶어서 기다렸을 정도인데, 자존심이 센 사람이라서 말이죠."

감사합니다, 하고서 우루시자키는 수첩을 덮었다. 더 물어봤자 제조부장에게서는 별다른 정보가 나올 것 같지 않았다.

안전 규칙이라는 모자와 안경을 착용하고 기도 뒤를 따라 공장에 도착했다. 약간 어두컴컴한 분위기에 절삭유와 세정유가 섞인 듯한 냄새가 풍기고, 압착기와 절삭기 돌아가는 소리 사이로 에어 실린더가 작동하는 소리도 들렸다. 죽 훑어보니 작업 중인 공원은 오십 명 정도. 각자 두 대 이상의 기계를 담당하고 있는 듯했다.

"윈치 담당은 이쪽입니다."

기도가 가리킨 곳에서 여자 몇 명이 선 채로 일하고 있었다. 소형 윈치를 사용해서 미니 모터를 만드는 작업이다. 모터 사이즈가 어른 엄지손가락보다 약간 컸다.

"작은 부속품이라서 말이죠, 이런 세밀한 작업은 남자보다 여자가 적합해요. 그래서 여기서 일하는 사람은 모두 여자입니다."

"전자동 기계로 바꾸면 좋지 않을까요?"

신도가 그렇게 묻자 기도는 쓴웃음을 지으며 고개를 저었다.

"장난감은 수명이 짧아서 말이죠. 기계를 도입해 봐야 금방 쓸모없어집니다. 줄줄이 나오는 신제품에 대응하질 못해요. 결국 사람 손으로 할 수밖에 없습니다."

"그렇군요."

"특히 요즘은 컴퓨터 붐이라 일반 장난감은 찬밥 신세입니다. 제품 사이클이 너무 짧아요."

"흠……."

신도는 작업자들에게 시선을 돌렸다. 지금이 어떤 세상인데 이렇게 수작업으로…….

기도가 형사들에게 고사카라는 이름의 작업반장을 소개했다. 각진 얼굴에 체격이 다부진 남자로 나이는 마흔쯤 됐을까. 베이지색 작업복이 온통 기름투성이였다. 고사카를 소개하고 나서 기도는 왔던 길을 되돌아갔다. 일부러 자리를 피해 주는 건지도 몰랐다.

고사카는 휴게실로 두 형사를 안내했다. 네모난 테이블 주위에 의자가 몇 개 놓여 있고 커피 자동판매기 하나가 덜렁 서 있는 휑한 곳이었다.

우루시자키는 기도에게 했던 질문을 똑같이 고사카에게도

했다. 그런데 제조부장과 작업반장의 의견이 미묘하게 달랐다.

"남편 때문에 많이 괴로워하는 것 같더군요."

반장이 말했다.

"상담을 받아 본 적이 있습니까?"

고사카는 고개를 저었다.

"남편 얘기를 하거나 불만을 털어놓은 적은 없었습니다. 그 부분에 대해서는 아주 분명한 사람이었죠. 하지만 야근 시간을 늘려 달라는 얘기는 자주 했습니다. 경제적으로도 빠듯하고, 집에 빨리 들어가 봐야 재미있는 일도 없었던 거겠죠."

"흠, 야근을 늘려 달라고 했다……, 야근은 대략 몇 시간 정도 합니까?"

"그러니까…… 그때그때 다르긴 한데, 많을 때는 3시간 정도입니다."

"3시간이면 꽤 긴데요. 여기는 몇 시 출근에 몇 시 퇴근입니까?"

"8시 반에 시작해서 5시 반에 끝납니다."

"야근까지 하면 귀가가 상당히 늦어지겠군요."

"그렇죠. 그 대신 수당이 붙으니까 그게 더 나았던 거겠죠. 정규직이 되기도 했고."

"후쿠시마 씨는 정사원이 된 것을 좋아하는 눈치던가요?"

"그야 대우가 달라지는데 당연히 좋아하죠. 규모는 작아도 우리 회사는 4대 보험을 다 들어 줍니다. 교통비 공제도 가능하고요."

"그렇군요."

우루시자키는 최근 들어 별다른 일은 없었느냐고 물었다. 고사카는 잠시 생각하더니 그다지 자신 없다는 투로 대답했다.

"얌전한 사람이라 눈에 잘 띄지 않아서 말이죠. 하지만 평소와 다른 점은 없었습니다."

난카이고야선을 타고 난바 방면으로 돌아가는 중이었다. 덜컹거리는 전철 안에서 우루시자키가 창밖을 바라보며 중얼거렸다.

"어째 냄새가 좀 나."

"유키에 씨 말인가요?"

"응."

우루시자키가 시선을 신도에게로 돌렸다.

"내가 경험은 많지 않지만, 살인을 하는 인간은 그런 타입이 아닐까 하는 생각이 들어."

"동기도 있고 말이죠. 하지만 유키에 씨에게는 알리바이가 있습니다."

"그 알리바이가 미심쩍다는 말이지…… 아!"

전철이 강을 건너는 철교에 접어들었다. 강물은 수량이 적은 데다 황토색이다.

"야마토 강이군."

우루시자키가 말했다. 덩달아 신도도 창문으로 아래를 내려다봤다. 살인 현장은 이 강의 제방이다.

"장난감 공장에서 현장까지 얼마나 걸리겠나?"

"난카이선 역 중에서 현장에 가장 가까운 곳은 아비코마에 역인데, 걸어서 30분 가까이 걸릴 겁니다. 공장에서 나카모즈 역까지가 20분, 나카모즈 역에서 아비코마에 역까지가 10분, 그러니 적어도 1시간은 걸리겠죠."

"1시간이라…… 꽤 걸리는군."

우루시자키는 뭔가 생각에 잠겨 있는 눈치였다.

두 형사는 아비코마에 역에서 내려 스미요시 서에 들렀다. 수사관들이 분주하게 움직이기에 물어보니, 최근까지 후미오와 교류가 있었던 건달을 잡았다고 한다. 마권 장외 판매소를 운영하는 말단 야쿠자로, 후미오와는 반년 전부터 알고 지낸 모양이다.

"도박 빚이 엄청 쌓인 모양이야. 이 정도는 된다는데."

대머리 무라이 반장이 손가락 세 개를 세워 보였다.

"300엔이라고요?"

"0이 네 개 더 붙어야지. 아무튼 그 건달 얘기가, 후쿠시마의 집으로 쳐들어간 적도 몇 번 있다는 거야."

"그 건달이 한 짓은 아니겠죠?"

"사건 당일 밤새도록 마작을 했다는군. 게다가 그놈이 후쿠시마를 죽여 봐야 득 될 게 없잖아."

"그야 그렇죠."

"그보다 말이야, 그 건달이 아주 재미있는 소리를 하더라고. 후쿠시마가 빚을 갚겠다고 했다는데."

"후쿠시마가요? 윽박지르니까 할 수 없이 그저 입에서 나오는 대로 대답한 거 아닐까요?"

"그럴지도 모르지. 하지만 말이야, 빚쟁이가 말단 야쿠자일 때는 그런 말이 통할지 몰라도 300만 엔이면 큰돈이잖아. 위에서 가만 놔두겠냐고. 그러니 후쿠시마도 두 눈에 불을 켜고 돈을 마련하려 들었을 거야. 그 부분을 샅샅이 조사하라고 시켰어."

"후쿠시마에게 돈을 마련해 줄 사람이 과연 있을까요?"

"그야 알 수 없지. 아무튼 결과를 기다려 보자고. 그보다, 그쪽은 어떻게 됐어? 유키에 쪽에서는 뭐 나온 거 없어?"

우루시자키는 아랫입술을 쑥 내밀고 고개를 가로저었다.

"그래? 엉뚱한 데를 들쑤시고 있는 것 같지는 않은데 말이야."

무라이 반장이 대머리를 벅벅 긁었다.

8

그다음 날, 후쿠시마 후미오의 장례식이 연립 주택 근처에 있는 공동 집회소에서 치러졌다. 친척이 한 명도 없는, 그야 말로 쓸쓸한 장례식이었다. 문상객은 동네 사람들이 대부분 이었는데, 그것도 "그렇게 힘들게 살림을 꾸려 왔는데." 하며 유키에를 동정해서 발길을 한 사람들이었다.

우루시자키와 신도는 도로 건너편에 있는 전신주 옆에 서 서 휑뎅그렁한 장례식장을 바라보고 있었다. 수상한 자가 나타나지는 않을까 망을 보는 것이다.

"설마 범인이 이런 데 나타나겠어요? 이거 시간 낭비 아닙니까?"

신도는 코를 쥐며 투덜거렸다. 조금 전에 똥개가 전신주에 오줌을 갈기고 간 것이다.

"그럴지도 모르지. 하지만 이렇게 따분한 조사도 있는 거야."

우루시자키는 아련한 눈빛으로 장례식장을 바라보면서 혼자 고개를 끄덕였다.

"따분한 것은 좋지만 위치라도 바꾸자고요. 똥개가 오줌을 갈긴 자리에서 지켜볼 것까지야 없지 않습니까."

"거 무슨 배부른 소리야. 난 퇴비 옆에서 밤을 새운 적도 있어. 게다가 몸을 숨긴 채 장례식장을 볼 수 있는 자리가 여기 말고 어디 있다고 그래."

"전신주 하나에 남자 둘이 들러붙어 있는데 어떻게 몸을 숨겨요? 다 보인다고요. 봐요, 저기 앞치마 두른 아줌마가 이상하다는 표정으로 쳐다보고 있잖아요."

"거참, 말이 많군. 그냥 얌전히 지켜보고 있어."

두 형사가 옥신각신하는데 노란 셔츠에 하얀 반바지를 입은 남자아이가 고개를 갸웃거리며 다가왔다. 초등학교 1학년이나 2학년쯤 돼 보였다. 밤송이 같은 머리에 코 밑이 콧물과 먼지로 시커멨다.

"뭐야, 너. 저리 가."

우루시자키가 쫓아 보내려 했지만 그 아이는 아랑곳하지 않고 두 형사를 멀뚱멀뚱 쳐다보며 물었다.

"뭐하는 거예요?"

"뭘 하긴, 일하는 거지. 아저씨들 바쁘니까 방해하지 말고 저리 가라."

우루시자키가 타이르듯이 말했다. 그런데도 아이는 움직일 기미가 없었다.

"뭐하는 거예요?"

아이가 또 물었다. 이번에는 목소리가 좀 더 컸다.

"귀찮게 굴지 말고 저리 가라니까. 오줌 냄새 나."

그러자 아이가 히죽 웃더니 "오줌 냄새는 아저씨들한테서 나는데요."라고 되받았다.

우루시자키가 아이를 노려보았다.

"어이, 신도."

"네."

"이놈, 꿀밤 몇 대 쥐어박아."

"네."

그런데 오른손을 쳐들던 신도가 갑자기 멈칫했다.

"어, 선배. 이 녀석 어디서 본 적이 있다 했더니 후쿠시마의 아들인데요."

"뭐, 정말이야?"

우루시자키가 쭈그리고 앉더니 아이의 얼굴을 찬찬히 들여다보았다. 과연 둘째 아들인 노리오였다.

"정말이군. 너무 더러워서 못 알아봤어. 어이, 꼬맹이. 너 좋은 거 갖고 있구나."

우루시자키가 노리오의 반바지 주머니에서 거의 떨어질 듯 삐져나와 있는 수첩을 발견하고는 놓칠세라 말했다.

"좀 보여 줄래?"

우루시자키가 수첩을 빼 들자 노리오는 조그만 소리로 "도둑." 하고 중얼거렸다. 우루시자키는 수첩으로 노리오의 머리를 툭 쳤다.

"뭔데요?"

신도도 옆에 쭈그리고 앉아 우루시자키의 손에 들린 수첩을 들여다보았다.

"오호, 유키에가 회사에서 받은 사원 수첩인 것 같은데? 조그만 회사라도 있을 것은 다 있군. 어이, 꼬맹이."

"노리오라고요."

노리오가 입을 삐죽 내밀었다.

"꼬맹이든 노리오든. 그보다, 이거 어디서 났어? 엄마 거야?"

노리오가 고개를 저었다.

"아니요, 아빠 거예요."

"그럴 리가 있나. 이거 엄마 건데."

"아빠 거예요. 아빠가 보고 있었어요."

"정말이야?"

"네."

우루시자키는 팔락팔락 페이지를 넘겼다. 새 수첩이라 그런지 페이지가 여러 장 한꺼번에 넘어간다. 그러다 우루시자키의 눈이 어느 페이지에서 멈췄다. 그리고 그의 얼굴에 갑자기 긴장감이 어렸다.

"왜 그러시는데요?"

신도가 묻자 우루시자키는 입을 꾹 다문 채 "음……." 하며 애매한 반응을 보였다.

"그 수첩이 뭐가 잘못되기라도 했습니까?"

하지만 우루시자키는 대답하지 않은 채 수첩을 주머니에 쑤셔 넣고 일어섰다.

"자네는 여기서 좀 더 지켜봐. 난 볼일이 좀 있어서."

그러고는 성큼성큼 걷기 시작했다.

"에이, 그러는 게 어딨어요."

신도가 투덜거렸다.

"도둑놈, 수첩 줘요!"

노리오도 으르렁거렸다.

"잘 지켜보고 있으라고."

돌아보면서 우루시자키가 재차 못을 박았다.

신도는 뚱한 얼굴로 우루시자키의 뒷모습을 바라보고 있었다. 뭔가 생각이 났다 하면 제멋대로 움직이는 것이 저 선배의 나쁜 버릇이다.

투덜거리면서 장례식장 쪽을 돌아보던 신도가 갑자기 눈을 부릅떴다. 수사 드라마에나 나올 법한 하얀 양복에 곱슬머리 건달이 유키에에게 시비를 걸고 있었다. 그리고 그 건달에게 검은 투피스를 입은 젊은 여자가 대들고 있었다.

"난 빌려준 돈을 달라는 것뿐이라고."

건달이 고함을 질렀다. 아마 어제 스미요시 서로 연행된 말단 야쿠자의 동료일 것이다.

"그건 알겠는데, 그렇다고 이런 자리에 들이닥칠 것까지는 없잖아요."

기운찬 목소리다. 신도는 그 목소리의 여자를 알아봤다. 피식 웃음이 나왔다.

"거참, 시끄럽게 구네. 당신한테는 볼일이 없다니까. 이 여자에게 할 말이 있다잖아."

"어이, 잠깐."

신도가 그 남자의 어깨에 손을 올려놓았다. 남자가 움찔하면서 돌아보았다.

"뭐야, 너는?"

"여자를 상대로 그렇게 고함을 질러 대서야 쓰나. 오늘 같은 날은 참아야지."

그러고서 신도가 경찰수첩을 꺼내는 시늉만 했을 뿐인데도 건달은 눈치를 챘는지 금세 낯빛이 달라졌다.

"그야…… 오늘 하루쯤 기다려도 상관없지만…… 피해는 우리 쪽이 보고 있으니까."

"알겠어, 알겠다고."

신도는 남자의 어깨를 툭툭 치면서 몇 번이나 고개를 끄덕거렸다. 그제야 남자는 포기했는지 유키에와 시노부를 한 번 노려보더니 좁은 골목길을 걸어 나갔다.

"감사합니다."

유키에가 머리를 꾸벅 숙였지만 신도는 고개만 까닥하고는 이내 검은 투피스의 여자에게 시선을 돌렸다.

"선생님께 그냥 맡겨도 될 걸 그랬습니다."

"폼 잡기는. 좀 더 빨리 왔어야죠."

구름 낀 하늘 아래 영구차는 차마 발이 떨어지지 않는다는 듯이 꾸물꾸물 움직였다. 어이가 없을 정도로 화려하게 장식된 그 영구차를 신도는 도모히로와 노리오 형제, 그리고 시노부와 함께 바라보고 있었다. 화장터에는 유키에 혼자 가기로 되어 있었다.

"너희들은 이제 어떻게 할 거야?"

시노부가 도모히로 형제에게 물었다.

"집에 가야죠."

도모히로가 대답했다.

"할 일이 많아요."

"학교에는 언제부터 올 건데?"

"여유가 생기면 갈게요."

도모히로는 그렇게만 대답하고 집을 향해 걷기 시작했다. 노리오도 그 뒤를 따라갔다.

"아주 당차네요, 요즘 초등학생들은."

신도가 기특하다는 듯이 말하자 시노부가 한숨을 쉬며 대답했다.

"저런 애들을 마흔 명쯤 가르쳐 보고 그런 말씀을 하시죠. 그럼 제 심정을 좀 이해할 텐데."

시노부와 신도는 나란히 걸었다. 초등학교로 가는 길이다. 오늘은 토요일이니까 곧 아이들이 학교에서 나올 시간이다.

"아 참, 지난번에는 미안했어요."

시노부가 신도의 얼굴을 보며 말했다. 툭 튀어나온 혹이 검푸르게 변색돼 있었다.

"아닙니다. 저도 잘못했으니까. 그런데 선생님은 참 겁도 없습니다. 그런 양아치를 상대로 당당하게 할 말을 다 하고."

"그렇지 않아요. 속으로는 얼마나 떨었는데요."

"그렇게 안 보이던데요. 나는 또 하이힐이 등장하나 했습니다."

"흥."

오지 초등학교 뒤에는 미하라 신사가 있다. 시노부는 오지 초등학교에 부임한 지 몇 년이 지났지만 이 신사에 누구를 모시고 있는지는 아직 모른다.

초등학교와 신사 중간쯤에 짐칸을 개조한 밴이 한 대 서 있고 거기서 다코야키를 팔고 있었다. 그러고 보니 도모히로의 아버지 후쿠시마 후미오도 전에 이 근처에서 다코야키를 팔

았다고 했다. 오타 미와라는 여자아이의 작문에서 읽은 내용
이 문득 떠올랐다.

신도가 그 가게 앞에서 코를 벌렁거렸다.

"좋은 냄새가 나는데요. 선생님, 어때요? 한 접시에 2백 엔
이라는데."

"알았어요. 같이 먹어요."

시노부는 지체 없이 신도의 제안을 받아들였다. 다코야키
를 좋아하나 보다.

다코야키를 파는 아저씨는 짧게 깎은 머리에 수건을 꽉 묶
고 있었다. 머리가 밴의 천장에 거의 닿을 듯했다. 그 힘겨운
자세로 빙글빙글 노련하게 다코야키를 뒤집는다. 그리고 스
티로폼 접시 두 개에 다코야키를 보기 좋게 담아 소스를 듬
뿍 끼얹고 파래를 뿌렸다. 식욕을 자극하는 냄새가 둥실 떠
올랐다.

"그런데 범인의 윤곽은 잡혔나요? 앗, 뜨거워!"

시노부가 다코야키 한 개를 입에 넣고서 물었다.

"지금 조사 중입니다. 조금만 더 기다리세요."

"그런…… 시답잖은……,"

우물우물.

"대답이나…… 듣자고……. 서민들은 비싼 세금을 꼬박꼬
박 내고 있는데."

"나도 부지런히……,"

우걱우걱.

"일하고 있다고요."

"다코야키나 먹고 있을 때가 아닐 텐데요, 솔직히 말해서."

"거, 댁들."

둘이 다코야키를 먹으면서 입씨름을 하고 있자니 다코야키 아저씨가 불쑥 끼어들었다.

"싸우는 건 좋은데 어디 다른 데 가서 하시죠. 여기서 그러면 장사에 방해됩니다."

"다른 손님도 없는데요, 뭐."

신도가 사방을 둘러보았다.

"지금은 없어도 이제 곧 학교가 끝날 시간이라 아이들이 쏟아져 나올 거란 말입니다. 이 시간이 대목인데, 토요일에는."

"그럼 다른 손님이 오면 가죠. 애당초 이렇게 좁은 길에서 장사를 하는 것 자체가 잘못이죠, 여기는 주차 금지 구역인데. 다른 차가 지나가려 해도 지나갈 수 없잖습니까."

"차가 오면 옮기면 그만이지. 오사카는 어딜 가나 이렇다고. 그런 것까지 신경 쓰다가는 먹고살 수 없다니까."

"이렇게 길가에 세워 놓지 말고 저기다 차를 집어넣으면 될 텐데."

시노부가 초등학교와 신사 사이에 있는 좁은 틈을 가리켰다.

"그런 되지도 않는 소리 마쇼. 저렇게 좁은 데다 어떻게 차를 넣으라고."

"아니, 그렇지 않아요. 잘하면 들어갈 것 같은데요, 아슬아슬하기는 해도."

"집어넣을 수야 있겠지만 운전석에서 나올 수가 없을 텐데."

"그렇구나, 문을 열 수 없겠어."

신도가 다코야키를 손에 든 채로 좁은 골목을 들여다보며 말했다.

"아!"

그때 갑자기 시노부가 소리를 질렀다. 놀란 신도가 그녀를 돌아보았다.

"왜 그래요?"

시노부는 대답하지 않고서 멍하니 허공을 올려다보더니 자신의 다코야키를 신도에게 내밀면서 말했다.

"이것 좀 갖고 있어요."

신도가 왜 그러냐고 물으려고 했을 때는 이미 그녀가 날쌘 돌이처럼 튀어나간 뒤였다.

"이봐요, 다케우치 선생님!"

신도는 어이가 없었지만, 이내 사태를 파악했다. 그녀가 뭔가를 알아차린 것이다. 아마도 사건에 관련된 일일 것이다. 신도도 가만있을 수는 없었다. 적어도 다코야키 접시를 두 손에 든 채 멍하니 있을 때는 아니다.

그는 근처를 지나가던 아이에게 다코야키 접시를 건네주고 잽싸게 뛰기 시작했다. 빨리 가면 그녀를 따라잡을 수 있을 거라고 생각하면서.

한편 시노부는 신도에게 붙잡힐 수는 없다는 심정으로 전력 질주했다. 어떻게든 형사를 따돌려 시간을 확보하고 싶었다.

"어이, 선생님!"

신도의 목소리가 뒤에서 들려왔다. 오늘은 작정하고 뛰는 모양이다. 따라붙는 건 시간문제일 것 같다. 어떻게든 수를 써야 하는데.

"어, 선생님. 뭐하시는 거예요?"

그때 그녀 앞에 하라다와 하타나카를 비롯한 악동 그룹이 나타났다. 오늘은 담임인 시노부가 없는 탓에 일찌감치 학교에서 나온 모양이다. 평소에는 얄미운 녀석들인데 이때만큼은 하늘이 도왔다 싶었다.

"너희들 있잖아, 저 뒤에서 쫓아오는 아저씨 좀 막아 줘."

"에이, 선생님, 남자한테 쫓기고 있는 거예요?"

느릿하게 얘기하는 하타나카의 머리를 시노부는 한 대 쥐어박았다.

"아무튼 부탁해, 알았지? 잘하면 일주일 동안 숙제 안 낼게."

와하고 아이들이 환성을 질렀다. 비상사태니 어쩔 수 없다.

"어어어, 너희들 뭐야."

하라다와 악동들이 손을 맞잡고 막아서자 신도는 깜짝 놀랐다. 아이들이 한술 더 떠 그의 옷을 잡고 놓지 않았다.

"야, 이놈들, 이거 놔. 옷 찢어지겠다!"

신도가 악동들에게 잡혀 있는 동안 시노부는 후쿠시마 도모히로의 집으로 향했다.

9

연립 주택 앞에 도착했을 때 시노부는 마치 굶주린 호랑이처럼 씩씩거리고 있었다. 문을 연 도모히로가 어리둥절한 표정을 지었다.

"선생님, 왜 그러세요?"

"설명은 나중에 하고, 일단 들어가자."

시노부는 도모히로의 대답을 기다리지 않고 다짜고짜 집 안으로 들어간 다음 바깥을 힐끔 내다보더니 문을 닫고 자물쇠를 잠갔다. 신도는 아직 쫓아오지 못한 모양이다.

"무슨 일이에요, 갑자기?"

"너, 거기 앉아 봐."

시노부가 도모히로를 앉히고 자신도 그 앞에 앉았다.

"솔직하게 말해 봐."

"뭘요?"

도모히로는 고개를 삐딱하게 기울였다.

"사실대로 말해. 지금 말하면 선생님이 어떻게 해 볼 수 있어."

"전 거짓말한 거 없는데요."

"딴청 부리지 마. 너, 경트럭 운전할 줄 알지?"

그 순간 도모히로의 표정이 싹 변했다. 도모히로는 눈을 내리깔더니 입을 조개처럼 딱 다물었다.

"그날 밤에 무슨 일이 있었던 거야? 선생님에게는 말해도 돼."

그러나 도모히로는 입을 열지 않았다. 아무 말 하지 않는 것이 최선책이라고 여기는 모양이었다.

시노부가 다시 한 번 말하려는 참에 문을 쾅쾅 두드리는 소리가 났다.

"선생님, 여기 계시죠?"

신도의 목소리였다.

"어떻게 된 겁니까, 대체?"

신도가 이번에는 부엌 창문으로 고개를 들이밀었다. 그 뒤로 하라다와 하타나카의 모습도 보였다.

"선생님, 죄송해요. 이 아저씨가 막 도망치는 바람에……."

"이런 맹추들. 꼭 잡고 있었어야지!"

"아무튼 이 문 좀 열어 봐요."

신도와 아이들이 번갈아 떠들어 대는 통에 현관 앞이 난리 법석이었다. 게다가 옆집 사는 야마다 도쿠코까지 무슨 일인가 하고 나와서 "너희들 왜 이렇게 시끄러워. 경찰 부른다." 하고 윽박지르는 통에 일이 더 골치 아프게 되고 말았다.

그때 어디선가 우루시자키 형사가 나타났다. 웬 아이들이 모여 와글거리나 했는데 그중에 신도의 모습이 보이자 놀랐는지 눈이 휘둥그레졌다.

"자네, 여기서 뭐하는 거야?"

"아, 선배님. 안에서 후쿠시마 도모히로의 담임선생님이 농성을 하고 있습니다."

"농성, 왜?"

"그건……."

신도는 대답할 말이 궁했다.

"잘 모르겠습니다."

"이런."

우루시자키는 아이들 사이를 헤치고 부엌 창문에 다가서서 말했다.

"도모히로 군, 잠깐 물어볼 게 있는데 현관문 좀 열어 주면 안 될까?"

그러자 시노부가 창문 밖으로 얼굴을 내밀었다.

"지금 가정 방문 중인데요. 묻고 싶은 건 제가 대신 물어볼 게요."

"허, 선생님이시군요. 지난번에는 신도 형사가 크게 신세를 졌다고 하던데."

우루시자키가 정중하게 인사했다.

"도모히로 군에게 운전을 해 본 적이 있는지 물어보시겠습니까?"

"으아아악."

시노부가 갑자기 도모히로에게 얼굴을 들이대더니 멱살을 잡고 좌우로 마구 흔드는 바람에 도모히로가 비명을 질렀다.

"그것 봐, 경찰이 벌써 알아 버렸잖아. 솔직하게 털어놔. 자수하면 죄가 가벼워진단 말이야."

그런데도 도모히로는 아무 대답이 없었다. 시노부는 답답해서 더는 못 견디겠는지 결국 현관문을 열었다. 밖에서 와글거리던 신도와 아이들이 한꺼번에 우르르 밀려 들어왔다.

"도모히로 군이 모든 것을 말하겠대요. 자수하는 거니까 아무쪼록 정상 참작을⋯⋯."

"선생님."

맨 먼저 들어온 우루시자키가 구두를 벗으면서 쓸쓸하게

웃었다.

"그렇게 흥분하시면 주름이 늘어납니다."

"아, 예⋯⋯. 죄송합니다."

"다른 아이들은 밖으로 내보내시죠. 별로 듣게 하고 싶지 않으니까요."

"아, 네. 자, 얘들아. 밖에 나가서 기다려."

툴툴거리는 악동들을 밖으로 내보내고 나자 일단은 조용해졌다. 도모히로와 우루시자키가 마주 앉고 그 옆에 신도와 시노부가 앉았다.

우루시자키는 천천히 담배를 꺼내어 입에 물더니 맛나게 연기를 내뿜었다. 그러고 나서 우선 도모히로에게 물었다.

"그날 밤, 어머니가 몇 시쯤 돌아왔지?"

도모히로는 여전히 고개를 숙인 채 아무 말이 없었다.

"있는 그대로 정직하게 대답해."

시노부가 재촉하자 우루시자키는 좀 참으라는 듯이 손짓을 했다.

"11시 조금 전 아니었어?"

"⋯⋯."

"어머니가 돌아와서 무슨 말인가 했을 텐데."

"⋯⋯."

"아빠를 죽였다, 뭐 그런 말이라도 했니?"

헉, 하는 이상한 소리를 낸 것은 시노부였다. 그녀가 얼른 손바닥으로 입을 막았다.

"아무 말 하지 않아도 상관은 없어. 어차피 다 알게 될 테니까. 그리고 걱정 안 해도 돼. 경찰이 너희 모자를 어떻게 하지는 않을 거니까."

그러자 지금까지 입을 꾹 다물고 있던 도모히로가 입술을 떨면서 외쳤다.

"우리 엄마는 잘못한 거 없어. 아빠가 나쁜 거야!"

"그래, 알아, 알아."

우루시자키가 몇 번이나 고개를 끄덕였다.

"저, 우루시자키 선배, 대체 뭐가 어떻게 된 겁니까?"

신도가 조심스레 묻자 우루시자키는 "공제 보험이야."라고 대답했다.

"공제 보험요?"

"유키에 씨가 장난감 회사의 정규직 사원이 되면서 대우가 여러 가지로 달라졌다는 얘기는 들었지? 돈을 조금만 내고 보험금을 받을 수 있는 공제 보험도 그중 하나였지. 아까 노리오가 갖고 있던 사원 수첩을 들춰 보니 공제 보험 페이지에 접힌 흔적이 있더라고. 그래서 노리오에게 엄마 거냐고 물어봤더니 후미오가 보고 있었다고 했잖아. 혹시나 싶어서 회사에 문의해 봤더니 아니나 다를까, 유키에 씨가 2천만 엔짜리 공제 보험에 들었더라고. 그러니까 딱 떠오르는 게 있었어. 유키에 씨가 후미오를 죽이려 했던 게 아니라 그 반대가 아닐까 하고 말이야."

"그럼 후미오가 그 돈을 노리고 유키에 씨를……."

"경트럭을 빌린 건 시신을 처분하기 위해서였을 거야. 정말 짐승만도 못한 놈이지. 유키에 씨가 퇴근하는 시간에 회사 근처에서 그녀를 픽업해서 야마토 강 제방으로 데리고 간 뒤 죽이려고 한 거야. 그런데 알코올 의존자에 체력도 부족하니 그럴 힘이 없었지. 유키에 씨의 저항에 되레 자신이 트럭 모서리에 머리를 부딪쳐서 저세상으로 간 거야. 유키에 씨의 퇴근 시간에서 역산하면 아마 10시쯤이었겠지."

"그다음에 유키에 씨가 집으로 돌아왔다고 치면…… 10시 40분쯤이겠군요. 그런데 경트럭이 여기서 11시쯤 출발했다는 증언이 있잖아요."

"그게 이상한 점이지. 하지만 잘 생각해 보라고. 경트럭이 11시쯤 여기서 나간 건 사실이지만 누가 운전했는지는 알 수 없잖아. 그러니 후미오가 아닐 수도 있는 거지. 그래서 생각난 게 N건설이었어. 거기에 똑같은 트럭이 여러 대 있었고 밤에도 문이 열려 있다고 했잖아. 그러니까 후미오가 아닌 누군가가 거기에서 경트럭을 슬쩍해서 마치 후미오가 여기서 나간 것처럼 꾸몄던 거야. 그런 트릭을 생각한 사람이…… 어머니였니?"

우루시자키가 도모히로의 얼굴을 빤히 보자 소년은 분노에 찬 눈으로 형사를 노려보았다.

"엄마는 경찰에 신고하겠다고 했어. 내가 못하게 한 거야. 그런 사람 때문에 엄마를 감옥에 가게 할 수는 없잖아."

"그래서 네가 그 건설 회사에서 경트럭을 슬쩍 끌고 와서 마치 아빠가 11시쯤 여기서 나간 것처럼 꾸민 거구나. 경트럭을 타고 나가는 걸 옆집 아주머니가 보게끔 말이야."

"그 회사에 경트럭이 몇 대나 그냥 서 있다는 건 전부터 알고 있었어요. 여기서 거기까지는 200미터 정도밖에 안 되니까 트럭을 타고 왔다가 되돌려 놓는 것 정도는 자신 있었고요."

"단순한 트릭이군. 그런데 설마 초등학생이 경트럭을 운전할 수 있을 거라고는 아무도 생각하지 못했을 테니 다들 깜박 속은 거지."

그리고 우루시자키는 시노부 쪽으로 몸을 틀고 말했다.

"이상이 사건의 진상입니다. 범인은 유키에 씨고 도모히로 군은 공범이 되겠군요. 하지만 선생님이 아까 말씀하셨던 것처럼 정상 참작의 여지가 충분합니다. 게다가……."

우루시자키가 도모히로를 보더니 씩 웃었다.

"선생님 말씀이, 이 아이가 스스로 털어놓았다고 하고요."

시노부는 우루시자키의 진의를 파악하고 고개를 숙였다.

"감사합니다."

다 같이 밖으로 나왔을 때 마침 상복 차림의 유키에가 돌아왔다. 그녀는 형사와 도모히로의 모습에서 상황을 파악한 듯 헉, 숨을 삼키며 그 자리에서 걸음을 멈췄다.

"엄마!"

모두가 지켜보는 가운데 도모히로가 유키에에게 달려갔다.

"엄마, 미안해. 다 들통 났어."

엄마가 오른손을 살며시 아들의 어깨에 올려놓았다.

"그래……, 할 수 없지."

"부인."

우루시자키가 두 사람에게 다가갔다.

"이 나라 법에는 정당방위라는 것이 있는데 괜한 걱정을 하셨군요."

"죄송합니다, 여러 가지로 폐를 끼쳐서."

유키에가 공손히 머리를 숙였다.

"이거 선배한테 보기 좋게 당했습니다."

경찰차를 기다리는 동안 신도는 시노부에게 불평을 늘어놓았다.

"그런데 선생님은 어떻게 도모히로 군이 수상하다는 걸 아셨습니까? 다코야키 먹다가 갑자기 뭔가 알아낸 것 같던데."

그러자 시노부는 장난스러운 눈빛으로 신도를 올려다보았다.

"도모히로 군의 아버지가 전에 다코야키 장사를 했는데, 학교와 신사 사이에 있는 그 좁은 통로에 차를 집어넣고 거기서 다코야키를 팔았대요. 우리 반 아이의 작문에서 읽었어요. 그때 도모히로 군이 아버지 일을 거들었다는 것도 거기쓰여 있더군요. 그런데 아까 그 다코야키 장수 아저씨가 차를 집어넣을 수는 있어도 운전석에서 나올 수 없다고 했잖아요. 그러면 후쿠시마 씨는 어떻게 차에서 나왔을까, 그 생각을 하다가 혹시 도모히로 군이 운전한 거 아닐까 하는 생각이 든 거죠. 어린애라면 조그만 틈새로도 빠져나올 수 있을 테니까."

"아하, 그래서 도모히로 군이 경트럭을 운전할 수 있다는 걸 아셨군요. 아주 멋진 추리인데요."

"하지만 전 도모히로 군이 아버지를 죽였다고 생각했어요. 자기 반 학생을 믿지 못하다니, 선생 자격이 없네요."

시노부는 자기 자신이 실망스럽다는 표정을 지었다.

경찰차가 도착했다. 우루시자키와 신도가 유키에의 양쪽에 앉았다. 출발할 때 돌아보니 시노부가 손을 흔들고 있었다.

"선생님이 아주 예쁘게 생겼는걸. 치마가 조금만 더 짧으면

금상첨화일 텐데."

"그런 말이 저 선생님 귀에 들어갔다가는 또 하이힐이 가만
있지 않을 겁니다."

경찰차가 멀어진 후 시노부는 도모히로의 얼굴을 보았다.

"괜찮아. 엄마는 잘못이 없으니까 큰 벌은 받지 않으실 거
야."

그러자 도모히로는 울다가 웃는 표정을 하고서 말했다.

"걱정 마세요. 엄마한테 문제가 생기면 제가 다코야키 팔아
서 노리오를 돌보면 되니까요. 그럼 선생님도 사러 오셔야
해요."

"그래, 그럴게."

"선생님 거는 문어 잔뜩 넣어 드릴게요."

시노부는 벅차오르는 가슴을 가까스로 억누르면서 도모히
로의 머리를 톡 때렸다.

"요 녀석."

시노부 선생님과 집 없는 아이

1

히가시오사카의 서쪽 끝, 조금 더 가면 오사카 시 이쿠노 구에 이르는 위치에 긴테쓰 후세 역이 있다. 그 남쪽에 있는 아케이드 상가에는 다양한 가게가 빼곡히 들어서 있는데, 허름하기는 해도 활기 넘치는 분위기의 가게가 많다.

상가 중간쯤에 있는 나카무라 가전제품 대리점은 최근 들어 유난히 활기가 넘쳤다. 요즘 유행하고 있는 게임을 그 어느 가게보다도 빨리 들여와서 대대적으로 판매한 덕분에 동네 어린이 손님들을 꽉 잡은 것이다. 이제 이 가게의 컴퓨터 매장은 초등학생과 중학생들이 모이는 아지트가 되었다.

가게 주인은 대머리 아저씨다. 어린이들이 전시용 기기로 게임하고 노는 모습을 힐금거리면서 망가진 컨트롤러를 수리하고 있다. 그가 요즘 주로 하는 일은 컴퓨터 부속품 수리다.

그런 그에게 초등학생 하나가 다가왔다. 야구 점퍼를 걸치고 두 손을 주머니에 푹 찔러 넣은 건방진 폼이다. 아저씨는 콧잔등에 걸쳐 있는 안경 너머로 그 아이를 보며 "왔나?"라고 아는 체를 했다.

"뭐 없어요?"

소년이 아저씨의 손을 바라보면서 물었다. 아저씨가 고개를 까닥 숙인다.

"전에 가져간 건 어땠는데? 꽤 재미있었지?"

"아, 그거요."

소년은 한숨을 쉬었다.

"그저 그랬어요. 기술을 다 알고 나니까 단번에 클리어."

"그야 뭐든지 기술을 알고 나면 그렇지."

그리고 대머리 아저씨는 옆에 있는 서랍을 열어 CD 한 장을 꺼내더니 소년 앞에 탁 놓았다.

"지금은 이 정도밖에 없어."

"'미래 도시'네요."

소년이 CD를 집어 들고 중얼거렸다.

"별로 재미없다고 하던데."

"그렇게 투덜거릴 거면 안 사도 돼. 네가 올 것 같아서 놔두기는 했지만 살 사람은 얼마든지 있으니까. 팔리고 나면 그만이야. 언제 또 들어올지 알 수 없어."

아저씨가 대머리를 갉작갉작 긁으면서 말했다.

"알았어요. 언제나 이렇다니까."

소년은 주머니에서 지갑을 꺼내 아저씨 앞에 돈을 내밀었다. 아저씨는 CD를 종이에 싸서 소년에게 건넸다.

"또 와라."

소년은 CD 든 손을 아저씨에게 살랑살랑 흔들어 보였다.

오지 초등학교 6학년 5반 다나카 뎃페이는 컴퓨터 게임 실력으로는 교내에서 1, 2위를 다투는 고수다. 지난번 과학 박람회에 갔을 때는 본 적조차 없는 신형 텔레비전 게임에 도전해서 단박에 최고점을 올렸을 정도다.

하지만 그 실력의 원천은 재능보다는 빠른 정보력에 있었다. 새로운 소프트가 개발되면 CD가 됐든 테이프가 됐든 곧바로 사들였다. 그리고 책방에 가서 그 소프트에 대한 필살기 책을 찾는다. 그렇게 해서 반 아이들이 그 게임을 시작할 무렵에는 이미 기술을 완전히 터득해 놓는 것이다. 기술을 슬쩍 보여 주고 아이들이 놀라는 반응을 보는 것이 뎃페이는 최대의 즐거움이었다.

그런 그가 애용하는 곳이 바로 나카무라 가전 대리점이다.

새로운 게임 소프트가 발표되면 너도나도 먼저 사려고 각축전이 벌어진다. 서둘러 가게에 갔는데 이미 물건이 떨어진 경우도 종종 있다. 그런데 뎃페이는 친분을 돈독하게 쌓아 둔 덕분에 아저씨가 그의 몫을 따로 챙겨 둔다. 물론 그렇게 되기까지 나름의 돈을 투자했다. 용돈의 거의 대부분을 거기에 쏟아부었다고 해도 과언이 아니다.

이날도 뎃페이는 새 게임을 손에 들고 뿌듯한 기분으로 가게를 나선 것이다.

가게에서 나온 그는 길가에 세워 둔 자전거 바구니에 종이로 싼 CD를 넣고 자전거를 묶어 둔 자물쇠를 푼 다음 안장에 올라탔다. 그리고 천천히 페달을 밟으려는데, 그의 왼쪽에서 뭔가 검은 그림자 같은 것이 다가왔다.

소리를 지를 틈도 없었다. 그림자는 자전거 바구니에 든 CD를 잽싸게 꺼내 그대로 골목길로 달아났다. 그 날랜 동작에 뎃페이는 한참이나 어안이 벙벙해 있었다.

"아이, 씨."

정신을 차린 뎃페이는 자전거에서 내려 골목길로 뛰었다. 그림자는 도중에 있는 갈림길에서 왼쪽으로 돌았다. 뎃페이 또래의 소년이었다.

이 부근은 상점가를 끼고 조그만 집들이 닥지닥지 들어서 있다. 즉, 길이 복잡하게 얽혀 있는 것이다. 뎃페이도 길치는 아닌데 상대는 한 수 위인 것 같았다. 복잡한 길을 골라 도망치고 있다. 그리고 뎃페이가 넓은 길로 나왔을 때 상대의 모습은 어디에도 없었다.

"제길, 당했잖아."

뎃페이는 약이 올라 발로 땅을 힘껏 찼다.

방망이를 휘두르자 타구가 세컨드 베이스 한참 위를 지나 정면에 있는 학교 건물의 2층 부근을 향해 날아갔다.

"아싸, 홈런이다."

자신의 타구에 만족한다는 듯 고개를 끄덕이며 시노부는 천천히 베이스를 돌기 시작했다. 같은 편 아이들이 손뼉을 치며 좋아했다.

"쳇, 왜 저렇게 힘이 센 거야."

피처를 맡고 있는 하타나카는 입을 비죽거리며 투덜거렸다.

"저래 가지고 시집이나 가겠어."

"너, 뭐라고 했니?"

홈을 밟은 시노부가 마운드로 다가갔다. 하타나카는 글러브로 입을 가렸다. 시노부가 두 손을 허리에 대고 수비를 맡고 있는 아이들을 둘러보았다.

"야, 그쪽 팀. 오늘 왜 그렇게 기운이 없어? 이제 겨우 3회인데 8 대 1이란 말이야. 할 마음이 있는 거야 없는 거야?"

"저는 펄펄하다고요."

하타나카가 그렇게 대답하더니 갑자기 목소리를 낮춰 중얼거렸다.

"하라다와 뎃페이가 맥이 빠져 있어서 그래요. 이 녀석들,

오늘은 쳤다 하면 삼진에 수비는 에러투성이고."

시노부가 그 둘을 돌아보았다. 쇼트와 서드를 지키고 있는 뎃페이와 하라다는 고개를 숙이고 지면을 툭툭 차면서 딴청을 부리고 있다. 둘 다 소프트볼을 좋아하고 또 잘하는 녀석들이다.

무슨 일이 있는 모양이군. 선생의 직감으로 그렇게 느낀 시노부는 고개를 보일 듯 말 듯 몇 번 끄덕이고는 아군 쪽으로 돌아갔다.

"게임을 도둑맞았다고?"

"네."

뎃페이가 맥없이 고개를 푹 숙였다.

"용돈 탈탈 털어서 산 건데……."

"너도?"

시노부가 하라다를 보자 하라다 역시 배시시 웃으면서 머리를 긁적거렸다.

"요런 맹추들."

시노부는 둘의 얼굴을 빤히 바라보다가 한숨을 푹 내쉬었다. 점심시간에 두 녀석을 교무실로 불러 체육 시간에 경기에 집중하지 못한 이유를 캐묻자 게임 CD를 날치기당했다고 털어놓았다.

"같은 날 두 녀석이 날치기를 당했는데 그게 또 하필 둘 다 우리 반이라니……."

"그 녀석, 상습범일 거예요. 어찌나 잽싸던지."

뎃페이가 중얼거렸다.

"잽싸? 지금 그런 거에 감동하고 있을 때니?"

시노부는 골치가 아프다는 표정을 지었다.

"그래서, 집에다 얘기는 했어?"

어림없다는 표정으로 두 아이가 고개를 저었다.

"아빠한테 한 대 얻어맞기나 하게요."

"저는 엄마한테요."

하라다가 덧붙였다.

"그럼 어쩌지? 경찰에 신고하는 게 맞기는 한데."

"저…… 선생님."

뎃페이가 우물쭈물하면서 말을 꺼냈다.

"그거 포기할래요. 어쩔 수 없잖아요. 앞으로 조심할게요."

"호오, 웬일로 이렇게 소극적일까."

"남자는 포기할 줄도 알아야죠. 잊어버릴래요. 그러니까 선생님도 그 얘기는 이제 그만하세요."

그리고 뎃페이는 오른쪽으로 돌아 문으로 향했다. 하라다도 그 뒤를 따르는데, 둘 다 한심하게 어깨가 축 늘어져 있었다.

"야, 너희들 거기 서."

시노부가 둘을 다시 불러 세웠다. 아이들이 노인네처럼 느릿한 동작으로 돌아보았다.

"후세 역이라고 했지? 오늘 학교 끝나고 가는 길에 앞장서."

그 말에 두 녀석의 눈이 휘둥그레졌다.

"선생님, 설마 범인을 잡으시려고요?"

걱정스러운 얼굴로 하라다가 물었다.

"당연하지."

시노부는 가슴을 좍 펴고 대답했다.

"학생이 이렇게 풀이 폭 죽어 있는데 가만히 보고 있을 수만은 없지. 선생님이 잡을 거야."

"관두시죠."

하라다가 눈을 치켜뜨고 그녀를 보았다.

"그러다 시집 더 못 가요."

"요 녀석들이 못하는 소리가 없네."

시노부가 하라다의 머리를 톡 때렸다.

"하지만 그 자식, 진짜 빨랐다고요."

뎃페이가 어제 일을 떠올리듯 허공을 쏘아보면서 말한다.

"저도 쫓아갈 수가 없던데."

"선생님한테 맡겨."

시노부가 자기 가슴을 툭 쳤다.

"달리기에는 자신이 있으니까. 날치기범을 잡으면 경찰 총

감상이라도 받을지 아니?"

활기차게 웃는 시노부를 두 아이는 복잡한 심정으로 바라보고 있었다.

그날 방과 후.

"뭐야, 왜 저렇게 시끌시끌해."

뎃페이와 하라다를 데리고 역 앞 상점가로 나간 시노부는 좁은 길에 웅성웅성 모여 있는 사람들을 보며 말했다.

"무슨 일이 있나 본데요. 경찰차가 와 있어요."

하라다의 말을 듣고 다시 보니 겹겹이 모여 있는 사람들 뒤로 경찰차의 경광등이 빙글빙글 돌아가고 있었다.

시노부는 고개를 쭉 빼서 내밀고 사람들 뒤에 섰다. 거뭇거뭇한 단층집의 문이 활짝 열려 있고, 경찰과 뭔지 모를 제복을 입고 있는 남자들, 그리고 양복 입은 남자들이 바쁘게 드나들고 있었다.

"어, 언젠가 본 적 있는 아저씨가 저기 있는데요."

하라다의 목에 양팔을 걸어 올라타고 있던 뎃페이가 말했다.

"전에 그 아저씨예요."

"어디?"

뎃페이가 가리키는 곳으로 시선을 돌리자 키가 크고 낮이

익은 남자의 얼굴이 보였다. 오사카 부경 수사 1과의 신도 형사다. 그 옆에서 시궁쥐 같은 꼴을 하고 있는 남자는 신도의 선배 우루시자키 형사일 것이다. 두 사람에게는 전에 어떤 사건으로 신세를 진 일이 있었다.

"또 무슨 일이 생긴 건가."

하라다의 어깨에서 내려오면서 뎃페이가 고개를 갸우뚱했다.

"그런가 본데. 저 아저씨들은 강력 범죄 전문이잖아. 살인 사건이라도 벌어진 건가."

"야, 겁난다. 이래서 오사카가 싫다니까."

하라다가 중얼거렸다.

"무슨 소리야. 자기도 살고 있으면서."

"하지만 살인 사건에 날치기에…… 이건 사람이 살 데가 아니야."

"그렇게 생각한다면 공부 열심히 해서 정치가가 되는 거야. 그래서 이 동네를 살기 좋은 곳으로 깨끗하게 뜯어고치면 되잖아."

그때 누가 뒤에서 시노부의 등을 쳤다. 돌아보니 감색 세일러복을 입은 소녀가 미소를 짓고 있었다. 짧게 커트한 머리 때문인지 약간 남자애처럼 보이는 아이다. 시노부는 금방 기억해 냈다.

"오, 마치코. 오랜만이네."

2년 전 오지 초등학교에 다녔던 가지노 마치코였다. 직접 가르친 적은 없지만 인기 선생인 시노부는 대부분의 여학생과 얼굴을 알고 지냈다.

"선생님, 여기서 뭐하시는 거예요?"

마치코가 옆에 있는 뎃페이를 힐금 보고는 물었다. 중학생이 되더니 과연 말투도 어른스러워졌구나 싶어 시노부는 감동하면서 되물었다.

"응, 우리 반 아이들이랑 잠시 볼일이 있어서. 그런데 너는?"

마치코의 집은 오지 초등학교 근처일 것이다.

"저 집, 우리가 세놓은 집이거든요. 그런데 세 든 사람이 살해당했대요. 그래서 아빠가 경찰에 불려 갔어요. 저는 그냥 구경하러 온 거고요."

"흐음, 세놓은 집에서 사건이 생겼다고?"

시노부는 다시 한 번 고개를 쭉 빼고 현장을 바라보았다.

"우리 선생님이 형사 아저씨 잘 안대. 무슨 어려운 일 있으면 의논해 봐."

뎃페이가 옆에서 끼어들었다.

"요 녀석이. 너, 그런 바보 같은 소리 할래?"

시노부는 뎃페이를 혼냈지만 마치코는 흥미로워하는 눈치

였다.

잠시 후 시노부는 마치코와 헤어져 뎃페이와 하라다를 데리고 상점가로 향했다.

나카무라 가전제품 대리점은 오늘도 아이들로 북적거렸다. 다들 전시용 게임기 앞에 모여 순서를 기다리고 있었다. 제 손으로 살 돈은 없고, 이렇게라도 게임을 하기 위해 모여드는 것이다.

"여기서 자전거를 탔다고 했지?"

가게 옆에 마치 파친코 가게처럼 자전거가 죽 늘어서 있는 것을 보면서 시노부가 물었다. 뎃페이와 하라다는 천천히 고개를 끄덕였다. 둘이 똑같은 수법으로 당한 것이다.

"범인이 아마 어디선가 가게를 지켜보고 있었을 거야. 그리고 나오는 손님 중에서 걸려들 만한 사람을 기다렸겠지."

시노부가 팔짱을 끼고서 말했다.

"우리가 딱 보기에도 바보처럼 생겼다는 말 같네요."

뎃페이가 뚱한 얼굴로 말했다.

"어쩔 수 없잖아. 실제로 낚였는데, 뭐. 멍하니 있는 걸 보고 봉이다 했겠지."

시노부가 말했다.

"선생님, 너무해요."

"그러니까 명예를 회복해야지."

그러고서 시노부는 범인이 도망쳤다는 골목으로 발을 들여놓았다. 너비가 1미터 남짓 되는, 골목이라기보다는 그저 건물과 건물 사이라고 하는 편이 좋을 길이었다. 흙에 오줌이 섞인 듯한 냄새가 났다.

"이런 데로 들어갔다고? 이 길, 막혀 있지 않니?"

"그게 그렇지가 않아요."

뎃페이가 설명했다.

"길을 잘못 들지만 않으면 이런 길로 가는 게 더 편리해요."

"흠, 그래……."

시노부는 알겠다는 듯 고개를 두세 번 위아래로 흔들고는 그 골목으로 쑥 들어갔다.

"거기서 왼쪽이에요."

갈림길이 나타나자 뒤에서 뎃페이가 소리쳤다. 시노부는 그의 말을 따라 왼쪽으로 돌았다.

그러자 소년이 있었다.

시노부도 놀랐지만 상대도 놀란 듯했다. 소년이 옆으로 길게 째진 눈을 번쩍 떴다. 그때 뒤에서 뎃페이와 하라다가 다가왔다.

"선생님, 왜 그래요. 뭐하시는 거예요?"

그러더니 "어!" 하며 뎃페이가 그 소년을 가리켰다. 동시에 소년은 빙그르 몸을 돌려 쏜살같이 뛰기 시작했다.

"저 녀석이에요, 날치기가."

무슨 일에든 반응이 약간 느린 하라다가 그렇게 외쳤을 무렵, 시노부와 뎃페이는 이미 그 소년을 쫓고 있었다. 시노부의 오늘 차림새는 청바지에 스니커다.

"선생님, 오른쪽이에요."

시노부의 등 뒤로 뎃페이의 목소리가 날아들었다. 길을 가르쳐 주고 있는 것이다. 소년의 모습은 보이지 않는다. 시노부는 뎃페이가 '진짜 빠르다'고 했던 말을 떠올렸다. 과연 빠르다. 좁은 길이 아이들에게 좀 더 유리하겠지만 그 점을 감안하더라도 상당히 빠르다.

마침내 시노부가 큰길로 나왔다. 소년의 모습은 어디에도 없었다. 뒤쫓아 온 뎃페이가 약이 올라 발을 동동 굴렀다.

"어제도 여기서 놓쳤는데……. 또 당했어요."

시노부는 다시 한 번 거리를 둘러보았다. 역시 없었다. 저녁 준비를 하기 위해 집으로 돌아가는 주부들의 모습만 보일 뿐이었다.

3

시신은 우연한 일로 발견되었다.

발단은 옆방에 사는 아이가 길쭉한 못을 가지고 장난을 치다가 그것을 그만 벽에 박고 만 것이었다. 옆방 벽으로 튀어나갔으면 큰일이겠다고 생각한 엄마가 사과하러 갔다가 피범벅이 되어 쓰러져 있는 사체를 발견한 것이다. 시신의 가슴에서 흘러나온 피는 이미 딱딱하게 굳은 상태였다. 현관문은 잠겨 있지 않았다고 한다.

당장 관할 경찰서로 신고가 들어갔다. 잠시 후 오사카 부경에서 수사관이 달려왔다.

죽은 사람은 이 집에 세 든 아라카와 도시오라고 판명되었다. 현관에 들어서면 바로 부엌이고 그 옆이 작은 방인데, 도시오는 그 작은 방에 벌렁 누운 자세로 쓰러져 있었다.

"흉기는 끝이 예리한 칼이겠는데요, 날이 한쪽에만 있는."

사체의 상처 부위를 보고서 감식관이 말했다. 관할 경찰서와 부경 본부 수사 1과 수사원들이 그 말을 듣고 있었고 그중에는 우루시자키와 신도 콤비도 있었다.

"날이 한쪽에만 있는 칼이…… 뭐죠?"

키가 큰 신도가 우루시자키의 메모를 들여다보면서 조그만 소리로 물었다.

"뭐야, 아직 그런 것도 모르나? 부엌칼, 회칼, 과일칼, 그런 게 다 날이 한쪽에만 있잖아."

우루시자키는 주위에 들리라는 듯이 큰 소리로 대답했다.

"그리고 사망 추정 시각은,"

감식관은 시반과 사후 경직 상태로 판단한 결과 사망 추정 시각이 약 40~50시간 전이라고 설명했다.

그렇다면 이틀 전이군, 하고 우루시자키는 생각했다. 그러나 사후 경직 상태에는 개인차가 있으므로 단정적으로 말할 수 없다. 탐문 조사의 결과에 따라 다소 달라질 수도 있었다. 아무튼 정확한 시각은 해부 결과를 기다려야 알 수 있을 것이다.

감식관도 우루시자키의 생각과 비슷한 얘기를 하고는 소견 설명을 끝냈다.

"방에 누가 손을 댄 흔적도 없고, 피해자의 주머니 속에 지갑도 그대로 있었습니다. 하기야 620엔밖에 들어 있지 않았지만."

관할 경찰서의 이시이 형사가 우루시자키에게 현장 상황을 설명했다. 이시이는 약간 마른 체형에, 여자들에게 꽤 인기 있겠다 싶을 만큼 잘생긴 얼굴이었다. 수시로 바지춤을 추어올리고 있는데 아무래도 버릇인 듯하다.

"흉기는 발견되었나요?"

우루시자키가 물었다.

"조사를 해 봤는데 없었습니다. 부엌에 칼이 몇 종류 있기는 하지만 흉기에는 해당되지 않았고요."

흉기는 중요한 증거품이다. 범인이 가져갔을 가능성이 크다고 우루시자키는 생각했다.

"피해자의 직업은?"

그 질문에는 이시이가 다소 난감한 표정을 지었다.

"그게 분명치 않습니다. 일용직으로 일한 것 같기도 하고, 일 없이 빈둥거렸던 것 같기도 하고 말이죠. 아, 이건 동네 사람들 얘기입니다."

"흠, 무직이라."

"반년 전쯤에 여기로 이사 온 모양입니다만, 전입신고는 돼 있지 않을 겁니다."

"가족은?"

"남자아이가 있었던 것 같은데⋯⋯."

"있었던 것 같은데?"

네, 하면서 이시이는 샤프펜슬로 관자놀이를 긁었다.

"며칠 전까지는 분명히 있었다고 하는데요."

"지금은 없다는 겁니까?"

"그렇습니다."

이시이는 마치 아이가 없어진 것이 자신의 책임이라도 되는 양 눈썹을 찡그렸다.

"부인은?"

"이사 왔을 때 피해자와 그 아들뿐이었다고 합니다. 집주인이 피해자의 이전 주소를 알고 있어서 지금 조사 중입니다."

"그렇군요."

우루시자키와 신도는 집주인에게 얘기를 들어 보기로 했다. 집주인은 가지노 마사시라는 이름의, 쉰이 약간 넘은 남자였다. 카디건을 걸치고 있는데 배가 임신부처럼 툭 튀어나와 있었다.

"어떻습니까?"

다소 겁먹은 눈으로 우루시자키를 바라보면서 가지노가 먼저 물었다.

"어떻다니, 뭐가요?"

"범인이 밝혀질 것 같은가, 그 말이죠."

"그야 여러분의 협조에 달린 문제죠."

우루시자키는 입가에 미소를 머금었다. 그리고 가지노 옆에 서 있는 세일러복 차림의 소녀에게 눈길을 돌렸다.

"이쪽은?"

"딸이에요. 마치코라고 합니다."

"호오."

신도가 우루시자키의 얼굴 전체에 환한 미소가 번지는 것을 곁눈질하고 있었다. 무슨 이유에선지 우루시자키는 세일러복을 보면 표정이 누그러진다.

"요즘 중학생들은 참 어른스러워요."

너그러운 표정을 한 채 우루시자키가 말했다. 사실은 '발육이 좋다'거나 '섹시하다'고 말하고 싶었을 테지만.

"그럼 이제 질문을 드리죠."

아버지 쪽으로 시선을 돌리는 것과 동시에 우루시자키의 표정이 도로 무뚝뚝해졌다.

가지노는 죽은 아라카와 도시오의 이전 주소는 알고 있지만 직업이나 경력 등은 전혀 모른다고 대답했다. 돈만 받으면 그만이라 일일이 캐고 들지 않았다는 것이다.

"월세는 꼬박꼬박 들어왔습니까?"

우루시자키의 질문에 가지노는 씁쓰름한 표정으로 고개를 저었다.

"솔직히 말해서, 석 달 치가 밀려 있습니다."

"그렇다면 가끔은 세를 빨리 달라고 재촉하러 오시기도 했겠습니다."

"그야 가끔은……. 저도 그게 업이다 보니 말이죠."

"최근에는 언제 오셨죠?"

그러자 가지노가 잠시 생각하는 표정을 지었다.

"그러니까 아마 한 일주일 됐을 겁니다."

"그때 이상한 점은 없었습니까? 그때가 아니더라도 아라카와 씨가 살해당한 일과 관련해서 뭐 생각나는 거 없나요?"

가지노는 고개를 이리 꼬고 저리 꼬더니 결국은 아무것도 없다고 대답했다.

다음으로 우루시자키와 신도는 옆방으로 가서 시신을 발견했다는 주부를 만났다. 아베 노리코라는 이름의, 마흔이 좀 안 돼 보이는 뚱뚱한 여자였다. 초등학교 3학년짜리 아들이 있었는데 그 아들이 벽에 못을 박은 것이다.

"우리 아이가 그런 엉뚱한 장난을 해서, 정말이지……."

노리코는 그 일이 사건의 원인이라도 된 것처럼 주눅이 들어 있었다.

"아라카와 씨와는 교류가 있었습니까?"

우루시자키가 묻자 그녀는 오른손과 고개를 함께 저었다.

"전혀 없었어요. 길에서 마주쳐도 아는 척도 안 하는데요, 뭐. 우리 집도 그렇지만 다른 집도 아마 마찬가지일 거예요."

"그럼 어떤 사람들이 드나들었는지도 모르시겠군요."

노리코는 잠시 생각한 후에 미안하다는 듯이 대답했다.

"모르겠네요."

"사건이 발생한 시각이 이틀 전으로 추정됩니다. 뭔가 심증이 가는 일 없으세요?"

"이틀 전이면…… 엊그제네요."

아무것도, 하고 말을 하던 그녀가 갑자기 입을 다물더니 짝 손뼉을 쳤다.

"그러고 보니…… 그게 아마 엊그제 일이었을 텐데."

"왜요, 무슨 일이 있었습니까?"

"확실하게는 모르겠지만 누가 온 것 같았어요. 그리고 집이 온통 들먹일 정도로 큰 소리가 들렸고요."

"어떤 소리였죠?"

우루시자키가 몸을 앞으로 내밀었다.

"누름돌을 떨어뜨린 것 같은 소리였어요."

노리코는 그렇게 표현했다. 이 부근의 집들은 누름돌을 떨어뜨려도 울리는 모양이다.

"그게 몇 시쯤이었나요?"

노리코는 옆에 놓인 시계를 힐금 보고 대답했다.

"4시쯤이었을 거예요."

우루시자키가 신도를 얼핏 보고는 다시 노리코에게 시선을 돌렸다.

"누가 왔다는 건 얘기하는 소리가 들려서 아셨나요?"

"네. 작은 소리로 수군덕거리는 느낌이었어요."

"얘기하는 상대가 남자였나요 여자였나요?"

노리코는 이 질문에 고개를 갸우뚱하면서 안타깝다는 표정을 지었다.

"잘 모르겠네요. 분명하게 들은 게 아니라서."

몇 가지 질문을 더 했지만 노리코에게서 그 이상의 정보는 얻을 수 없었다.

수사본부는 관할인 후세 경찰서에 설치되었다. 그리고 수사 회의가 시작됐는데, 아라카와 도시오의 전 부인인 치에코가 출두했다는 연락이 왔다. 이시이와 우루시자키, 그리고 신도가 참고인 조사에 들어갔다.

치에코는 서른다섯 살인데 마른 데다 차림새가 수수한 탓인지 실제 나이보다 늙어 보였다. 머리도 대충 뒤로 묶고 있었다.

그녀는 전남편이 살해됐다는데도 의아하리만치 침착한 표정으로 앉아 있었다. 헤어졌다고 이렇게까지 냉담해질 수 있나 싶어 옆에서 그녀를 바라보던 신도는 씁쓸한 기분이 들었다.

이혼의 이유에 대해서 그녀는 다음과 같이 진술했다.

"그 사람이 전에는 트럭 운전사였어요. 그런데 1년 전쯤에 술을 마시고 운전을 하다가 사고를 내는 바람에 회사에서 잘리고 말았죠. 그래서 집세가 싼 곳으로 이사하고 제가 돈을 벌어서 근근이 살아가고 있었는데, 그 사람은 도무지 일할 생각을 안 하는 거예요. 그래서 참다못해 헤어지자고 했습니다."

"남편이 용케 이혼을 받아들였군요."

우루시자키가 감탄스럽다는 투로 말했다.

"받아들이지 않으면 어쩌겠어요, 제가 나가면 그만인데. 그 사람도 그 정도는 알고 있었겠죠."

"아하, 그렇군요. 그런데 지금은 부인께서 무슨 일을 하시나요?"

"부인이라고 하지 마세요. 벌써 헤어진 사람인데. 보험 설계사로 일하고 있습니다. 여자라도 마음만 먹으면 얼마든지 돈을 벌 수 있지요."

호오, 하면서 우루시자키는 자신의 턱을 쓰다듬었다.

"그래서 말인데요, 혹시 도시오 씨가 살해당한 일에 대해서 짐작 가는 점은 없습니까?"

"없어요."

치에코는 한마디로 잘라 말했다.

"아주 딱 부러지는군요."

"그런 남자를 죽여 봐야 득 될 일은 없을 거예요."

"알고 지내는 사람들은?"

이시이가 물었다. 그 질문에도 그녀는 고개를 저었다.

"옛날에는 같이 트럭을 운전하는 사람들과 곧잘 술을 마셨지만, 지금은 그럴 돈도 없을 거예요. 그리고 최근 일은 전혀 모릅니다."

"빚이 있었나요?"

집세가 밀렸다는 얘기가 생각난 우루시자키가 물었다. 그러자 치에코의 표정에 약간의 변화가 보였다. 그리고 낙담한 듯이 눈을 내리깔고 대답했다.

"네, 있었어요."

"어느 정도나?"

"전부 합해서 100만 엔 정도가 아닐까 싶은데……. 예전 집에 살 때 진 빚이에요. 여기저기서 조금씩 빌렸죠."

"그럼 전입신고를 하지 않은 것도……."

"네."

그녀가 고개를 끄덕였다.

"솔직히 말하면, 야반도주했어요."

우루시자키는 신도를 보며 한심하다는 표정을 지었다. 신도도 한숨이 절로 나왔다.

"빚을 진 상대가 누구인지 이름은 압니까?"

치에코는 잠시 생각하더니 아라카와의 집에 있는 주소록을 보면 알 수 있다고 대답했다.

"그런데,"

우루시자키가 다시 정색하며 말을 꺼냈다.

"엊그제 낮에 어디서 뭘 하셨는지 알려 주시면 큰 도움이 되겠는데요."

그러자 그녀는 엉킨 머리칼을 쓸어 올리면서 "어이가 없네."라고 중얼거렸다.

"내가 왜 그 사람을 죽여야 하는데요?"

"아니, 의심해서 드리는 질문이 아닙니다."

"알리바이를 물어 놓고서 그런 말이 나와요? 하기야 어쩔 수 없겠지만. 아무튼 엊그제는 영업하러 돌아다녔어요."

"일을 하셨다고요? 몇 시부터 몇 시까지였습니까?"

치에코는 낡은 핸드백에서 수첩을 꺼내 속지를 팔락팔락 넘겼다.

"10시부터 4시 반까지네요."

"4시 반쯤에 어느 집을 방문했는지 알 수 있을까요?"

우루시자키가 그렇게 물은 것은 아라카와 옆집에 사는 아베 노리코에게서 그날 4시쯤 누군가가 왔다는 증언을 들었기 때문이다.

"알려 줄 수는 있는데, 고객의 집이니까 저쪽에 폐가 되지 않도록 해 주세요."

그러면서 치에코는 수첩의 일부를 우루시자키에게 보여 주었다. 거기에는 고객의 이름과 주소가 적혀 있었다. 그녀가 보여 준 것을 신도가 메모했다.

"그런데 말이죠, 아들의 행방을 알 수가 없습니다. 혹시 그쪽에서 맡고 있습니까?"

이시이가 묻자 그녀가 입을 약간 벌린 채 그의 얼굴을 쳐다보면서 천천히 고개를 저었다.

"……아니요. 아라카와의 집에 있는 거 아닌가요?"

"거기에 없으니까 여쭤 보는 겁니다."

우루시자키가 대답했다.

"동네 사람들 말로는 이삼 일 전부터 안 보였다는데요."

그 순간 치에코의 얼굴에 고통스러운 표정이 떠올랐다.

"아니, 그 아이가 대체 어디로 간 거지? 돈도 없을 텐데……, 혹시 교통사고라도 난 거 아닐까요?"

헤어진 남편이 죽었다는데도 동요하지 않던 여자가 아들이 행방불명됐다고 하자 갑자기 안절부절못했다.

"혹시 갈 만한 곳은 없습니까?"

없어요, 하고 그녀는 암담한 표정으로 대답했다.

4

"흐음, 역시 살인 사건이군."

급식을 마치고 교탁에서 신문을 펼친 시노부가 중얼거렸다. 사회면에 어제 본 소동의 전말이 조그맣게 실려 있었다.

시노부의 목소리를 듣고 뎃페이가 다가왔다.

"저도 신문 봤어요. 죽은 지 이틀이나 지나서 발견됐다면서요? 정말 무서운 세상이에요."

"그러니 친구가 필요하다는 거지."

"그런데 그 형사 아저씨들 이름은 없던데요. 왜 그렇죠?"

신도와 우루시자키를 말하는 것이었다.

"형사들 이름이 왜 나와? 폼을 잔뜩 잡아서 그렇지, 둘 다 그렇게 높은 사람이 아니야."

"그럼 말단이에요?"

"글쎄."

시노부는 신문을 접었다.

"그보다, 오늘도 갈 거니까 하라다에게도 같이 가자고 해."

"네에?"

뎃페이가 기가 막힌다는 듯 입을 헤벌렸다.

"선생님, 아직도 포기 안 하신 거예요?"

"포기를 왜 해? 어제는 아깝게 놓쳤지만 오늘은 꼭 잡을 거야. 이제 적의 패턴을 알았으니까."

"고집도 참."

"당연한 거 아니야? 금쪽같은 제자들을 위한 일인데. 너희들은 나같이 좋은 선생님 만나서 행복한 줄 알아."

"그야 그렇지만, 그 녀석 이제 거기 없을걸요. 그러니까 가봐야 소용 없다고요."

"그건 가 봐야 아는 거지. 자, 가자."

"저…… 오늘 학원 가야 하는데."

"안 가면 되지. 학원하고 게임하고 어느 쪽이 더 중요하지?"

"헐."

뎃페이는 한숨을 푹 내쉬었다.

"막무가내시네."

그리하여 이날도 시노부는 수업이 끝난 후 뎃페이와 하라다를 데리고 상점가로 향했다.

"전 이제 괜찮은데."

뎃페이 뒤를 따라오면서 하라다가 투덜거렸다.

"그렇게 비싼 것도 아니고……."

"무슨 소리야. 돈을 하찮게 여기면 못쓰지."

"전 오늘 피아노 레슨도 있다고요."

"뭐야, 남자가 피아노를 배운다고?"

"엄마가 배우라고 하셔서요."

"뭐든 부모가 하라는 대로 하는 거야? 그래서, 지금 어디 치는데?"

하라다는 잠시 생각하더니 지금 연습하는 곡목을 말했다. 시노부로서는 전혀 알지 못하는 영역이라 "쳇." 하고 혀를 찼다.

나카무라 가전제품 대리점 앞에 이르자 시노부는 또 예의 골목으로 들어갔다.

"오늘은 진짜 없나 보네."

어제 소년과 마주쳤던 곳까지 가서야 그녀가 말했다. 뎃페이와 하라다는 '그러게 아까 말했잖아요.' 하는 표정을 지었다.

"그런데 그 아이가 여기 숨었다가 도망쳤다는 건 이 주변을 잘 안다는 얘기잖아. 집이 가까울지도 몰라. 인상으로 봐서 초등학교 5, 6학년쯤 됐을 테니까 히가시오지 초등학교에 다닐 수도 있어."

히가시오지 초등학교는 오지 초등학교 동쪽에 사는 아이들이 다니는 학교다. 원래는 오지 초등학교의 분교였다고 한다.

하라다가 시노부의 옷소매를 잡아당겼다.

"선생님, 우리 히가시오지 초등학교에 가서 사진을 보여 달라고 해요. 그럼 금방 범인을 알 수 있잖아요."

"그럴 수 없으니 골치가 아픈 거지. 일을 크게 벌이고 싶지 않단 말이야. 가능하면 우리 선에서 해결하고 싶은 게 선생님의 희망이야."

그래서 언제 해결이 나요, 하고 뎃페이가 중얼거렸지만 시노부에게는 그 말이 들리지 않았다.

"좋아, 일단 그 가게에 가 보자. 어쩌면 거기 드나들지도 모르잖아. 가게 아저씨가 알 수도 있고."

시노부 일행은 길을 오른쪽으로 돌아 다시 상점가로 갔다. 그때 앞에서 걸어오는 한 남자가 보였다. 큰 키에 양복 위에 레인코트를 걸치고 있었다. 남자는 고개를 숙이고 걷다가 시노부와 두 아이를 발견하고는 "여." 하며 오른손을 들었다.

"이상한 데서 마주쳤군요. 산책하는 겁니까?"

남자는 부경 본부의 신도 형사였다. 언뜻 보기에도 엘리트 형사 같은 인상은 여전하다.

"네, 그게 좀……."

아이들 둘을 데리고 이런 골목길을 산책할 리 있느냐고 생각하면서도 시노부는 웃는 얼굴로 대답했다.

"신도 씨는 일하는 중인가요?"

"그런 셈이죠."

그리고 그는 어제 이 근처에서 타살된 시신이 발견되었다는 얘기를 했다.

"알고 있어요. 어제도 여기를 지나갔거든요. 우루시자키 씨도 거기 있던데요. 그래서 오늘은 이 부근을 탐문 조사하고 계시는 건가요?"

"뭐, 그렇다고 할 수 있죠. 여전히 발로 뛰는 수사를 하고 있습니다."

시노부 옆에서 뎃페이가 "말단이라 괴롭겠네."라고 말하자 그녀는 뎃페이의 머리를 탁 때렸다. 다행히 신도에게는 들리지 않은 것 같았다. 신도는 태평한 표정으로 얘기를 계속했다.

"여러 가지로 성가신 사건입니다. 실은 지금 피해자의 아들을 찾고 있어요."

"아들요?"

"사건이 발생하기 직전에 사라졌어요. 참, 그렇지! 다케우치 선생님과 이 학생들이⋯⋯."

그러고서 신도는 양복 주머니에서 사진 한 장을 꺼냈다.

"너희들 혹시 이 아이 모르니? 어디서 본 적이 있다든지⋯⋯."

그런데 뎃페이는 사진을 보려고도 하지 않은 채 아까와 똑같은 말을 했다.

"이 근처에는 아는 애가 없어요. 히가시오지 초등학교에 가서 물어보면 되잖아요."

"물론 갔다 왔지. 그런데 이런 아이는 없다고 하더라고. 사진 좀 봐."

신도가 끈질기게 사진을 들이밀자 하라다가 먼저 마지못해 그것을 집어 들었다.

"어!"

하라다는 사진을 든 채 눈동자를 위로 향하고 입술을 내밀었다.

"어디서 본 적이 있는 것 같은데."

"어디."

뎃페이가 사진을 낚아챘다. 그러더니 금방 "어어!" 하고 소리를 질렀다.

"아는 얼굴이야?"

신도가 물었을 때 시노부도 사진을 들여다보았다.

"헉."

"서, 선생님도 아는 아이입니까?"

신도가 흥분한 표정을 지었다. 그런 그의 얼굴에 사진을 불쑥 갖다 대며 시노부가 물었다.

"이 아이, 지금 어디 있어요?"

그러자 신도는 울상을 지었다.

"지금 제가 묻는 게 그거 아닙니까."

"호오, 컴퓨터 게임 CD를 날치기했다……. 그런 애를 잡겠다 이거죠."

넓적한 양철 주걱으로 오코노미야키를 자르면서 신도는 감동이라는 듯 말했다. 장소는 나카무라 가전제품 대리점에서 한 집 건너에 있는 오코노미야키 집이었다. 신도가 카페에 가자고 했더니 뎃페이와 하라다가 이 가게를 추천했다. 하기야 시노부 역시 커피나 홍차보다는 이쪽이 좋다.

"그런데 그 아이가 살인 사건 피해자의 아들이라니, 참 묘한 우연이네요."

시노부는 말하면서 파래를 듬뿍 뿌린 오코노미야키 한 조각을 입에 넣었다.

"사건 직전에 사라졌다는 걸로 봐서 그 아이가 뭔가 알고 있을 가능성이 높습니다. 아무튼 한시 빨리 찾아내서 상황을 확인해 봐야 하는데."

그 아들을 찾아낼 실마리가 잡혀서인지 신도의 말투가 매끄러웠다.

"학교에는 안 다닌다고요?"

시노부가 물었다.

"그렇습니다. 하기야 예상했던 일이죠. 전에 살던 집에서 야반도주하듯 나왔다고 하니까 정식으로 전학 절차를 밟을 수 없었을 겁니다."

그렇다면 상당히 불행한 경우라고 하지 않을 수 없다. 시노부는 피살자의 아들에게 살짝 연민을 느꼈다.

"문제는 그 아이가 왜 게임 CD를 훔쳤냐 하는 건데……."

"그렇죠. 바로 그게 수수께끼입니다."

신도도 고개를 끄덕였다.

두 사람 옆에서 뎃페이와 하라다는 오코노미야키를 먹으면서 소년 잡지를 읽고 있었다. 몇 달 전 잡지라 표지는 너덜너덜하고 페이지 끝에는 마른 양배추 조각이 들러붙어 있었다. 찢어진 표지에는 검은 매직으로 가게 이름이 커다랗게 적혀 있다.

시노부는 입을 우물거리다 말고 두 제자 쪽으로 고개를 돌렸다.

"너희들도 만화만 보지 말고 협조를 해야지. 그렇게 먹기만 하고 아무것도 안 하면 돈 안 내고 달아나는 거나 마찬가지야."

"에이, 선생님, 그럼 어떡하라고요. 우리는 아무것도 모르는데."

안 그러냐? 라면서 뎃페이가 하라다를 보았다. 하라다도 입을 우물우물 움직이면서 고개를 위아래로 끄덕였다.

"예를 들어 그 아이가 게임 CD를 훔쳐 간 이유 정도는 상상할 수 있잖아."

그러자 뎃페이는 물을 한 모금 마시더니 느긋한 표정으로 시노부를 보았다.

"이유를 얘기하면 되는 거예요?"

"가지고 놀기 위해서라느니, 그런 대답을 하면 안 돼. 그 아이는 게임을 하며 즐길 여유 같은 건 없을 테니까."

"놀기 위해서라면 누군가에게 빌리면 되죠. 아마 훔친 걸 다시 팔 거예요."

"판다고, 어디다?"

신도가 물었다.

"그야 뻔하죠. 중고 가게요. 발매된 지 얼마 안 된 게임은 꽤 비싼 값에 팔리거든요."

"중고 가게라…… 흠, 그럴 수 있겠는데."

"에이, 그런 건 상식이에요."

뎃페이가 두 어른을 바보 취급 하듯 콧방귀를 뀌었다.

"그럼 중고 가게는 어디 있는데?"

"요즘 많이 늘었으니까 어디든 있겠지만, 그래도 가장 유명한 곳은 삼명당일 거예요."

"삼명당?"

"이마자토에 있어요."

이마자토는 후세 바로 다음 역이다.

"좋아, 그럼 거기 가 보자. 안내해 줄래?"

신도가 벌떡 일어나며 말했다. 두 아이는 젓가락을 내려놓고 한숨을 쉬었다.

"할 수 없지, 뭐. 될 대로 되라지."

뎃페이가 말했다.

이마자토 역 앞에도 상점가가 있다. 그 거리에서 조금 들어간 곳에 삼명당이라는 가게가 있었다. 주로 비디오를 대여하는 곳인데, 게임 CD 코너가 가게의 삼분의 일을 차지하고 있었다. 주인은 머리가 짧고 체격이 좋은 남자로, 생선초밥 집주방장이 더 어울릴 인상이다.

주인은 신도가 건넨 사진을 보자마자 반응을 보였다.

"아아, 이 아이!"

"온 적이 있습니까?"

신도가 묻자 주인은 고개를 몇 번이나 끄덕거렸다.

"어제도 오고 그제도 왔었어요. CD를 팔러요. 꽤 좋은 물건을 갖고 와서 기억합니다."

"아저씨, 그 녀석이 '미래 도시' CD 가져오지 않았어요?"

뎃페이가 조심스럽게 물었다.

"그래. 그런데 그걸 어떻게 아나? 어제 가져왔는데, 오늘 아침 일찍 팔렸지."

주인이 흐뭇하게 웃으면서 말했다. 뎃페이는 "에이 씨."라며 얼굴을 찡그렸다.

"오늘은 안 왔나요?"

신도가 물었다.

"아직 안 왔어요. 못 보던 얼굴이니 이제 안 올지도 모르죠."

"혹시 어디서 왔는지 아세요?"

"제가 그런 걸 알 리 없죠."

그때 다른 손님이 부르는 바람에 주인은 그쪽으로 가 버렸다. 신도와 시노부는 눈으로 신호를 주고받고는 삼명당에서 나왔다.

"아쉽게 됐네요."

"아닙니다. 여기까지 온 것만 해도 수확이죠. 이거 큰 신세

112

를 졌습니다."

그리고 신도는 보답하는 차원에서 아이들을 집까지 데려다 주겠노라고 했다. 시노부는 가게 앞에서 그들과 헤어졌다.

'나도 참 좋아하기는 하나 보네. 이런 데까지 기를 쓰고 쫓아오고.'

이마자토의 상점가를 걸으면서 시노부는 쓴웃음을 지었다. 곰곰 생각해 보니 자신과는 전혀 무관한 문제다.

이왕 여기까지 왔으니 시노부는 산책이나 하고 돌아가기로 했다. 혼자 여유롭게 이 부근을 걷는 것도 오랜만이었다.

가는 도중에 서서 먹는 메밀국수 집이 있었다. 거기서 흘러나오는 국물 냄새에 시노부는 자신도 모르게 걸음을 멈췄다. 이 역시 오랜만이다.

'조금 전에 오코노미야키를 먹었지만 음, 이 냄새도 외면하기 어렵네.'

한참을 망설이다가 결국 가게 문을 열었다. 카운터에는 회사원으로 보이는 남자들의 뒷모습이 줄지어 있었다.

"어서 오십시오."

카운터 안에서 아저씨가 기운찬 목소리로 시노부를 맞았다.

"튀김 메밀……"

하나, 라고 말하려다 시노부는 목소리를 삼켰다. 카운터 앞에 줄줄이 서 있는 남자들 사이에 한 소년의 모습이 보였기 때문이다. 물론 예의 소년이었다.

"어!"

그 소리에 소년도 시노부를 돌아보았다, 고 느낀 순간 소년이 먹던 그릇을 내버려 둔 채 가게를 뛰쳐나갔다. 메밀국수나 먹고 있을 때가 아니었다.

소년은 오늘도 빨랐다. 그러나 후세 주변에 비해 이 근처는 길을 잘 모르는지 복잡한 코스를 골라 뛰지 못한다. 게다가 이마자토는 길이 넓다. 길만 넓으면 시노부도 자신이 있었다.

이마자토 역 근처에는 세이토 운하라는 수로가 있다. 그 수로를 건너려면 당연히 다리를 건너야 한다. 다리 바로 앞에서 시노부는 소년을 잡았다.

"씨팔, 이거 놔."

"포기해. 내 손에 잡힌 이상 절대 도망가지 못해."

"에이 씨, 뭐가 이렇게 빨라."

"얕보면 안 되지. 이래 봬도 옛날에는 에이스였어. 그것도 4번."

"아줌마한테 훔친 거 아니잖아요. 그런데 왜 이렇게 계속 쫓아오는 거예요?"

"아이들의 불행을 가만히 보고만 있는 성격이 아니거든."

"그렇게 잘사는데 뭐가 불행하다고……. 그 녀석들은 게임 CD 몇 개 없어져 봐야 눈 하나 깜짝 안 할 텐데요."

"그건 잘못된 생각이야. 이건 돈의 문제가 아니라 마음의 문제야. 그렇게 마음이 비뚤어져서야 쓰겠니? 그러다 인간으로서의 자존심까지 잃어버릴 수도 있어. 자존심이 없는 인간은 쓰레기라고."

"쓰레기라도 상관없으니까 이거 놔요."

몸부림을 치는 소년의 배에서 꾸르륵 소리가 났다. 그러자 두 사람은 서로를 노려본 채 잠시 말없이 서 있었다.

"그래……, 너 배고프구나. 하기야 메밀국수 먹다가 뛰쳐나갔으니까."

"쓸데없는 소리 말고 이거나 놔줘요."

"그럴 수는 없어. 배고픈 아이는 불행한 법이니까."

그렇게 말하고서 시노부는 사방을 둘러본 후 근처에 있는 과가 가게 앞으로 소년을 데리고 갔다. 가게 앞에서는 붕어빵을 팔고 있었다. 신기하게도 붕어빵에 오징어가 들어 있다. 시노부는 붕어빵을 사서 소년에게 내밀었다. 소년은 고개를 약간 숙이고 눈만 치켜뜬 채 시노부를 쳐다보더니 퉁퉁 부은 얼굴로 그것을 받아 들었다.

"자, 그거 먹으면서 가자."

시노부가 소년의 손을 잡아당겼다. 하지만 그는 힘을 꽉 주고 발을 떼지 않았다.

"어디 가는 건데요?"

"그야 뻔하지, 경찰서."

"왜요? 겨우 게임 CD 훔친 걸 가지고 경찰서에는 왜 가요?"

"게임뿐만이 아니잖아. 어쨌든 그 일은 나중에 천천히 해결하기로 하고, 그보다 경찰이 너를 찾고 있어."

"왜요, 내가 무슨 나쁜 짓을 했다고?"

"나쁜 짓을 안 했으면 왜 도망쳤어? 아버지가 살해당했는데 어디 있었냐고."

시노부의 손아귀에서 버둥거리던 소년이 갑자기 움직임을 멈췄다. 그리고 소름이 끼치도록 날카로운 눈빛으로 그녀를 올려다보았다.

"거짓말!"

시노부는 소년의 변화를 어리둥절한 기분으로 바라보았다.

"너……."

소년은 아랫입술을 깨문 채 눈으로는 여전히 그녀를 노려보고 있었다.

"너, 모르고 있었니?"

소년의 눈에 눈물이 그렁그렁 맺혔다. 시노부는 손수건을 꺼내려다 순간적으로 소년의 손을 놓고 말았다. 그 틈에 소년이 재빨리 달아나기 시작했다.

"어! 야!"

시노부가 외쳤을 때 소년은 이미 인파 속으로 사라져 가고

있었다. 웬일인지 시노부는 온몸에서 힘이 빠져 망연히 서
있었다.

5

　다음 날 방과 후, 가지노 마치코가 오지 초등학교 교무실을
찾아왔다. 그녀를 아는 선생들은 오랜만에 졸업생이 찾아온
터라 반가워하며 말을 건넸다. 그녀는 공부도 잘하고 선생들
에게도 귀여움을 많이 받은 편이었다.

　그런데 마치코가 다른 선생님들에게는 인사도 하는 둥 마
는 둥 하고 곧장 시노부 쪽으로 다가왔다. 전에 만났을 때보
다 긴장한 표정이었다.

　"저, 의논드릴 일이 있는데요."

　"의논?"

　시노부는 교무실을 한번 휘둘러보고는 "그럼 우리 운동장
으로 나갈까?" 하면서 일어섰다.

　오사카의 초등학교는 대개 운동장이 좁다. 오지 초등학교
도 예외는 아니었다. 소프트볼을 할 수 있는 공간을 확보하
기도 쉽지 않다.

　시노부는 좁은 운동장 한구석으로 마치코를 데려갔다. 철

봉이 있는 곳이다.

"무슨 얘긴데?"

시노부가 묻자 마치코는 고개를 약간 숙이고 대답했다.

"지난번 그 사건 때문에요."

"그 사건이 왜?"

"그게 저……."

마치코는 입술을 꼬물꼬물 움직이다가 결심이라도 한 듯 얼굴을 들었다.

"경찰이 우리 아빠를 의심하는 것 같아요."

"아빠를, 왜?"

"모르겠어요."

그녀는 고개를 저었다.

"어젯밤에 형사가 와서 아빠의 알리바이를 묻더라고요. 사흘 전 낮에 어디 있었냐고 하면서요."

"그래, 범행 당일로 추정되는 날이네. 하지만 걱정할 필요 없을 거야. 형사들이란 원래 용의선상에 오른 사람이든 아니든 무조건 꼬치꼬치 캐묻는 게 일인 사람들이니까."

시노부가 명랑하게 얘기했지만 마치코의 표정은 여전히 어두웠다.

"그런데 우리 아빠도 좀 이상해요."

"이상하다니?"

"형사에게 그날 종일 집에 있었다고 대답하더라고요. 사실은 그렇지 않거든요. 낮에 나갔다가 저녁때 들어왔어요."

"그러니?"

시노부의 얼굴에도 긴장감이 어렸다. 웃고 있을 때가 아니라고 느낀 것이다.

"그리고 아빠는 제게도 아빠가 낮에 나갔었다는 말을 하지 말라고 했어요. 왜 그런 거짓말을 하는지 모르겠어요."

"괜한 의심을 사지 않으려는 것 아닐까?"

"그렇게 보이지 않았어요."

마치코는 또 고개를 숙이고 운동화 끝으로 흙을 찼다.

"그래서 경찰이 아빠를 어떻게 생각하는지 궁금해서……
전에 선생님이 형사들과 아는 사이라는 말을 들었던 터
라……."

마치코가 마치 혼잣말하듯 주절주절 말했다.

"아니야, 그건 아는 사이라고 할 수도 없어."

시노부는 팔짱을 끼고 잠시 생각한 후에 말했다.

"아무튼 잠깐 걸을까?"

솔직히 어떻게 해야 좋을지 알 수 없었다. 학교에서 나온 두 사람은 마치코의 집 쪽을 향해 걸었다.

"걱정되는 건 알겠는데, 너, 아빠를 믿잖아."

"믿는다……."

마치코는 고개를 갸우뚱하고는 다시 말했다.

"좀 달라요."

"뭐가 다른데?"

그러자 마치코는 잠시 생각해 보더니 이렇게 대답했다.

"아빠의 인간성을 믿는다기보다 아빠의 소심함을 믿는다고 해야겠죠. 우리 아빠는 살인 같은 거 절대 못할 사람이니까요."

"그렇구나."

"피를 보기만 해도 기절해요."

"그래."

시노부는 뭐라 대답할 말이 없어서 더는 말을 잇지 못했다.

그런데 마치코의 집 근처까지 온 두 사람은 순간적으로 걸음을 멈췄다. 집 앞에 경찰차가 서 있었다. 그리고 곧이어 집 안에서 사람들이 나왔다. 회색 양복을 입은 남자가 배가 툭 튀어나온 남자를 데리고 나온 것이다. 자세히 보니 양복 입은 남자는 우루시자키고 그 옆에는 신도도 있었다.

마치코가 "아빠." 하면서 배 나온 남자에게 뛰어갔다. 그 남자는 가지노 마사시였다.

"마치코, 미안하다……."

가지노가 맥없는 눈빛으로 딸의 얼굴을 보았다.

"용서해 다오. 엄마를 잘 부탁한다."

"엄마는 어디 있는데?"

"안에서 울고 있다."

가지노가 집 쪽을 돌아보며 대답했다.

"아빠, 무슨 일이야? 이 사람들이 왜 아빠를…… 그럴 리가……."

마치코가 가지노의 옷자락에 매달리자 그가 힘없이 고개를 저었다.

"아빠도 잘 모르겠어, 어쩌다 그렇게 된 건지."

"우루시자키 씨."

시노부가 부르자 우루시자키가 그녀를 돌아보더니 반갑다는 표정을 지었다.

"야, 이거 오랜만입니다. 잘 지냈냐고 물을 것도 없겠습니다. 아주 건강해 보여요."

"어찌 된 일이죠? 어떻게 가지노 씨가 범인일 수 있는 거죠?"

시노부가 쩌렁쩌렁한 목소리로 고함치듯 묻자 우루시자키가 한쪽 눈을 찡긋 감았다.

"범인이라고는 하지 않았습니다. 몇 가지 질문을 했더니 금세 자백을 했어요. 우리도 아직 뭐가 뭔지 모릅니다."

"어떻게 그럴 수……."

시노부가 말을 잇지 못하자 그 틈에 우루시자키는 가지노를 경찰차에 태웠다. 신도도 무슨 말을 할 듯 말 듯 하더니 결국 그대로 차에 올라탔다. 시노부는 마치코와 함께 경찰차가 내뿜는 배기가스를 뒤집어쓰고 있었다.

6

우루시자키와 신도가 가지노를 의심할 이유는 딱히 없었다. 수사본부의 방침에 따라 죽은 아라카와의 과거를 더듬어 용의자 리스트를 작성하려 했을 뿐이었다. 집세가 밀렸다고는 하지만 가지노에게는 그리 큰 액수가 아니었다. 아라카와 도시오는 더 큰 빚을 지고도 도망친 사람이다.

가지노를 주목하게 된 것은 제보 전화 때문이었다. 그 전화는 이날 아침 일찍 후세 역 앞 파출소로 걸려 왔다.

'사건이 있던 날 가지노가 그 집에서 나오는 것을 봤다. 저녁때였다.'

전화의 내용은 그게 전부였다. 전화를 받은 젊은 경찰이 상대의 이름을 물으려고 하는데 전화가 끊겼다고 한다. 목소리가 어땠냐는 질문에 젊은 경찰은 이렇게 대답했다.

"손수건 같은 것으로 송화구를 막고 있었나 봅니다. 여자 목소리 같았지만 어쩌면 남자가 가성을 사용했는지도 몰라요."

그래서 우루시자키와 신도는 곧바로 가지노의 집으로 찾아갔다.

　"그날 가지노 씨가 그 집에서 나오는 것을 목격한 사람이 있습니다."

　그러자 가지노는 갑자기 털퍼덕 주저앉더니 울음을 터뜨렸다. 그러고는 "죄송합니다. 제가 그랬습니다." 하고 자백했다.

　그래서 다소 황당한 기분으로 두 사람은 가지노를 경찰서로 연행한 것이다.

　경찰서에 간 가지노는 이렇게 범행을 털어놓았다.

　"죄송합니다. 제가 아라카와를 죽였어요. 물론 처음부터 죽이려고 했던 것은 아닙니다. 그날 4시쯤 밀린 집세를 받으려고 찾아갔습니다. 아라카와 씨는 화가 많이 났는지 없는 돈을 어떻게 주냐고 소리를 질렀어요. 그러다 말싸움이 벌어졌고, 치고받는 꼴이 되고 말았죠. 뭐가 어떻게 된 건지 잘 모르겠습니다. 정신을 차리고 보니 제가 부엌칼을 쥐고 그 사람을 찌르고 있었습니다. 그래서 그대로 도망쳤어요. 부엌칼은 우리 집 공구함 속에 숨겼습니다. ……언제 집에 왔느냐고요? 확실한 기억은 없지만 아마 6시쯤이었을 겁니다."

　"아무래도 좀 찜찜하다니까."

후세 경찰서에서 나와 돌아가는 전철 안에서 우루시자키는 몇 번이나 고개를 갸웃거렸다.

"뭐가요? 진술 내용이 앞뒤가 딱딱 맞는데요. 이상한 점도 없고요."

신도는 두 손으로 손잡이를 잡고 하품을 억지로 참으면서 말했다.

"음, 진술 내용에 무리는 없는데 말이야, 아무래도……."

"무슨 말씀인지 잘 모르겠는데요."

"아무래도 말이지, 가지노의 기억에 애매한 부분이 많단 말이야. 부엌칼을 먼저 휘두른 사람이 아라카와였는지 가지노 자신이었는지도 분명치 않고."

"흥분한 탓이겠죠."

"그럴까? 어느 쪽이든 부엌칼을 들고 왔으면 나머지 한쪽이 겁에 질려 더 인상에 남지 않았을까 싶은데."

"순간적으로 저질렀나 보죠."

"글쎄, 그럴까? 시간적인 경과도 좀 불분명하단 말이야. 물론 흥분했다는 건 잘 알겠는데."

신도는 더는 아무 말도 하지 않기로 했다. 우루시자키는 뭘 한번 생각하기 시작하면 옆에서 무슨 말을 해도 소용이 없다. 게다가 범인이 자백했으니 약간의 판단 착오―가령 정당 방위였는지 아닌지―는 있을 수 있어도 가지노가 아라카와를 살해했다는 사실에는 변함이 없을 것이다.

"치에코 말인데,"

우루시자키가 신도에게 말했다. 신도는 선배 형사의 얼굴을 보면서 되물었다.

"누구요?"

"치에코 말이야, 아라카와의 전 부인."

"아아."

신도가 고개를 끄덕였다.

"알리바이가 뭐였지?"

"그건 왜요, 갑자기?"

"아무튼 말해 봐."

"4시 반쯤까지 고객의 집을 방문했다고 했는데 알리바이가 확인됐을걸요."

"중요한 시간대가 애매하군."

"그렇기는 하지만 만약 치에코가 아라카와의 집에 갔다면 가지노의 진술에서 그 얘기가 나왔겠죠. 안 그러면 이상하잖아요. 가지노는 4시쯤부터 아라카와의 집에 있었으니까."

신도가 설명하자 우루시자키는 고개를 갸웃거리면서도 "그래, 그렇지."라고 말했다.

7

그 주 토요일.

시노부가 공원에서 한숨 돌리고 있는데 뎃페이 일행이 돌아왔다.

"없어?"

그들의 표정을 보고서 시노부가 물었다. 아이들은 맥없이 고개를 끄덕였다.

"가전제품 대리점에도 장난감 가게에도 다 가 봤어요. 그리고 혹시나 싶어 게임 센터에도 가 봤는데 없었어요."

모두를 대표해서 뎃페이가 대답했다. 표정이 꽤나 지쳐 보였다.

"하라다 쪽은 어디를 찾고 있지?"

"그쪽은 음식점을 맡았어요. 아까 영화관 앞에서 마주쳤는데 없대요."

"그래……."

시노부는 팔짱을 끼고 생각에 잠겼다.

어제 아침, 그녀는 가지노 마사시가 자백했다는 기사를 읽었다. 그가 범인이라는 사실은 바뀌지 않을 것이라는 인상을 받았다.

그런데 시노부는 한 가지 미심쩍은 부분이 있었다. 바로 예의 소년이었다. 전에 소년을 붙잡았을 때 그 아이는 아버지의 죽음을 모르고 있었다. 그러니까 집을 나온 것은 아버지가 살해당하기 전이라는 얘기다. 그렇다면 소년은 왜 집을 나왔을까?

가지노가 연행되자 마치코는 시노부의 가슴에 매달려 울었다. 시노부는 그때부터 자신이 할 수 있는 일이 없을까 머리를 싸매고 궁리하기 시작했다. 가지노를 구할 수 있는 방법은 정당방위를 입증하는 것밖에 없다. 그러나 정작 가지노자신이 싸우기 전후 기억이 애매하고, 어느 쪽이 먼저 부엌칼을 들고 왔는지도 자세하게 진술하지 못한 듯하다. 시노부는 무슨 방법이 없을까 하고 생각을 쥐어짰다. 그 결과, 그 소년이 뭘 알고 있을 것 같다는 결론에 도달한 것이다. 가령 소년이 집을 나왔을 당시 아라카와 도시오의 정신 상태가 이상했다든지, 아니면 평소와 다르게 흥분해 있었다는 증언이라도 받을 수 있다면 가지노의 정당방위를 입증하는 데 도움이될지도 몰랐다.

그래서 시노부는 다시 한 번 뎃페이와 하라다를 불러 그 소년을 찾아보자고 제안한 것이다. 둘은 어려운 내용은 잘 알아듣지 못해도 아무튼 소년을 찾으면 도움이 될지도 모른다는 것은 이해한 듯했다.

뎃페이와 하라다는 다른 아이들도 동원했다. 그렇게 해서 시노부의 반 아이들 전원이 대대적으로 수색을 펼치게 된 것이다.

그런데 소년의 행방은 여간해서 파악되지 않았다.

"장소를 바꿨는지도 몰라."

뎃페이가 고개를 삐딱하게 기울이고 말했다.

"게임 CD를 팔 수 있는 가게는 쓰루하시나 우에로쿠에 가도 얼마든지 있으니까."

"니혼바시에 가면 더 많아."

다른 아이가 그렇게 말했다.

잠시 후 하라다 일행이 돌아왔다. 모두들 지친 표정이어서 시노부는 애처로운 마음이 들었다.

"할 수 없지. 그만 돌아가자."

가까스로 힘을 내어 말하고서 시노부는 걷기 시작했다. 뎃페이와 하라다, 그리고 나머지 아이들도 슬렁슬렁 움직이기 시작했다.

"아쉽다."

그러면서 하라다가 한숨을 쉬었다.

"남을 도울 수 있는 좋은 기회였는데."

"어쩔 수 없지, 뭐. 그 아이를 찾는다고 당장 뭐가 어떻게 되는 것도 아니고."

시노부가 말했다.

시노부와 아이들은 시장 앞길에 도착했다. 그 소년을 뒤쫓다 늘 이 길에 나오면 사라지고 말았다.

시장을 지나 한참을 걸어가는데 뒤에서 고함 소리가 들렸다.

"야, 너, 거기 서!"

돌아보니 머리에 띠를 두른 아저씨가 밤송이머리 남자아이의 멱살을 잡고 있었다.

"이 자식, 경찰서에 가자."

아저씨는 남자아이의 머리를 몇 대나 때렸다.

시노부는 자신도 모르게 눈을 비볐다. 남자아이가 바로 그 소년이었다. 그렇게 찾아도 안 보이더니 뜻하지 않은 순간에 나타난 것이다. 뎃페이와 하라다도 어이없다는 표정을 지었다.

"무슨 일이세요?"

시노부가 다가가 물었다. 남자는 무슨 상관이냐는 듯한 눈빛으로 침을 튀기며 말을 뱉었다.

"이 자식이 우리 가게 어묵을 훔쳤다고. 더러운 손으로 만져서 팔 수도 없게 됐단 말이야."

"그 어묵 값, 제가 낼게요."

뭐, 하며 남자가 눈을 크게 떴다. 그리고 시노부를 멀뚱멀뚱 보면서 물었다.

"당신, 누구야?"

"시노부 선생입니다."

"선생이라고? 손버릇 나쁜 학생 때문에 고생이 많군. 돈을 내주겠다면야 달리 할 말이 없지만."

남자는 돈을 받아 들더니 소년을 노려보며 한마디 덧붙였다.

"다음에 또 그러면 그때는 반쯤 죽여 버릴 테니 그런 줄 알아."

남자 대신 뎃페이와 하라다가 소년의 팔을 양쪽에서 잡았다. 그리고 다 같이 다시 공원으로 갔다.

"돈 갚으라고 해 봐야 소용 없어. 난 한 푼도 없으니까."

소년은 공원으로 가는 내내 시노부를 노려보며 분하다는 듯이 중얼거렸다. 자기 반 아이들보다 야무진 것 같아서 시노부는 감탄스러웠다.

"돈은 됐고, 그보다 왜 집을 나갔는지 그거나 말해 봐."

"왜? 왜 내가 그런 말을 해야 하는데?"

"알고 싶으니까. 그리고 집을 나올 때 네 아빠가 어떤 상태였는지도 알아야 해."

흥, 하면서 소년은 고개를 옆으로 돌렸다.

뎃페이가 소년의 이마에 꿀밤을 먹였는데도 힐금 돌아보았을 뿐 대답이 없었다.

"할 수 없네."

시노부는 사방을 두리번거리다가 전화 부스를 발견하고 그쪽으로 천천히 걸어갔다.

"어디다 전화하려고? 경찰?"

그제야 소년은 당황하는 눈치를 보였다. 시노부는 고개를
저었다.

"경찰에 전화해서 뭐하게. 더 좋은 데다 걸 거야."

"어디?"

시노부가 미소를 머금었다.

"네 엄마. 널 데리러 오라고 할 거야."

"안 돼. 에이 씨!"

소년이 있는 힘껏 발버둥을 쳤다. 예상했던 일이라 시노부
는 속으로 피식 웃었다.

"엄마가 데리고 가는 게 상식이잖아."

"안 돼. 그런 엄마는 엄마도 아니야."

"그럼 내가 묻는 말에 대답해 줄래? 그런다면 놔줄게."

"협박하는 거야, 치사하게?"

"전화한다."

"으악, 안 돼."

"대답할 거야?"

"……."

"전화 건다."

"안 돼."

"대답할 거지?"

"……."

"대답하는 거다."

"알았어. 에이, 제기랄."

이날 밤 시노부는 우루시자키와 신도를 찾아 경찰서로 갔다. 두 사람을 만난 시노부는 대합실로 가서 소년에게 들은 얘기를 그들에게 전했다.

"호오, 그렇다면,"

우루시자키는 그답지 않게 진지한 표정으로 시노부의 얼굴을 보았다.

"아라카와 도시오 씨가 살해당하기 직전에 아들더러 엄마에게 가라고 했다는 말인데."

"그렇죠. 이제 아빠는 잊고 엄마랑 둘이 사이좋게 잘 살라고 했대요. 사뭇 비감한 얼굴로요."

"흐음."

우루시자키는 팔짱을 끼고 눈을 감았다.

"그런데 그 아이는 엄마에게 가지 않았군요?"

신도가 물었다.

"네. 그 아이 말이, 엄마라는 사람은 제멋대로래요. 남편에게 일만 시키다가 좀 힘들어지니까 남편과 아들을 버리고 도망쳤다고요. 그래서 엄마에게 가지 않고 여기저기 떠돈 거래요. 지금도 엄마에게는 절대 가지 않겠다고 하네요."

"음……. 아들을 내보낸 직후 살해당했다는 게 영 마음에 걸리는데요. 대체 어떻게 된 일일까요?"

신도가 선배 형사를 보며 물었다.

"모르지."

우루시자키가 대답했다.

"혹시 동반 자살 아닐까요?"

시노부가 두 형사의 얼굴을 번갈아 보면서 말했다.

"동반 자살요?"

우루시자키가 눈을 번쩍 떴다.

"네. 남자 둘이서 동반 자살하는 건 좀 이상하지만, 아라카와 씨가 가지노 씨를 길동무해서 죽으려 한 거 아닐까요? 그런데 옥신각신하는 중에 아라카와 씨가 먼저 죽은 거죠."

"하지만 옥신각신한 원인이 밀린 집세예요. 게다가 하필이면 가지노를 길동무로 삼아야 할 이유가 있었을까요?"

그렇게 말하고 나서 입을 비죽 내밀고 있던 우루시자키가 갑자기 뭔가 생각났다는 듯 "아니지, 잠깐." 이라고 말했다.

그는 눈길을 천장으로 향하고서 다시 눈을 감더니 몇 초 동안 침묵에 잠겼다. 그리고 다시 눈을 뜨는 것과 동시에 의자에서 일어났다.

"어이, 신도, 치에코를 다시 심문해 봐. 그리고 가지노도. 특히 가지노에게는 압박을 주지 말고 느긋하게 얘기를 끌어 내라고."

8

가지노 마사시가 석방된 다음 날, 마치코는 인사하러 시노 부를 찾아왔다. 그사이에 조금 야윈 듯했지만 얼굴색은 좋았다.

"선생님, 정말 고맙습니다."

마치코가 머리를 꾸벅 숙였다. 시노부는 손을 내저으며 쑥 스럽게 웃었다.

"나는 별로 한 것도 없어. 우루시자키 형사와 신도 형사 덕 분이지. 말단이지만 대단한 사람들이야."

"선생님, 그런데 어떻게 해결하신 거예요? 아빠는 잘 모르 시는 것 같던데요."

"응, 그 사건, 결국 자살이었어."

"자살요?"

마치코가 눈을 동그랗게 떴다. 그럴 만도 하다. 처음에 애 기를 들었을 때는 시노부도 그랬다.

"그래. 아라카와 씨는 생활고 때문에 자살할 생각이었어. 그런데 그러기 직전에 공교롭게도 네 아빠가 찾아가서 집세 때문에 옥신각신했던 거야. 그 와중에 네 아빠가 아라카와 씨에게 걷어차이는 바람에 머리를 부딪쳐서 정신을 잃었던 거고."

"잠시 정신을 잃으셨다는 얘기는 들었어요."

"아라카와 씨는 그사이에 자살했어. 그런데 그 직후 아라카와 씨의 전 부인이 나타나는 바람에 일이 복잡해진 거지."

치에코가 온 것은 아들을 보기 위해서였다. 남편에게 넌더리가 나서 집을 나오기는 했지만 역시 아들이 걱정스러웠다.

그런데 그녀가 본 것은 죽은 남편의 시신과 집주인의 기절한 모습이었다. 그녀는 상황을 이해할 수 없었지만, 아무튼 아라카와가 자살했다는 것만은 알 수 있었다. 그가 부엌칼을 손에 꽉 쥔 채 죽어 있었기 때문이다.

치에코는 그 순간 당치 않은 흑심을 품었다. 쓰러져 있는 남자가 아라카와를 살해한 것처럼 꾸미기로 한 것이다. 그러면 남자의 가족이 아들에게 상당한 보상금을 줄 것이라는 기대 때문이었다.

그녀는 아라카와의 손에서 부엌칼을 빼내어 쓰러져 있는 남자의 손에 쥐여 주었다. 그리고 남자를 시신 가까이로 옮겨 놓았다.

그 후 그녀는 시치미를 떼고 사건이 어떻게 돌아가는지 지켜보았다. 경찰이 가지노를 조금도 의심하지 않자 이번에는 파출소로 제보 전화까지 걸었다.

"그러니까 우리 아빠가 역시 어리석었던 거네요. 자기가 죽이지도 않았으면서 죽였다고 착각하다니."

이미 지나간 일이라 안도한 덕분인지 마치코는 밝게 웃었다.

"기절했다가 깨어났는데 눈앞에 사람이 죽어 있으니 어땠겠어? 아빠 아니라 그 누구라도 제정신이 아니었겠지. 게다가 기절하기 전후의 기억이 애매하기까지 했으니 더더욱 그렇지. 시간 감각도 그렇고, 처음 진술할 때부터 이상한 점이 있었나 봐."

그리고 시노부는 '형사는 역시 대단한 사람들'이라고 덧붙였다.

이날 퇴근하려고 정문을 나서던 시노부는 예의 소년을 보았다. 그 소년은 10미터 정도 떨어진 곳에서 이쪽을 기웃거리고 있었다.

"거기서 뭐하는 거니?"

시노부가 물었지만 소년은 대답이 없었다.

"어디 가는 거야?"

그래도 대답이 없긴 마찬가지였다. 어느 틈엔가 시노부 옆에 뎃페이와 하라다가 와 있었다. 뎃페이가 작은 소리로 중얼거렸다.

"뭐야, 저 녀석. 왜 온 거야? 혹시 보복하러 온 건 아니겠죠?"

"아니야."

시노부가 고개를 저었다.

"작별 인사를 하려고 온 것 같은데."

소년이 희미하게 웃은 것처럼 보였다. 어쩌면 무슨 말을 하려고 했는지도 모른다. 아무튼 그 입술에 약간의 변화가 있었다.

소년이 몸을 오른쪽으로 돌렸다. 그리고 마지막으로 한 번 돌아보고는 그대로 골목길로 뛰어 들어갔다. 처음 그를 봤을 때처럼 엄청나게 빠른 속도였다.

그가 어디로 갔는지, 앞으로 어떻게 될 것인지 시노부는 모른다. 그렇게 싫어하는 엄마와 같이 살게 될지도 모르고, 다른 사람에게 의지하게 될지도 모른다. 하지만 시노부는 당분간만이라도 그 미로 같은 골목길을 뛰어다니는 그의 모습을 상상하고 싶었다.

시노부 선생님의 맞선

1

딩동댕, 벨이 울렸다.

하루 수업을 모두 마친 시노부가 교무실로 돌아오자 교무
주임인 나카다가 히죽히죽 웃으면서 다가왔다. 저 선생이 이
런 모습을 보일 때는 보나 마나 부탁할 일이 있는 것이다. 시
노부는 그쪽을 보지 않고 책상을 정리하기 시작했다.

"다케우치 선생, 수업은 어땠어요?"

나카다가 히죽거리며 말을 건넸다. 이럴 때는 특히 위험하다.

"그냥 그렇죠, 뭐."

시노부는 적당히 대답했다.

"그래요?"

그러면서 그는 주위의 시선을 살피는 눈치였다. 다른 사람
이 들어서는 곤란한 용건일 것이다.

근처에 사람이 없다는 것을 확인하자 그가 시노부의 귀에
얼굴을 갖다 댔다.

"실은 말이야, 중요한 용건이 있어서 그러는데."

그것 보라니까, 하면서 시노부는 신경을 바짝 곤두세웠다.

"저, 오늘은 일찍 집에 가 봐야 하니까 그 용건은 다른 선생님께……."

부탁하세요, 라고 평소 같으면 재빨리 말하고 도망쳤을 텐데 오늘은 팔이 꽉 잡혀 있다.

"선생이 아니면 안 되니까 그렇지."

나카다 교무 주임이 작은 소리로 말했다.

"돈은 모리시타 선생님이 더 많다고 하던데요."

"이런, 내가 왜 선생한테 돈을 빌려? 아니야. 선생한테 좋은 얘기야. 듣고 나면 눈물을 흘리면서 내게 고맙다고 할걸!"

"그게 무슨……."

"아무튼 들어 보라고. 이리 좀 와 봐요."

교무실 한구석에 있는 차 끓이는 곳까지 그녀를 데려간 나카다는 양복 안주머니에서 사진 한 장을 꺼냈다. 그러고는 또 작은 목소리로 이렇게 말했다.

"신붓감을 찾고 있다는데, 선생이 어떨까 싶어서 말이야. 맞선이야."

"어머, 기막혀."

시노부는 고개를 들어 천장을 향하며 한숨을 쉬었다.

"제가 왜 선을 봐야 하죠? 신랑감 정도는 제 손으로 찾을 거라고요."

"그런 소리 하다가 시집도 못 가면 어쩌려고 그래? 모리시

타 선생, 야마다 선생, 오카모토 선생, 히로야마 선생, 고가네이 선생처럼 노처녀로 늙으면 어떡하려고."

"우리 학교에 노처녀가 많을 뿐이에요. 걱정 마세요. 저도 데이트하자는 남자 한둘은 있으니까."

"그래 봐야 그 누구야, 신참이라는 형사…… 신도라고 했나? 안 돼, 그런 남자는."

아닌 게 아니라 신도가 데이트 신청을 한 적은 있다. 하지만 갑자기 할 일이 생기는 바람에 실제로 데이트한 적은 한 번도 없었다. 게다가 시노부는 그가 무슨 속셈으로 데이트 신청을 했는지도 잘 모른다. 매사에 분명치 않은 남자다.

"그러지 말고 일단 보기라도 해."

시노부는 짜증스러운 표정을 한 채 나카다가 내미는 사진을 받아 들었다. 요즘 세상에 선을 봐서 짝을 찾으려는 남자는 별 볼일 없다는 선입견이 그녀에게는 있었다.

그런데.

"……"

"어때?"

나카다가 그녀의 얼굴을 바라보았다.

"꽤 잘생겼지?"

"음…… 그러네요. 그런대로."

시노부는 애매하게 얼버무렸지만, 분명하게 말해서 사진

속의 남자는 딱 그녀 취향이었다. 차를 배경으로 찍은 사진인데, 높이의 비율로 봐서 키도 꽤 클 것 같다.

"180센티미터야."

나카다가 그녀 마음을 꿰뚫어 보기라도 한 것처럼 말했다.

"게다가 K공업의 간부 후보생이야. 장래가 아주 촉망되는 젊은이라고."

K공업은 도요나카에 있는 회사로, 산업 기기를 취급하는 대형 메이커의 자회사다.

"어때? 오늘 중에는 대답을 해야 하는데."

"급하기도 하네요."

"좋은 얘기는 다 그런 법이야. 어때? 그쪽에다 좋다고 해도 되겠지?"

"음, 이번에는 그냥 패스할게요. 전 급할 거 없거든요."

시노부가 사진을 돌려주려 하자 나카다가 갑자기 눈썹을 여덟팔자로 찡그렸다.

"그러지 말고 한번 만나 보기라도 하라니까. K공업 사장이 부탁한 거라고. 그 사장이 내 친척의 지인이라 내가 거절하기 곤란해서 그래. 만나 보고 마음에 안 들면 그때 가서 거절해도 되잖아. 실은 이번 주 토요일에 만나기로 벌써 약속했단 말이야."

"그거야 선생님 마음대로 정하신 거잖아요. 난 몰라요."

"그러지 말고 내 체면 좀 세워 줘. 레스토랑에서 먹고 싶은 거 마음껏 먹어도 되니까."

나카다는 두 손을 모아 이마에 대고 대머리를 숙였다.

"그리고 다음부터는 잡일 안 시킬게."

"흠…… 하는 수 없네요."

시노부가 한숨을 내쉬며 대답하자 나카다는 눈을 반짝거리며 그녀의 손을 잡았다.

"OK 한 거지? 휴우, 이제 살았다."

그리고 그는 부랴부랴 장소와 시간을 말하더니 시노부가 확인할 틈도 주지 않고 재빨리 자리를 떴다. 그녀의 마음이 변하기 전에 얼른 사라진 것이다.

시노부는 사진을 다시 들여다보았다. 역시나 잘생긴 얼굴이다.

'대화를 나눠 봐서 마음에 들면 그때 생각하지, 뭐. 나도 지금이 한창때이긴 하지만 학교 선생은 안 팔릴 가능성도 많고, 뎃페이와 하라다 녀석들에게 시집 못 간다는 소리 들을 일도 없을 테고…… 아유, 알미운 녀석들.'

그런 생각을 하면서 자리로 돌아가려는데 바로 그 둘이 키들키들 웃으면서 앞에 서 있었다. 시노부는 "뭐야, 너희들." 하고 소리를 지르려다 간신히 참았다.

"선생님, 교실 청소 다 끝났어요."

뎃페이가 여전히 키들거리면서 말했다. 시노부는 얼굴에 힘을 빡 주었다.

"알았어. 수고했다."

그러고는 둘의 얼굴을 다시 바라보았다.

"너희들, 계속 여기 있었던 거니?"

"네? 아, 아니요. 지금 막 왔어요."

하라다가 대답했다.

"그래? 무슨 얘기 들은 건 아니고?"

"아무 얘기도 못 들었는데요."

"왜요, 무슨 재미난 얘기 하고 계셨어요?"

"선생님 혼자 있는데 무슨 얘기를 해?"

"그럼 들었을 리도 없잖아요."

"……."

"선생님, 집에 가도 돼요?"

하라다가 물었다.

"그래, 가 봐."

둘은 얼굴을 한 번 마주 본 뒤 전속력으로 복도를 뛰었다. 그들의 모습이 복도 모퉁이를 도는가 싶었는데 다음 순간 참았던 웃음이 폭발한 것처럼 깔깔거리는 소리가 들렸다.

2

"네, 수사 1과입니다."

수화기를 든 사람은 우루시자키였다. 평소에는 나른한 표정이지만 사건만 터졌다 하면 금세 긴장한 표정을 짓는 것이 이 형사의 특징이다. 그런데 오늘은 긴장은커녕 맥이 풀린 것처럼 늘어져 있었다.

"응, 있는데. 잠깐 기다려."

우루시자키가 수화기를 신도에게 내밀었다.

"친구라는데."

"친구요?"

신도가 고개를 갸웃거리며 수화기를 받았다.

"네, 전화 바꿨습니다."

그리고 다음 순간 그는 의자에서 굴러 떨어지기라도 할 듯 버둥거렸다.

"뭐야, 너희들! 여기다 전화하면 안 되지."

상대가 누군지 아는 우루시자키는 가까스로 웃음을 참고 있었다. 그 모습을 힐금거리며 신도는 목소리를 낮췄다.

"뭐라고? 요 녀석들아, 일하고 있지. ……뭐? 무슨 소리야, 너희들은 모르겠지만 나도 잘하고 있다고. 눈에 안 띌 뿐이지. 야! 용건이 뭐야?"

신도는 벌레라도 씹은 표정으로 수화기를 귀에 바짝 대고
있었다. 그런데 다음 순간 그의 얼굴에서 표정이 싹 사라졌
다. 그리고 송화구에 손바닥을 대고 소곤거리기 시작했다.

"뭐, 그게 정말이야?"

"정말이라니까요."

빨대로 아이스 코코아를 후루룩 빨면서 뎃페이가 말했다.

"이번 주 토요일에 맞선 본대요."

"레스토랑에서 만난다는데요."

하라다도 초콜릿 파르페를 먹으면서 말했다. 신도는 커피
잔을 앞에 둔 채 입을 꾹 다물고 있었다.

뎃페이와 하라다가 다니는 초등학교 근처 찻집이었다. 그
둘이 시노부의 맞선에 관한 정보를 제공하겠다며 신도를 여
기로 불러낸 것이다.

"그래도 선생님은 별로 나가고 싶어 하지 않지?"

신도가 둘의 표정을 살피며 물었다.

"네. 레스토랑에서 먹고 싶은 거 마음껏 먹어도 된다는 얘
기에 넘어가신 것 같아요."

하라다의 말에 신도는 다소 안도하는 기색을 보였다.

"너희 선생님이야 먹는 거에 약하니까 말이지."

"그래도 얼굴이 선생님 취향인가 보던데요. 우리 선생님,

잘생긴 남자를 좋아하거든요."

그렇게 말하고 뎃페이는 잔에 남은 얼음을 오도독오도독 깨물었다.

"아이스크림 먹어도 돼요?"

신도는 그 말을 듣는 둥 마는 둥 건성으로 고개를 끄덕였다.

"이제 어떡할 거예요?"

하라다가 물었다.

"형사 아저씨가 우리 선생님 좋아한다는 거 알기 때문에 가르쳐 드리는 거예요. 가만히 있으면 다른 남자가 선생님을 낚아채 갈 수도 있다고요. 무슨 수를 써야죠."

"그런다고 내가 뭘 어떻게 할 수 있겠어."

"방해를 하는 건 어때요?"

뎃페이가 말했다.

"우리도 협력할게요."

"말도 안 되는 소리. 어떻게 그래. 게다가 어디서 만나는지도 모르는데."

"장소는 우리가 알아요."

뎃페이가 말하면서 빙긋거렸다.

"몇 시에 만나는지도요. 슬쩍 구경이라도 하는 게 어떨까요?"

"이런…… 녀석들. 그렇게까지 하고 싶은 마음은 없어."

신도는 물을 벌컥벌컥 마시더니 넥타이를 비틀었다.

3

그 주 토요일 오후 4시 조금 전.

시노부와 나카다가 지하철 우메다 역에서 나오니 거무죽죽하게 구름 낀 하늘에서 부슬부슬 비가 내렸다.

"아이참, 나올 때는 비가 안 왔는데. 운이 없네."

시노부가 내뱉듯 말했다.

"부러 원피스를 입고 나왔는데, 다 젖겠어."

그 말에 나카다가 헛기침을 했다.

"나야 괜찮지만, 오늘만큼은 그 말투 좀 조심해요. 될 일도 안 되겠어."

"왜요? 이런 때는 있는 그대로의 모습을 보여 줘야 하지 않나요?"

"그렇게 큰소리칠 때가 아니지."

그런 대화를 나누며 두 사람은 한 호텔 앞에 도착했다. 정각 4시였다. 이 호텔 1층 라운지에서 상대를 만나기로 한 것이다. 그런 다음 위층에 있는 레스토랑에서 식사를 하는 것이 오늘의 일정이다.

그런데 약속 시간을 10분이나 넘기고도 상대가 나타나지 않았다.

"이런 자리에 늦다니, 몰상식하네요. 이거, 저를 깔보는 거 아닌가요?"

짜증스러워진 시노부가 나카다를 물고 늘어졌다.

"이상하네. 그럴 사람이 아닌데."

그리고 나카다가 전화를 걸어 보겠다며 일어서려 할 때였다.

"나카다 선생님이십니까?"

남자 하나가 다가와 말을 걸었다. 시노부가 고개를 들어 보니 사진에서 본 남자였다.

나카다는 안도하는 표정을 지었다. 상대 남자는 허리를 딱 반으로 접어 머리를 숙였다.

"아아, 지금 전화를 해 보려던 참이었어요."

"그러셨군요. 늦어서 죄송합니다. 회의가 늦게 끝나서요. 사장님도 금방 오실 겁니다."

"그래요. 일 때문이었다니 어쩔 수 없죠. 소개하죠. 이쪽은 우리 학교의 선생님……."

"다케우치 시노부, 스물다섯 살입니다."

나카다가 어안이 벙벙해질 만큼 재빨리 일어난 시노부가 의례적인 목소리로 인사했다.

남자는 미소로 답했다.

"안녕하세요. 혼마 요시히코입니다. 스물여덟 살입니다."

"지금 앉았어요."

뎃페이가 메뉴로 얼굴을 가리고 있는 신도에게 알렸다.

"나도 알아."

그들은 시노부와 가장 멀리 떨어진 자리에 진을 치고 있었다.

"역시 잘생겼는데요. 형사님보다 훨씬 나아요."

하라다가 유들거리는 목소리로 말했다.

"요 녀석, 남자는 얼굴이 다가 아니야. 그런데 왜 혼자서 왔지? K공업 사장도 같이 오기로 했다면서."

"분명히 그렇게 들었는데. 뭔가 일이 생긴 거겠죠."

그리고 뎃페이는 신도의 소맷자락을 끌어당겼다.

"형사님, 저것 좀 봐요. 선생님의 저 우아한 표정. 학교에서는 한 번도 본 적이 없는걸요."

그 말에 신도도 메뉴 너머로 슬쩍 그쪽을 살폈다.

"그럼 혼마 씨는 지난달까지 도쿄 영업소에 계셨군요?"

나카다의 질문에 혼마가 고개를 끄덕였다.

"그렇습니다. 그런데 오사카 본사 쪽에 일대 변화가 생기는 바람에 급작스럽게 내려오게 됐습니다."

줄곧 도쿄에 있어서 그런지 혼마는 표준어를 썼다. 그 입가를 시노부는 넋을 놓고 바라보고 있었다.

"일대 변화가 뭐였죠?"

나카다가 물었다.

"해외에 공장을 설립하게 된 겁니다."

혼마가 대답했다.

"모회사가 수출용 제품은 현지에서 생산하기로 방침을 정했거든요. 그래서 그쪽과의 연락 담당으로 제가 선발됐고요."

"호오, 그렇다면 해외로 진출해서 사업을 확장하는 거로군요."

나카다는 흐뭇하게 웃었지만 혼마는 오히려 풀 죽은 표정으로 고개를 저었다.

"아닙니다. 엔고 때문에 어쩔 수 없이 그렇게 된 것이죠. 현지에서 생산한다는 것은 국내 생산을 줄인다는 뜻이고요. 결국은 하청받아 일하는 소기업을 잘라 내는 셈이니 우리 같은 자회사는 모회사의 방침을 따라가면 그만이지만 소기업은 생사의 기로에 놓이게 됐습니다. 지금까지 신세를 끼쳤던 터라 괴로운 일이죠."

그리고 혼마는 커피를 한 모금 마시더니 쓰다는 듯 얼굴을 찡그렸다.

'엘리트 사원인데도 거들먹거리지 않고 소기업을 걱정하네. 참으로 인격이 된 사람이야.'

시노부는 속으로 감탄하며 물을 마셨다. 그녀는 아까부터 물만 마실 뿐 말을 한마디도 하지 않고 있었다. 화제가 딱딱해서 자신이 나설 자리가 아니라고 생각했기 때문이다. 좀 더 부드러운 화제—예를 들면 한신 타이거즈는 우승을 할 것인가, 또는 고기와 생선 중 어느 쪽을 좋아하느냐—가 등장하기를 기다리고 있는데, 아무래도 혼마는 그런 타입의 남자가 아닌 듯했다.

나카다와 혼마는 여전히 어려운 얘기를 나누고 시노부는 적당히 고개를 끄덕이고 있는데 웨이터가 라운지 한가운데로 나와 손님을 찾았다.

"손님 중에 혼마 씨 계십니까?"

혼마가 움찔 놀라는 표정을 지은 후 "전데요."라고 대답했다.

"전화가 와 있습니다."

웨이터가 낭랑한 목소리로 말했다.

"어, 남자가 어디로 가는데요."

뎃페이가 신도의 소맷자락을 잡은 채 말했다.

"볼일이 생겨서 이대로 끝나면 좋겠는데."

"그렇게 될 리 없지."

신도는 여전히 메뉴로 얼굴을 가리고 있었다. 그때 그의 양복 속에서 뭔가가 삐—삐— 울렸다.

"옷이 울리고 있는데요."

하라다가 신도의 윗도리를 손으로 잡았다.

"이런 맹추. 삐삐가 울리는 거야. 쳇, 하필이면 이런 때."

신도는 공중전화로 달려갔다.

"큰일 났습니다."

후다닥 뛰어온 남자를 보고 시노부는 눈을 부릅떴다. 하얀 양복을 입고 꽤 그럴싸해 보이는 남자는 잘 보니 신도 형사였다.

"신도 씨가 여긴 어떻게?"

"선생님, 큰일 났어요."

신도가 숨을 헉헉거리며 말했다.

"뭔가, 자네는? 방해하려고 온 거면 가만 안 둘 거야."

나카다의 말에 신도는 불끈했다.

"지금 맞선이나 보고 있을 때가 아니란 말입니다."

"아니, 무슨……."

그때 혼마가 돌아왔다. 시노부와 나카다가 그를 봤다.

"사장님이 살해당했답니다."

혼마가 숨을 헉헉거리며 말했다.

"네에?"

시노부와 나카다가 동시에 소리를 질렀다.

"그래요, 저도 그 말을 전하려고 온 겁니다."

신도가 말했다.

"누구시죠, 그쪽은?"

혼마가 물었다. 그러자 신도는 넥타이를 고쳐 매며 혼마를 향해 섰다.

"오사카 부경의 신도입니다. 시노부 선생님과는 친밀하게 지내고 있습니다."

"아……."

혼마는 잠시 말이 없더니 "그렇군요. 과연 경찰은 움직임이 빠르군요."라며 적당히 이해하는 눈치였다. 그리고 그는 신도의 뒤로 시선을 옮겼다.

"그런데 뒤에 있는 아이들은 누굽니까?"

"다나카 뎃페이."

"하라다 이쿠오."

"어!"

시노부가 벌떡 일어섰다.

"너희들은 또 왜 여기 있는 거야?"

"여러 가지로 사정이 있어서요. 그죠?"

뎃페이가 동의를 구했지만 신도는 모르는 척 시치미를 떼고 있었다. 시노부가 그를 노려보았다.

"아무튼 형사님도 계시니 마침 잘됐습니다."

뭐가 잘되었다는 건지 모르겠지만 시노부는 혼마의 말에 고개를 끄덕였다.

"제 차를 타고 곧장 회사로 갈 건데 형사님도 같이 가시죠."

4

K공업의 본사 공장은 도요나카 시에서 조금 떨어진 곳에 있었다. 북쪽으로 녹지 공원이 보였다.

사장 모토야마 마사오가 그 공장 건물 안에서 사체로 발견됐다. 공작 기계를 조립하는 공장으로, 오늘은 휴일이라 사원은 아무도 출근하지 않았다.

"흉기는 스패너입니다. 시신 옆에 떨어져 있었습니다. 뒤에서 힘껏 내리친 것 같습니다."

관할 서의 젊은 형사가 뒤늦게 온 우루시자키에게 설명했다.

"지문은?"

"흉기에 묻은 건 닦아 낸 것 같습니다. 다른 곳에서 채취된 지문들은 종업원들 것으로 보입니다."

"흉기를 닦아 낸 천은 발견됐습니까?"

"아니요. 현장 부근에는 없었습니다."

"흐음, 그렇군요."

우루시자키가 고개를 끄덕이며 중얼거렸다.

"시신을 발견한 사람은 누구죠?"

"경비입니다. 종일 경비실에 틀어박혀 텔레비전을 본 모양인데, 저녁때 순찰을 돌다가 발견했다고 합니다."

"종일 틀어박혀 있었다……, 그렇다면 누가 회사 안으로 침입했어도 잘 몰랐겠군요."

젊은 형사가 "그렇겠죠."라고 대답했다.

우루시자키가 공장 건물을 나서려 하자 비가 본격적으로 내리기 시작했다. 머리를 손으로 가리고 사무실 쪽으로 뛰어가는데 차 한 대가 구내로 들어왔다.

사무실 앞에 선 차에서 신도가 굴러 떨어지듯이 튀어나왔다.

"어, 제법 빠르군. 마침 지금……."

우루시자키의 목소리가 도중에 끊긴 것은 신도에 이어 시노부가 내리더니 다음으로 두 악동까지 당당한 표정으로 내렸기 때문이었다.

"죄송합니다. 여러 가지로 피치 못할 사정이 있어서."

신도는 머리를 긁적거리며 우루시자키에게 경위를 설명했다. 우루시자키는 어이가 없다는 듯이 쓴웃음을 짓고는 시노부를 보았다.

"걸핏하면 이런 복잡한 일에 휘말리고…… 체질이신가 봐요?"

그 말에 시노부는 입술을 쑥 내밀더니 말했다.

"세상에 이렇게 복잡한 일이 많은 건 경찰이 무능하기 때문이라고요."

시노부와 아이들을 다른 방에서 기다리게 하고서 우루시자키와 신도는 공장 사무실 구석에 있는 소파에서 참고인 조사를 벌였다. 우선 사체를 발견한 경비부터 시작했다. 그는 키가 작은 데다 깡말라서 경비로서 별 도움이 될 것 같지 않은 할아버지였다.

경비는 다행스럽게도 모토야마 사장이 공장에 온 시간을 정확하게 알고 있었다. 모토야마가 사무실과 공장의 열쇠를 가지러 왔을 때 노트에 시간을 기입했기 때문이다. 그에 따르면 모토야마는 2시 정각에 회사에 나왔다고 한다.

그런데 그 이후 모토야마의 행동이나 다른 방문자에 대해서 경비는 아무것도 모르고 있었다. 경비실 안에서 텔레비전만 봤으니 그럴 만도 하다. 용건이 있는 사람은 창구에 있는 벨을 누르도록 되어 있는데 벨이 울린 적이 없었다고 한다.

"3시에 이 사무실에서 사장님을 만나기로 돼 있었습니다."

혼마는 허공을 쳐다보면서 말했다.

"4시까지 오사카 호텔에 가기로 했었으니까요. 그런데 3시가 지나도 사장님이 오시지 않기에 혹시 공장에 계신가 하고

가 봤더니 거기 계셨습니다."

"그때는 살아 계셨단 말씀이죠?"

신도가 물었다.

"물론이죠. 모처럼 나왔으니 공장 안을 시찰하고 있다고 하셨어요. 그리고 조금 이따가 출발할 테니 먼저 가라고 하셔서……."

"3시에 사무실에서 만나기로 한 건 혼마 씨의 제안이었습니까?"

이번에는 우루시자키가 물었다. 혼마는 고개를 저었다.

"사장님이 정하신 겁니다. 애초에 공장을 시찰할 예정이셨던 거죠."

"그 전에 누구를 만날 거라는 얘기는 없었나요?"

"없었습니다."

"그렇군요."

그리고 우루시자키는 모토야마 사장이 살해당할 만한 원인으로 짚이는 게 있느냐고 물었다. 혼마는 이내 고개를 저으며 단호하게 대답했다.

"아니요, 전혀 없습니다."

"잘 알겠습니다. 그런데 다케우치 선생님은 마음에 드셨는지요?"

"네?"

160

"선생님과 맞선을 봤잖습니까. 인상이 어땠나 해서요."

"아, 네. 꽤 활달한 분이더군요."

하하하, 하고 우루시자키는 웃었다.

"단순히 활달한 정도라면 퍽 좋을 텐데 말이죠."

"……?"

"아니, 제가 괜한 질문을 했습니다. 이제 가 보셔도 좋습니다."

그러자 혼마는 의아하다는 표정으로 사무실을 나갔다.

"꽤 괜찮은 사람인데?"

혼마가 사라진 후 우루시자키가 팔꿈치로 신도를 쿡쿡 찌르며 말했다.

"저 정도면 선생님을 낚아채 갈지도 모르겠어."

그 말에 신도의 안색이 싹 바뀌었다. 그때 제복 차림의 경찰이 들어와 모토야마 다케오 씨가 도착했다고 알렸다. 모토야마 다케오는 모토야마 사장의 아들로 이 회사의 전무라고 한다.

잠시 후 다케오가 나타났다. 문을 요란하게 열고 성큼성큼 들어오더니 형사들 앞에 놓인 소파에 풀썩 소리를 내며 앉았다. 호리호리한 몸매에 머리를 반듯하게 뒤로 넘기고 말쑥하게 양복을 차려입은 모습이었다. 서른이 약간 넘었을까 싶은데 태도가 거만했다.

"모토야마 다케오 씨입니까?"

우루시자키가 물었다. 그러나 다케오는 대답 대신 "범인은 밝혀졌습니까?"라고 격앙된 목소리로 되물었다.

"아, 이제부터 밝혀내야죠."

우루시자키가 대답하며 다케오 옆에 서 있는 남자를 올려다보았다. 다케오를 따라 들어온 그 사람은 마흔 전후로 보이는 뚱뚱한 남자로, 등을 구부리고 서는 것이 버릇인 듯했다.

"그쪽은?"

우루시자키가 묻자 뚱뚱한 남자는 손수건으로 이마를 닦으면서 대답했다.

"공장장인 다나베라고 합니다."

"내 참모 격인 사람입니다."

다케오가 덧붙여 설명했다.

"그보다, 어떻게 돼 가고 있습니까? 용의자 정도는 확보가 된 겁니까?"

"아닙니다. 그래서 이렇게 협조를 부탁……."

"혼마는 조사했습니까?"

다케오가 우루시자키의 말을 자르며 물었다.

"마지막으로 아버지와 만난 사람이 그라면서요. 그렇다면 그 사람이 가장 혐의가 크지 않겠습니까?"

"호오."

우루시자키가 상대의 눈을 바라보았다.

"혼마 씨가 모토야마 사장의 목숨을 노릴 만한 이유라도 있습니까?"

"이유야 얼마든지 있죠."

다케오는 다리를 꼬면서 격분한 음성으로 말했다.

"회사를 가로챌 속셈인 겁니다. 아버지를 살해하는 게 그 첫걸음이었는지도 모르죠."

"회사를 가로챌 속셈이라…… 근거가 있는 말씀인가요?"

"그 사람이 하는 짓을 보면 알 수 있죠. 감언이설로 아버지를 꼬드겨서 눈에 들었어요. 그런 식으로 회사를 자신의 것으로 만들 작정이겠지만 내 눈을 피할 수는 없습니다."

우루시자키는 신도와 눈을 한 번 마주친 후 다시 다케오를 보았다.

"혼마 씨 외에 사장님의 목숨을 노릴 만한 사람은 없습니까?"

"없어요."

다케오는 한마디로 딱 잘랐다. 그런데 그때 다나베가 허리를 구부리고 그의 귀에 뭐라고 속삭였다. 그러자 전무가 고개를 크게 끄덕거렸다.

"그렇지, 그들을 깜박했군요. 그들도 아버지에게 원한을 품고 있었을지 모르겠습니다."

"그들이라니요?"

"하청 업자 놈들 말입니다."

생각만 해도 성가시다는 투였다.

"엔고에 따른 불황 때문에 일이 끊긴 하청 업자가 상당히 많습니다. 가족끼리 꾸려 가는 소규모 공장이 대부분인데, 그들이 앙심을 품고 아버지를 살해했을지도 모르죠."

"그 공장들의 목록이 혹시 있습니까?"

"물론 있죠. 하지만 굳이 찾아가실 것까지는 없습니다. 다들 이 근처에 살고 있으니까요."

그리고 다케오는 옆에 서 있는 다나베에게 지시를 내렸다.

"나중에 하청 업자들에게 연락해서 이리로 오라고 해."

다나베가 희미하게 고개를 끄덕였다.

"아 참, 그리고."

우루시자키가 두 사람의 얼굴을 번갈아 보면서 말했다.

"오늘 하루, 두 분이 어디에서 뭘 했는지 말씀해 주시면 큰 도움이 되겠는데요."

그러자 다케오가 경련이라도 일으키듯 볼을 실룩거리며 "알리바이 말인가요? 그것참, 재미있군요."라고 비아냥거리듯 말했다.

"자식이 아버지를 죽였다, 이 말입니까?"

"아니요, 이건 형식적인 절차 같은 거니까 너무 신경 쓰지 않으셔도 됩니다."

그리고 우루시자키가 고개를 숙이자 다케오는 "흥." 하며 고개를 옆으로 돌렸다.

"점심시간 조금 지나서까지는 여자 집에 있었습니다. 그 후 미나미에서 잠시 어슬렁거리다가…… 마작을 시작한 게 몇 시였더라?"

"3시부터입니다."

다나베가 얼른 대답했다.

"3시에 미나미에 있는 '롱'이라는 마작 방에 갔습니다. 그 런데 사장님이 돌아가셨다는 연락이 왔죠. 그 전에는 집에 있었고요."

"마작 방에 가셨단 말이죠……."

우루시자키는 두 사람의 얼굴을 다시 한 번씩 본 후 수첩을 덮었다.

"번거롭게 해 드려 죄송합니다. 범인은 무슨 수를 써서든 잡을 테니 조금만 기다려 주십시오."

"잘 부탁합니다."

다케오는 들어올 때와 마찬가지로 바지 주머니에 손을 넣 은 채 성큼성큼 걸어 나갔다. 다나베는 전화를 걸기 위해 우 루시자키 일행과 조금 떨어진 책상 쪽으로 갔다.

5

"······그러니까 사장님이 살해당한 건 3시 이후라는 얘기군요."

우루시자키가 참고인 조사를 하고 있는 동안 시노부는 다른 방에서 혼마로부터 대략의 상황을 들었다. 교무 주임 나카다가 뎃페이와 하라다를 데리고 돌아간 덕분에 겨우 좀 조용해져 있었다. 애당초 그 셋이 왜 여기에 와야 했는지 알 수 없었다. 물론 시노부 자신도 여기까지 올 필요는 없었지만.

"사장님을 만난 건 정확하게 3시 10분경이었어요. 그리고 경비가 시신을 발견한 시각이 5시쯤이었다고 하니까 그사이에 살해당했다는 얘기네요."

혼마가 차분한 목소리로 말했다.

"그런데 사장님은 왜 굳이 오늘처럼 쉬는 날 공장 시찰을 나오신 걸까요? 사전에 약속한 맞선 자리에 늦으면서까지. 보통은 약속을 우선하지 않나요?"

그 '맞선'이라는 것이 바로 자신들의 일이기에 시노부는 살짝 얼굴을 붉히며 말했다.

"글쎄요, 그건······. 사장님은 뭔가 생각이 나면 곧바로 실행해야 하는 성격이라서요. 그 탓인지도 모르겠습니다."

자신이 질책당하는 것처럼 느껴졌는지 혼마가 다소 어물거리며 말했다.

"아무리 그래도……."

시노부는 내심 흥미가 일었다. 교무 주임 나카다는 모토야마 사장이 맞선에 꽤나 열을 올렸다고 했는데, 말만 그랬지 실은 별로 중요하게 여기지 않았다는 생각이 들었기 때문이었다.

그런 대화를 나누고 있는데 방문을 두드리는 소리가 났다. 들어온 사람은 쥐색 작업복을 입은 땅딸한 남자였다. 희끗희끗한 머리가 많이 벗어져 있고 도수 높은 안경을 끼고 있었다. 어느 모로 보나 인상이 궁상맞았다.

"아, 도무라 씨."

혼마가 남자에게 아는 체를 했다.

"여기는 어떻게……?"

그러자 도무라라고 불린 남자는 혼마의 얼굴을 보더니 안도한 듯이 환한 표정을 지었다가 시노부를 보고는 이내 당황한 듯 눈을 껌벅거렸다.

"아, 이쪽은 다케우치 시노부 선생님, 오늘 저랑 맞선을 본 분입니다."

소개를 받은 시노부가 인사하자 도무라는 조그만 몸을 깍듯하게 굽혔다.

"반갑습니다. 도무라라고 합니다. 혼마 씨에게는 늘 신세를 지고 있습니다."

"우리 회사 하청 일을 하고 계신 분이에요."

혼마가 설명했다.

"주로 선반 작업을 부탁하고 있죠. 그런데 도무라 씨, 여긴 어쩐 일입니까?"

혼마의 질문에 도무라는 다나베 공장장이 불러서 왔노라고 대답했다. 그의 말에 따르면 그 외에 다른 하청 업자들도 불려 왔고, 그중 한 명이 지금 형사들에게 참고인 조사를 받고 있다는 것이다.

"왜 하청 업자들까지 부른 거죠?"

시노부가 물었다.

"아마도 우리들 중에 모토야마 사장님께 원한을 품은 자가 있을지 모른다고 추측하는 거겠죠. 요즘 들어 일거리가 거의 없었으니까요."

도무라가 대답했다.

"그래서 도무라 씨는 형사가 물으면 뭐라고 대답할 건가요?"

"뭘 말입니까?"

"그러니까, 알리바이나 심증이 가는 인물이 있느냐, 뭐 그런 질문에."

도무라가 팔짱을 끼더니 대답했다.

"심증이 가는 사람은 없습니다. 알리바이도 그렇죠. 늘 시계를 보면서 생활하는 것도 아니고."

"3시에서 5시 사이의 알리바이가 있으면 될 거예요."

시노부가 옆에서 말했다.

"사장님은 그 시각에 살해당했을 테니까요."

"호, 그래요? 그때 저는 이발소에 있었을 겁니다. 3시쯤 갔지 싶은데."

도무라가 그렇게 말하며 민머리를 쓰다듬었다. 최근에 이발을 한 것 같지는 않지만 수염과 귀밑머리가 말끔하게 정리되어 있었다.

"이발소에 가기 전에는요?"

혼마가 묻자 도무라는 잠시 고개를 갸웃하더니 대답했다.

"파친코에 갔어요. 하지만 오늘은 아무도 만나지 않았으니 그걸 증명하라고 하면 곤란한데요."

"3시 이후의 알리바이만 있으면 충분해요."

시노부가 밝은 목소리로 말했다.

그때 제복 차림의 경찰이 나타나 도무라를 불렀다.

"그럼 다녀오겠습니다."

땅딸한 남자는 시노부와 혼마에게 고개를 숙였다.

참고인 조사가 거의 끝나 갈 무렵 시노부는 혼마의 차를 타고 K공업을 떠났다. 그가 집까지 데려다주겠다고 해서였다.

"사장님이 누군가와 만날 약속이 있었던 거 아닐까요?"

와이퍼의 움직임을 바라보며 시노부가 물었다.

"생각해 보면 사장님이 혼마 씨와 회사에서 만나기로 한 것도 좀 이상해요. 대개는 역 앞 같은 데서 만나지 않나요?"

"그 점은 저도 이상합니다."

혼마는 노련하게 운전대를 움직였다.

"사장님이 회사에 나올 일이 있다고 하셨어요. 하지만 그 일이 사람을 만나는 것이었는지 아닌지는 몰라요."

"만약 사장님이 누군가와 만날 약속을 했고 그 상대가 범인이었다면,"

시노부는 입술에 집게손가락을 대고 잠시 생각에 잠겼다가 다시 입을 열었다.

"약속 시간이 3시 이후였다는 얘기잖아요. 그렇다면……사장님은 애초부터 맞선 자리에 늦게 오실 작정이었다는 말인데요."

또다시 이상하다는 생각이 머릿속을 스쳤다. 그걸 눈치챘는지 혼마가 시노부의 얘기를 보충했다.

"약속 시간이 3시 이후였다고 단정할 수는 없지 않을까요. 사장님은 맞선 시각에 맞추어 약속을 정했는데 상대가 늦게 나타난 건지도 모르잖아요."

"하긴 사장님이 회사에 나오신 시각이 2시라는데, 사람을 만나기 위해 1시간 전부터 나와서 기다린다는 것도 이상하죠."

"그렇다고 약속 시간은 2시였는데 상대가 1시간 이상 늦었다는 것도 부자연스러워요. 그러니까 약속 같은 건 없었다고 생각하는 게 타당하지 않을까요?"

"그렇다면 사장님은 맞선보다 공장 시찰을 우선시했다는 얘기군요. 어쩐지 실망스럽네요."

그러면서 시노부는 한숨을 쉬었다. 그녀로서도 이번 맞선이 그리 탐탁지는 않았지만 상대가 소극적이었다는 것을 알게 되니 그 또한 실망스러웠다.

"사장님이 맞선을 가벼이 여긴 건 아니라고 생각하는데요."

혼마가 변명하듯 말했다.

"무엇보다 일을 우선시하는 성격이긴 하지만 오늘 헤어지면서 이런 말씀을 하셨어요. 공교롭게도 오늘 비가 내리는데, 비 온 뒤에 땅이 굳어지는 법이라고요. 그러니 그쪽과의 만남을 기대하고 계셨을 겁니다."

"비 온 뒤에…… 그 말, 결혼식에서 내빈 중 한 명은 꼭 하는 말이죠."

그러자 혼마가 희미하게 웃었다.

"이런 불상사가 생기기는 했지만, 전 오늘 선생님을 만나길 잘했다고 생각합니다. 가능하면 다시 한 번 정식으로 자리를 마련하고 싶습니다."

"지금 이 와중에 그런 말이 나와요?"

시노부는 자신도 모르게 그렇게 말하고 말았다.

6

센리 뉴타운은 오사카 엑스포―아주 오래전 얘기다―이후에 갑자기 개발된 동네다. 지하철 센리 중앙역에서 나오면 고층 아파트 숲이 보인다.

K공업 경리부 오하라 유리코의 아파트도 거기 있었다.

"횡령……이라고요?"

우루시자키는 무라이 반장과의 대화를 떠올렸다. 오늘 아침 도요나카 서에서의 일이다.

무라이 반장은 대머리를 앞뒤로 흔들었다.

"회사 경영 관계를 조사하고 있는 팀이 알려 줬는데, 지난 1년 사이에 천만 엔 가까운 돈이 사라졌다는 거야."

"범인은요?"

"모르지. 하지만 대충은 짐작이 가. 경리부 여직원일 거야."

"아……."

"감식반 얘기로는 뼈가 손상된 정도로 봐서 여자의 범행은 아닐 거래. 하지만 냄새가 나는 건 여전하니까 한번 가 봐."

"알겠습니다."

그래서 우루시자키와 신도가 유리코를 만나러 온 것이다.

현관 벨을 누르자 문 안쪽에서 사람의 기척이 느껴졌다. 우루시자키는 경찰수첩을 꺼내 현관 렌즈 쪽으로 내밀었다.

체인을 거칠게 벗기는 소리가 나고 문이 열렸다.

"오사카 부경에서 나왔습니다. 사장님이 돌아가신 건 알고 계십니까?"

상대가 말을 꺼내기 전에 우루시자키가 선수를 쳤다.

"뉴스에서 봤어요."

유리코는 몸집이 작고 빈틈없어 보이는 인상의 여자였다. 옆에서 보고 있던 신도는 여우 같다고 생각했다.

"사건과 관련해서 궁금한 것이 있는데요."

"난 아무 관계 없어요."

그녀가 문을 닫으려 했다. 우루시자키가 재빨리 발을 밀어 넣어 그것을 막았다.

"경리 장부에 대해서도 물어야겠습니다. 계산이 맞지 않는 부분이 있어서 말이죠."

우루시자키가 점잖게 말하자 유리코는 여우 같은 눈으로 그들을 잠시 노려보다가 이내 포기했는지 문을 닫으려던 손에서 힘을 뺐다.

엑스포 공원이 보이는 거실에서 우루시자키와 신도, 유리코가 마주 앉았다.

"희한한 담배를 피우시는군요."

테이블에 놓인 담뱃갑을 집어 들고 신도가 말했다.

"플레이어……라고 읽나? 외국 담배로군요."

유리코는 그가 킁킁거리며 담배 냄새를 맡자 불쾌하다는 표정으로 바라보면서 우루시자키에게 말했다.

"장부를 조작한 것은 인정해요. 하지만 돈을 빼내 쓴 사람은 제가 아닙니다."

"그럼 누구죠?"

"전무예요. 사장님 아들."

"호오."

"장부를 조작해서 돈을 남겨 주면 그 5퍼센트를 제 몫으로 주겠다고 했어요."

"겨우 5퍼센트? 거참, 쩨쩨하군요."

"아버지 회사 돈은 자기 돈이나 마찬가지니까 나쁜 일이 아니다, 수고비조로 5퍼센트면 충분하다고 했어요."

"모토야마 사장은 그 사실을 알고 있었나요?"

"알고 있었을 거예요. 지금까지 대외적으로 알려지지 않은 것도 아마 사장님이 눈감아 줬기 때문일 거예요."

"바보 자식 때문에 고생하는 부모의 표본이군."

신도가 옆에서 한마디 했다.

도요나카 서로 돌아온 우루시자키는 오하라 유리코가 얘기한 내용을 무라이 반장에게 전했다.

　"……게다가 유리코에게는 알리바이가 있었습니다. 근처에 있는 에어로빅 교실에 갔다고 해서 확인하고 왔습니다."

　"수고했어."

　"문제는 다케오입니다."

　우루시자키가 자신의 어깨를 주무르며 말했다.

　"이 일로 모토야마 사장이 다케오를 질책했을 가능성이 충분히 있어요. 그러다 말싸움이 벌어졌고……."

　"성질이 나서 스패너로 쳤다? 그래, 그럴 가능성이 있겠군. 하지만 말이야, 다케오에게는 알리바이가 있어."

　"3시부터 미나미의 마작 방에 있었죠. 그리고 혼마의 증언에 의하면 사장은 3시 넘어서까지 살아 있었고요."

　"공범이 있을 수도 있지 않을까요."

　신도가 불쑥 끼어들었다. 그가 어느 틈에 우루시자키 옆에 와 있었다.

　"사실은 이미 3시 이전에 다케오가 사장을 죽였을지도 모르죠. 그런데 혼마가 다케오의 부탁으로 위증을 했을 수도……."

　"그렇게도 생각할 수 있겠군."

　무라이 반장이 차분한 목소리로 말했다.

"하지만 지금으로서는 다케오와 혼마의 이해관계를 알 수 없어. 위증을 하는 데는 나름의 이유가 있어야 하는데 말이야."

"아니면 혼마의 단독 범행일 수도 있죠. 죽인 후에 시침 뚝 떼고 맞선 자리에 나가서……."

"이봐, 우루시."

무라이 반장이 우루시자키의 별명을 불렀다.

"네."

"이 녀석, 왜 이렇게 흥분하는 거야?"

"죄송합니다."

우루시자키가 고개를 숙였다.

"개인적으로 열 받을 만한 사정이 좀 있습니다. ……이봐, 신도, 이제 됐으니까 자네는 저쪽으로 가 있어."

투덜거리는 신도의 등을 떠민 후 우루시자키는 다시 무라이 반장 쪽으로 몸을 돌렸다.

"그 외에 냄새가 나는 사람이 있다면 하청 업자인 도무라 씨인데요, 그가 하청 업자들 중에서 맨 먼저 잘렸다고 합니다. 항의하러도 여러 번 왔었다는데요."

"그래, 하지만 그 사람도 알리바이가 있어."

"이발소에 갔다고 했죠."

"알리바이를 확인해 봤는데 틀림없더군."

반장이 그렇게 말한 후 얼굴을 문지르고 있는데 옆에 있는 전화가 울렸다. 수화기를 든 젊은 형사가 우루시자키와 반장을 향해 말했다.

"흉기를 닦아 낸 것으로 보이는 천이 발견됐다고 합니다."

7

"그런데 선생님도 참 유별나십니다."

라디오의 볼륨을 조절하면서 혼마가 말했다.

"이번 사건은 선생님과 아무 관계 없으니 모른 척하고 계셔도 될 텐데 말이죠."

"죄송해요, 괜한 부탁을 해서."

조수석에 앉은 시노부가 어깨를 으쓱했다. 어제 혼마가 사건의 경과를 알아보기 위해서 오늘도 공장에 나갈 거라고 했더니 자신도 동행하게 해 달라고 부탁했던 것이다.

"맞선을 주선해 준 분이 살해됐다는데 어떻게 모른 척할 수 있겠어요."

말은 그렇게 했지만 실은 구경꾼 심보가 고개를 쳐들었을 뿐이다.

"게다가 그 젊은 형사와도 친분이 있는 모양이더군요."

신도를 두고 하는 말이다.

"아니에요. 저랑은 별로 관계없는 사람이에요."

"그쪽은 그렇게 생각하는 것 같지 않던데요. 저를 보는 눈에 적의가 담겨 있더라고요."

"자신보다 우수한 사람은 누가 되었든 적의를 품는 사람이에요. 말단이다 보니."

혼다는 아하하, 웃었다.

이윽고 차가 공장에 도착했다. 그런데 공장으로 들어가려고 하자 남자 두세 명이 차를 에워쌌다. 제복 차림의 경찰 한 명과 양복 입은 남자 둘이었다. 그중의 한 명이 예의 신도였다.

"혼마 씨죠? 서까지 동행해 주셔야겠습니다."

형사인 듯한 다른 남자가 차창 너머로 혼마에게 말했다. 시노부 쪽 창문에는 신도가 얼굴을 들이대고 있었다.

"선생님, 왜 이런 놈의 차를 타고 온 겁니까? 빨리 내리세요."

"무슨 일이죠?"

혼마가 묻자 그쪽 형사가 대답했다.

"흉기인 스패너를 닦은 것으로 추정되는 천이 발견되었는데, 발견된 장소가 혼마 씨 책상 서랍이었어요."

"거짓말."

그렇게 말한 사람은 시노부였다.

"아니에요, 사실입니다."

신도가 말했다.

"선생님, 이런 경우도 있으니 모르는 남자와 맞선 같은 거 보시면 안 됩니다. 결혼은 역시 신중하게……."

"서까지 가 주셔야겠습니다."

형사의 말에 혼마가 고개를 까딱했다.

"상황이 그렇다면 하는 수 없죠."

"일단 차를 주차장에 세우시죠. 동승자도 있으니."

"알겠습니다."

혼마가 차를 움직여 공장 건물 옆에 세웠다. 그리고 안전벨트를 풀더니 바지 주머니에서 뭔가를 꺼내 시노부에게 내밀었다.

"이걸 도무라 씨에게 전해 주시면 좋겠는데요. 어제 만난 하청 업자 말입니다."

혼마가 건넨 것은 수첩 크기의 명함 케이스였다.

"이걸 왜요?"

"전해 주시기만 하면 됩니다. 설명할 시간이 없으니."

그리고 혼마는 문을 열고 차에서 내려 형사들 쪽으로 걸어갔다.

신도가 시노부 쪽으로 다가왔다.

"선생님, 별일 없습니까?"

"제게 별일이 있을 게 뭐가 있죠?"

그러면서 시노부도 차에서 내렸다.

"혼마 씨를 의심하다니, 어떻게 된 거 아니에요? 그 사람이 무슨 이유로 사장님을 죽이겠어요?"

그녀는 성큼성큼 걸음을 옮겼다. 신도가 허둥지둥 그녀를 쫓아갔다.

"아니 그게, 실제로 흉기를 닦은 천이 발견된 터라……."

"그거야 범인이 덫을 놓은 거죠. 그 정도도 모르면서 어떻게 형사 노릇을 한다는 건지……."

"선생님 말씀이 맞아."

그렇게 말하며 다가온 사람은 우루시자키였다. 그는 히죽거리며 두 사람을 바라보고 있었다.

"연적이라는 생각에 이 녀석이 좀 과민하게 구는 것 같습니다. 용서해 주시죠."

"선배님! 이상한 소리 마세요."

신도는 시노부를 힐끔거리면서 입을 쑥 내밀었지만 시노부는 아랑곳하지 않고 우루시자키에게 다가갔다.

"우루시자키 씨도 그렇게 생각하시는 거죠, 덫이라고요?"

"범인의 짓이겠죠. 혼마 씨 서랍에서 천을 발견한 게 우리 경찰인데요, 그게 참……, 서랍이 반쯤 열려 있고 천이 그대로 보이더랍니다. 여봐란 듯이 말이죠. 아마도 범인이 어제 혼마 씨의 서랍에 천을 넣은 거겠죠."

"하지만 어제는 가이드라인이 쳐져 있었잖아요. 아무도 사무실에 들어갈 수 없었다고요."

신도가 말했다.

"굳이 어제 몰래 숨어들 필요는 없었겠지. 죄를 덮어씌우려 했다면 사장을 죽이자마자 스패너를 닦은 천을 혼마 씨의 서랍에 넣어 두면 되는 일이니까."

"죄를 덮어씌우려는 공작치고는 너무 소박한 거 아닌가요?"

시노부가 그렇게 물어보았다.

"저라면 좀 더 현명한 방법을 썼을 텐데요. 혼마 씨의 소지품을 준비했다가 현장에 둔다든지……."

"그럴 수도 있겠군요."

우루시자키가 고개를 끄덕이며 동의했다.

"누구라도 그렇게 생각할 겁니다. 적어도 천을 서랍에 넣고 그대로 보이게 하는 뻔한 수법은 사용하지 않겠죠. 그렇다면…… 천을 혼마 씨 서랍에 넣은 것이 범행 직후가 아닐지도 모르겠군요. 사체가 발견되어 현장에 접근할 수 없게 되자 고육책으로 그런 방법을 썼을 수도 있어요. 그렇다면 범인이 서랍에 그 천을 넣은 건 언제일까……."

"밤에는 그럴 수 없었죠. 감시가 붙어 있었으니까요."

신도가 아까와 똑같은 말을 되풀이했다.

"그때가 아닐까요?"

시노부가 말했다.

"사무실 구석에서 참고인 조사를 할 때요. 그때라면 혼마 씨 책상에 접근할 수 있었을 거예요."

"그래, 맞아!"

잠시 눈을 내리깔고 있던 우루시자키가 얼굴을 똑바로 들고 말했다.

"그놈이야."

"누구요?"

"다나베. 하청 업자들에게 전화를 건다면서 책상으로 갔잖아."

"아아."

신도가 입을 쩍 벌리고 고개를 끄덕였다. 그러고는 다시 진지한 표정으로 말했다.

"하지만 그 사람에게는 동기가 없어요. 대신 알리바이는 있죠."

"알리바이라……. 어떻게 된 게 모두들 알리바이를 갖고 있지? 어제는 날씨도 좋지 않았는데 다들 밖에 나가고 말이야."

"비가 내리기 시작한 건 3시가 넘어서예요. 아침부터 내렸다면 집에 있었겠지만."

듣고 보니 어제 집을 나설 때는 비가 내리지 않았다. 그런데 역에서 나오니 비가 내리고 있었던 게 기억났다.

'그게 불길한 징조였어. 살인 사건이 일어나서 말 그대로 맞선에 찬물을 끼얹었으니까. 흥, 뭐가 비 온 뒤에 땅이 굳어진다는 건지.'

"아!"

"왜, 왜 그럽니까?"

시노부가 갑자기 큰 소리를 지르는 바람에 깜짝 놀란 신도가 자리에서 벌떡 일어섰다.

"사장님은 공장 안에서 살해당했죠?"

"그, 그런데요."

"어느 건물이죠?"

"저기 저……."

신도가 손가락으로 가리켰을 때 시노부는 이미 뛰고 있었다.

"선생님! 왜 그러세요?"

"우리도 가 보자고."

우루시자키도 시노부를 따라 뛰기 시작했다. 신도도 그 뒤를 따랐다.

살인 현장은 공장 내부의 큰 통로로, 양쪽으로는 갖가지 기계가 놓여 있었다. 그리고 바닥에 분필로 그려진 사람 모양을 중심으로 가이드라인 로프가 쳐져 있었다.

시노부는 그 로프를 훌쩍 뛰어넘어 사람 그림 옆에 섰다.

"역시…… 생각한 대로야."

공장 안을 두리번거리며 그녀가 중얼거렸다.

"대체 무슨 일입니까?"

허겁지겁 뒤따라온 우루시자키가 물었다. 신도도 옆에 와
서 섰다.

시노부가 두 사람의 얼굴을 보면서 말했다.

"사장님은 3시 이전에 이미 살해당했어요."

"하지만 혼마 씨가 3시 이후에 여기서 사장을 만났다고 했
잖아요."

"거짓말이에요. 혼마 씨가 여기 왔을 때 사장님은 이미 죽
어 있었을 거예요."

"어째서요?"

시노부는 어제 혼마가 그녀를 집까지 데려다주면서 했던
얘기를 두 사람에게 들려주었다. 그 내용은 모토야마 사장이
'비 온 후에 땅이 굳어진다'는 말을 했다는 것이었다.

우루시자키는 이해가 되지 않는다는 표정이었다. 그러자
시노부가 설명했다.

"혼마 씨가 사장님을 만난 건 3시 이후라고 했어요. 그런데
사장님이 공장에 들어온 것은 그보다 훨씬 전이잖아요. 그러
니까 비가 오고 있다는 걸 몰랐을 거예요."

아, 하며 우루시자키가 입을 벌렸다.

"그 정도 부슬부슬 내리는 빗소리라면 공장 안에서 들렸을

리 없어요. 그리고 창문은 저 높이 천장에만 조그맣게 있으니까 바깥 날씨가 어떤지 알 수 없었을 거예요. 요컨대 사장님은 비가 온다는 걸 모르셨을 거라는 얘기죠. 그러니까 혼마 씨가 정말로 살아 있는 사장님을 만났다면 비 온 뒤 어쩌고 하는 말은 하지 않았을 거예요."

"그러니까 혼마 씨가 거짓말을 했다는 건가요? 하지만 왜……."

"혹시 다나베와 한통속 아닐까요? 그래서 알리바이를 조작하기 위해 거짓말을 한 거죠."

신도가 말했다.

"아니야. 그렇다면 다나베가 혼마 씨의 서랍에 천을 숨긴 것과 모순되지."

"그러네요……."

신도가 말을 잇지 못하고 있는데 시노부가 "그렇구나!"라고 외쳤다.

"혼마 씨가 거짓말을 한 이유를 알았어요."

그러고서 그녀는 또 뛰기 시작했다.

"이런, 또 가 버렸군. 뛰기도 잘 뛰어. 어이, 신도! 저런 여자를 신부로 맞으면 일 년 내내 마라톤을 해야겠는데."

"저 정도는 돼야 형사 아내가 될 수 있죠."

두 사람은 그런 말을 주고받으면서 시노부를 뒤쫓아 갔다.

그들이 시노부를 따라잡은 것은 문에 거의 이르러서였다. 아니, 따라잡았다기보다는 그녀 쪽이 멈춰 서서 기다린 것이었다.

"도무라 씨 집이 어디죠?"

시노부가 물었다.

"도무라? 도무라 가공 말이군요. 알겠습니다. 같이 가시죠. 이봐, 신도!"

"네."

"선생님 손 꽉 잡고 있어. 또 도망치면 생고생이니까."

"제가 무슨 도망을 친다고 그러세요. 영감이 떠오르는 바람에 뛰었을 뿐인데."

"타조처럼 말이죠? 아무튼 선배님 명령이니 실례하겠습니다. 와, 꽤 단단한데요. 한 대 얻어맞으면 아프겠습니다."

"흥."

신도와 손을 잡은 채 시노부는 걷기 시작했다.

도무라는 가게 안쪽에 앉아서 신문을 읽고 있다가 우루시자키의 모습을 보고는 당황해하며 일어섰다.

"전해 드리고 싶은 게 있어요."

시노부가 가방에서 명함 케이스를 꺼내 도무라에게 건넸다.

"선생님, 그게 뭡니까?"

우루시자키가 물었다.

"혼마 씨가 도무라 씨에게 전해 달라고 맡긴 거예요. 도무라 씨, 이거 도무라 씨 명함 케이스죠?"

도무라가 명함 케이스를 받아 들더니 고개를 끄덕였다.

"맞아요. 제 것입니다. 그런데 이걸 어디서……?"

"도무라 씨."

시노부가 도무라의 눈을 똑바로 바라보았다.

"사장님을 살해한 사람이 도무라 씨 아닌가요?"

도무라는 화들짝 놀라며 눈을 둥그렇게 뜨고 허둥지둥 고개를 저었다.

"무슨 당치도 않은 말씀입니까. 아무리 밉다고 해도 그런 짓까지는 못하죠."

"선생님, 무슨 소립니까?"

우루시자키가 물었지만 시노부는 대답하지 않은 채 도무라만 똑바로 바라보았다.

"정말인가요? 정말 도무라 씨의 범행이 아닌가요?"

"아닙니다."

"그런데 혼마 씨는 도무라 씨를 범인으로 생각하고 있어요."

"네에?"

"선생님!"

우루시자키가 큰 소리로 부르자 그제야 시노부가 우루시자키를 돌아보았다.

"혼마 씨가 공장에 갔을 때 사장님은 이미 돌아가신 상태였어요. 그리고 그 옆에 도무라 씨의 명함 케이스가 떨어져 있었죠. 그래서 혼마 씨는 도무라 씨가 사장님을 살해했다고 생각한 거예요."

"저는 절대 죽이지 않았습니다."

도무라가 애절한 눈빛으로 형사들과 시노부를 바라보았다.

"어제는 파친코에 갔다가 이발소에 갔어요. 믿어 주십시오."

"그렇다면,"

우루시자키는 잠시 생각에 잠겼다가 다시 입을 열었다.

"혼마 씨는 도무라 씨를 보호하기 위해서 거짓말을 했다는 얘기가 되는데. 3시 넘어서까지 사장님이 살아 있었다고 말이야."

"보호라기보다는 도무라 씨가 체포되는 것을 막기 위해서였을 거예요."

"그게 그거 아닙니까?"

신도의 질문에 시노부는 고개를 저었다.

"혼마 씨는 도무라 씨가 자수하기를 바랐을 거예요. 자수를 하면 죄가 가벼워지니까요. 그래서 자수하기 전에 체포되면 곤란하다고 생각해서 그런 거짓말을 한 것 아닐까요?"

"그럼 혼마 씨는 증거물인 천을 자신의 서랍에 넣은 것도 도무라 씨의 짓이라고 생각하고 있다는 겁니까?"

신도가 우루시자키와 시노부의 얼굴을 보면서 물었다.

"아마 그렇겠죠."

시노부가 대답했다.

"하지만 도무라 씨가 충동적으로 한 일이라고 생각하고 있을 거예요. 그래서 명함 케이스를 도무라 씨에게 전해 달라고 제게 부탁한 거죠. 자신이 사건의 진상을 파악하고 있다는 걸 알면 도무라 씨도 체념하고 자수하지 않을까 싶어서요. 아마도 끝까지 기다렸다가, 그래도 도무라 씨가 자수하지 않으면 그때 명함 케이스에 대해서 경찰에 얘기할 생각이었을 거예요."

"거, 사람 참. 마음이 좋아도 너무 좋군."

우루시자키가 턱을 비비면서 어이없다는 듯 말했다.

"그런데 사실은 아무것도 모른 셈이니. 아마도 진범이 일부러 명함 케이스를 현장에 떨어뜨렸겠죠. 도무라 씨의 범행으로 조작하기 위해서요."

"범인 입장에서는 초조했겠죠."

신도가 덧붙였다.

"명함 케이스는 발견되지 않지, 혼마 씨는 거짓 진술을 하지. 그래서 작전을 바꿔 혼마 씨에게 죄를 뒤집어씌우기로 했을 거예요."

"아니요. 범인은 작전을 변경하지 않았어요."

시노부가 자신만만하게 말했다. 신도는 약간 놀란 얼굴로 그녀를 보았다.

"그건 또 무슨 말이죠?"

"범인은 아마도 혼마 씨 서랍에 천을 넣어 두면 혼마 씨가 도무라 씨에게 배신을 당했다고 여기고 사실을 털어놓을 거라고 생각했을 거예요. 그런데 혼마 씨는 여전히 도무라 씨가 자수해 주기를 기대한 거죠."

"혼마 씨는 범인이 상상한 이상으로 좋은 사람이었나 봅니다."

우루시자키가 한숨 섞인 목소리로 말했다. 그러자 도무라도 애틋한 말투로 이렇게 말했다.

"참 고마운 일입니다. 우리 같은 하청 업자도 잘 대해 주는 분이긴 했지만 그렇게까지 생각해 주다니. 형사님, 혼마 씨를 만나게 해 주십시오. 제가 범인이 아니라는 것을 그분께 제 입으로 분명하게 말하고 싶습니다."

"물론 그것도 중요한 일이지만, 그 전에 알고 싶은 게 있어요. 그 명함 케이스 말인데요, 어디서 잃어버렸는지 기억합니까?"

우루시자키의 물음에 도무라는 고개를 갸우뚱했다.

"지난 일주일 사이에 없어진 것 같은데……. 늘 가방에 넣어 가지고 다니거든요. 그런데 며칠 전에 찾아보니까 없었어요. 그래서……."

"그럼 지난 일주일 동안에 만난 사람은?"

"여럿 만났죠."

옆에서 시노부도 '그렇겠지.' 하고 생각했다.

"혹시 모토야마 전무는 만나지 않았나요?"

신도가 물었다. 도무라는 고개를 저었다.

"그 사람은 우리 같은 사람을 잘 만나 주지 않습니다."

"다나베 공장장은?"

"2주 전쯤에 잠깐 얼굴을 봤을 뿐입니다."

"그럼 K공업 사람들 중에는 지난 일주일 동안 만난 사람이 없는 겁니까?"

신도의 말투에서 약간 답답해하는 기색이 느껴졌다.

"누구라고 딱 꼬집어 말하기는 곤란한데요. 저야 K공업 사무실을 수시로 드나들고, 사무실에 있는 사람들 모두와 인사 정도는 나누는 터라."

"이래서야 알 수가 있나."

신도가 머리를 북북 긁었다. 그때였다.

"아니, 잠깐."

땅을 발로 툭툭 차고 있던 우루시자키가 뭔가를 알아챘다는 듯이 고개를 들었다.

"사무실에 간 김에 돈 얘기를 한 적도 당연히 있었겠죠?"

"그야 물론이죠."

도무라가 고개를 끄덕거리며 대답했다.

"경리부에 가는 일도 있습니까?"

"물론입니다."

도무라가 대답하는 것과 동시에 신도가 외쳤다.

"그 여자로군! 오하라 유리코."

그러자 우루시자키가 몇 번이나 고개를 끄덕거렸다.

"이제야 사건의 배후가 보이는 듯하군."

8

다나베의 집은 도요나카 시와 스이타 시의 중간쯤에 위치한 아담한 주택가에 있었다.

대문이 화려하고, 차고에는 외제 차가 서 있었다.

아내인 듯한 여자가 안내해 준 거실에서 우루시자키와 신도는 다나베를 기다렸다. 잠시 후 나타난 다나베는 매우 언짢은 표정이었다.

"상황이 달라져서 말인데요."

우루시자키가 미소를 띤 채 말을 꺼냈다.

"범행 시간이 3시 이후가 아니라 2시에서 3시 사이로 밝혀졌습니다. 그래서 관계자들 전원의 알리바이를 재확인하고 있죠."

순간 다나베의 눈이 번쩍 빛난 것처럼 보였다.

"달라졌다니, 무슨 말입니까? 혼마 군이 3시 넘어서 사장님을 만났다고 하지 않았습니까?"

"그건 거짓말이었습니다."

우루시자키가 대답했다.

"거짓말?"

"네. 왜 그런 거짓말을 했는지는 아직 털어놓지 않았지만, 거짓말이라는 사실만은 분명합니다. 아무래도 진범을 감싸고 있는 듯해요."

신도는 넌지시 다나베의 표정을 살폈다. 다나베는 당황스럽고 황당하다는 표정이다.

"혼마 군이 숨기고 있는 게 그뿐입니까?"

다나베가 물었다.

"그뿐이냐니…… 무슨 말씀이신지요?"

"그러니까 그…… 달리 더 숨기는 게 없냔 말이죠. 예를 들어서 현장에서 무언가를 봤다든지 주웠다든지……."

우루시자키는 힐금 신도와 눈을 마주 보고는 다시 다나베에게 말했다.

"그런 얘기는 없었는데요. 혹시 뭔가 알고 계신 겁니까?"

"아니, 그런 게 아니라……."

다나베는 흠흠, 헛기침을 했다.

"그래서, 내게 확인하고 싶은 게 뭡니까?"

"그야 물론 알리바이지요."

우루시자키는 태연하게 대답했다.

"2시에서 3시까지 어디에서 뭘 하셨는지 알려 주시면 됩니다."

"어제도 말했듯이 마작을 하러 갈 때까지는 집에 있었습니다. 2시부터 3시 사이에는 아마 차 안에 있었겠죠."

"호오, 그렇군요."

우루시자키는 샤프펜슬로 수첩을 몇 번 톡톡 두드린 후 다시 물었다.

"차를 타고 집에서 나가신 시각은요?"

"2시 조금 전……이었을 겁니다."

"그렇다면 꽤나 일찍 집을 나섰군요."

"길이 막히면 늦을 것 같아서 말이죠. 늘 그렇습니다."

"알겠습니다. 이제 차를 좀 보여 주시죠."

"차요?"

"참고로 말입니다."

다나베가 못마땅한 표정으로 안내한 차고에는 검은색 BMW가 서 있었다. 실례하겠습니다, 하고 양해를 구한 우루시자키가 조수석에 올라탔다.

"형사님, 대체 목적이 뭡니까?"

다나베가 불만스러운 표정으로 묻자 차 안에서 우루시자키가 그를 올려다보았다.

"좋은 차로군요. 게다가 산 지도 얼마 안 된 것 같고 말이죠. K공업은 요즘 불경기라고 하던데 공장장은 돈을 많이 버는 모양입니다."

"무, 무슨 그런 말을……."

그러자 우루시자키가 차에서 내리면서 말했다.

"저희가 찾고 있던 게 발견됐습니다. 다나베 씨, 이거 본 적 있죠?"

우루시자키가 그의 얼굴 앞에 담배꽁초를 들이밀었다.

"외국 담배지요. 플레이어라는 이름의 이 담배, 오하라 유리코 씨가 피우는 거죠? 자, 이 담배꽁초가 왜 다나베 씨 차의 재떨이에 있는지 설명해 주셔야겠습니다."

9

사건 발생 사흘 후, 모토야마 사장의 장례식이 거행되었다. 시노부와 혼마, 도무라, 그리고 우루시자키와 신도 형사가 다시 모였다.

"지난 1년 동안에 다나베와 오하라 유리코가 약 600만 엔을 횡령했더군요. 그리고 모토야마 다케오가 횡령한 금액이 400만 엔."

우루시자키가 사건의 전말을 설명했다. 결국 다케오가 회사 돈을 당당하게 쓰고 있다는 사실을 모토야마 사장이 알면서도 추궁하지 않는다는 것을 알아챈 다나베와 유리코가 횡령에 합세한 탓에 벌어진 사건이었다.

"회사 돈에 손을 대고 있는 사람이 아들만이 아니라는 사실을 모토야마 사장이 눈치채자 살해할 계획을 세운 모양입니다. 그리고 살인죄를 덮어씌우기 위한 준비 작업으로 유리코가 도무라 씨의 명함 케이스를 훔친 것이죠."

"그런데 오하라 유리코가 다나베와 내연의 관계라는 사실을 용케 알아내셨네요."

시노부가 감탄스럽다는 듯이 우루시자키에게 말했다.

"뭐, 확신이 있었던 건 아닙니다. 다만 유리코가 자신의 수입에 비해 꽤 좋은 아파트에 살고 있는 게 수상했죠. 솔직하게 말하자면, 대충 짐작한 게 맞아떨어진 겁니다."

"저도 공을 세웠잖아요."

신도가 코를 벌렁거리면서 말했다.

"유리코의 방에서 예의 담배를 슬쩍해 온 사람이 저 아닙니까."

우루시자키가 다나베에게 들이댄 담배꽁초는 사실 신도가 슬쩍해 온 것이었다.

"그건 한마디로 도박이었지. 다나베가 모른다고 딱 잡아떼면 그만이었으니까. 의외로 소심한 남자라 다행이었어. 하지만 뭐니 뭐니 해도 이번 사건의 주역은 시노부 선생님입니다. 어찌나 직감이 뛰어나신지 형사 하셔도 되겠습니다."

우루시자키가 추어올리자 시노부가 쑥스러워하는 표정을 지었다.

"이거 정말, 시노부 선생님 덕분에 사건이 해결됐습니다."

혼마는 진심으로 그렇게 말했다. 옆에서 도무라도 고개를 끄덕이며 "저를 오해하는 바람에 사건이 복잡해졌는데 그걸 잘 풀어 주셨어요."라고 덧붙였다.

"아니, 왜들 이러세요."

"공치사가 아닙니다. 정말로 감사하고 있어요. 그래서 생각해 봤는데요, 이 정도 활력과 재기를 겸비한 시노부 선생님이야말로 K공업의 재건에 전념하려고 하는 제게 꼭 필요한 분인 것 같습니다. 어떠세요, 저와 진지하게 교제해 보지 않겠습니까?"

"아이, 무슨 말씀을."

말은 그렇게 하면서도 시노부는 싫지 않은 듯했다. 이번 사건을 통해서 혼마의 인간성에 대해 충분히 알았기 때문일 것이다.

"아니죠. 그건 안 됩니다."

신도가 두 사람 사이를 비집고 들어오며 말했다.

"혼마 씨는 지금 여자를 생각할 때가 아니잖습니까? 회사의 재건이 우선이죠."

"그래서 더욱이 그녀가 필요한 겁니다. 신도 씨와는 상관없는 일일 텐데요."

"상관이 없다니, 무슨 말을 그렇게 합니까? 나와 선생님은 오래전부터 아는 사이라고요."

"그건 그쪽 생각이고요."

"뭐요? 그쪽이야말로 느닷없이 튀어나온 주제에."

"선택권은 저한테 있습니다. 맞선을 본 사람은 저니까요."

"그건 무효예요. 사장님이 살해됐잖습니까."

"그 일과 이 일은 별개죠."

두 사람이 입씨름에 열을 올리자 조문객들이 무슨 일인가 하고 모여들었다. 그 틈을 타 우루시자키와 시노부는 재빨리 그 자리에서 빠져나왔다.

"사건 이후가 더 재미있게 됐는데요."

시노부가 웃으며 어깨를 으쓱했다.

"하여간 남자들이란 초등학생이랑 똑같다니까요."

신도와 혼마의 입씨름은 여전히 계속되고 있었다.

시노부 선생님의 크리스마스

1

시신은 두 다리를 쭉 뻗고 욕실 벽에 기대앉은 모양새였다. 하얀 스웨터와 청바지가 억수비라도 맞은 것처럼 흠뻑 젖었고, 핏기라고는 없는 얼굴에 긴 머리가 목덜미에 들러붙어 있었다. 축 늘어진 왼쪽 손가락에 감긴 일회용 반창고 역시 젖어 있었다.

"그러니까,"

우루시자키가 시신을 발견한 다카노 치카코에게 물었다.

"오늘 크리스마스 파티를 하기로 돼 있어서 후지카와 씨를 데리러 왔다가 시신을 발견했다는 얘깁니까?"

치카코는 손수건으로 몇 번이나 눈물을 닦으면서 고개를 끄덕였다.

사건이 발생한 집의 옆집이 마침 빈집이어서 거기서 참고인 조사를 벌이는 중이었다. 우루시자키 옆에서는 후배 형사가 메모를 하고 있었다. 평소 그와 콤비로 활동하는 신도는 오늘 없다.

다카노 치카코는 얼굴이 갸름한 미인으로, 나이는 스물넷.

요도야바시에 있는 영어 회화 학원에서 일하고 있다고 한다. 죽은 후지카와 아키코와는 고등학교 시절부터 친구고, 오늘 밤은 함께 파티를 할 예정이었다는 것이다. 오늘은 크리스마스이브다.

"문은 어떻게 돼 있었나요?"

"잠겨 있지 않았어요. 두드렸는데 대답이 없어서 열어 보니 그냥 열렸습니다. 아키코는 보이지 않고 촤촤 물소리만 들렸어요."

후지카와 아키코의 집은 원룸이었다. 세 평 정도 되는 실내에는 간단한 싱크대와 욕실이 딸려 있었다.

"그래서 샤워를 하나 싶어 욕실을 들여다봤더니……."

그때의 충격이 되살아나는지 치카코의 목소리가 다시 젖어 들었다.

"그렇군요."

우루시자키는 발견 당시의 상황을 짐작할 수 있었다.

"그……, 파티 말인데요, 어떤 일정이었습니까?"

"저랑 아키코, 그리고 남자 둘이 식사를 하기로 돼 있었어요."

"남자 둘은 어떤 사람들입니까?"

치카코가 잠시 머뭇거리다가 대답했다.

"저희 애인들이에요. 마쓰모토 고로 씨와 사카이 나오유키

씨예요."

"후지카와 씨의 애인은 어느 쪽이죠?"

"사카이 씨요. 파티는 사카이 씨의 아파트에서 하기로 돼 있었어요."

"그분들에게는 연락했습니까?"

"방금 했어요. 곧바로 온다고 하더군요."

"알겠습니다. 다카노 씨는 여기서 기다리시면 됩니다. 감사합니다."

우루시자키는 그녀에게 인사하고 현장으로 되돌아갔다. 좁지만 여성스러운 분위기가 구석구석 배어 있는 집이다. 구석에 조그만 책상이 있고 그 위에 사진 액자가 있었다. 네 남녀가 즐겁게 웃고 있는 사진이었다. 아키코는 왼쪽 끝, 그 옆이 치카코, 오른쪽에 두 남자. 남자들은 아마도 두 여자의 애인일 것이다. 오른쪽 끝 남자는 햇살이 눈부셔선지 눈이 감긴 채로 찍혀 있었다.

"이제 곧 새해인데 참 우울하군."

대머리를 갉작갉작 긁으면서 무라이 반장이 중얼거렸다.

"안타깝지만 역시 타살이야. 자살로 꾸미려 한 모양이지만 말이야. 어리석기도 하지."

"흉기는 발견됐습니까?"

"아니, 아직 못 찾았어."

"난감하군요."

후지카와 아키코의 사인은 오른쪽 손목의 창상에 의한 출혈 과다였다. 치카코는 현장을 보고 친구가 자살했다고 신고한 모양이지만 부자연스러운 요소가 많았다.

우선 창상이 있는 손목이 오른쪽이었다. 치카코의 증언에 따르면 아키코는 오른손잡이가 분명하다고 하니 자살을 의도했다면 오른손으로 왼쪽 손목을 긋는 것이 보통이다.

주저한 흔적이 없는 것도 타살을 뒷받침한다. 손목이나 경동맥을 끊어 자살을 시도하는 경우, 치명상 외에도 가볍게 그은 상처가 여러 군데 있는 것이 일반적이다.

게다가 무엇보다 칼의 행방이 묘연했다. 아키코가 손목을 그은 칼이 발견되지 않은 것이다. 자살이라면 시신 옆에 있어야 마땅하다.

"창밖은 조사했습니까?"

우루시자키가 창문을 가리키며 물었다. 욕실 벽에 있는 창문은 시신 발견 당시 열린 채였다. 제 손으로 손목을 긋고 칼을 창밖으로 던졌을 가능성도 없지는 않았다.

"당연히 조사했지. 하지만 없었어. 그리고 자살한 당사자가 그렇게까지 할 필요가 있겠냔 말이야."

"그야 그렇죠."

"그리고 말이야, 미심쩍은 실마리가 하나 늘었어."

무라이 반장의 말에 우루시자키가 고개를 갸웃했다.

"미심쩍은 실마리요?"

"이거."

무라이 반장이 욕실 문을 열고 벽을 가리켰다. 조금 전까지 아키코의 시신이 기대어 있던 부분이다. 거기에 검붉은 피가 말라붙어 있었다.

"저 피가 왜요?"

"잘 보라고. 저건 글자야."

우루시자키가 얼굴을 들이밀었다. 자세히 보니 과연 글자가 쓰여 있었다.

"케이크……?"

"그래."

무라이 반장이 고개를 끄덕였다.

"케이크라고 쓰여 있지."

"뭡니까, 케이크가?"

"모르지. 뭐 같나?"

우루시자키는 팔짱을 끼더니 "음." 하고 소리를 내면서 고개를 비틀었다.

"먹는 케이크 아니겠습니까?"

"내 생각도 그래. 오늘이 크리스마스이브이기도 하고."

"크리스마스 케이크라……. 그런데 이런 글자를 쓸 기력이 있었으면 도움을 청하는 편이 나았을 것 같은데요."

"타살이라면 수면제나 무슨 약을 먹였을 가능성이 높지. 그래서 의식이 몽롱한 상태에서 이걸 썼는지도 몰라. 물론 자세한 것은 해부 결과를 봐야 알겠지만."

"케이크……란 말이죠."

"아무튼 큰 실마리가 되겠지. 추리 소설에서 흔히 다이닝 메시지라고 하는 거 아니겠어?"

"다잉 메시지겠죠."

"어쨌든 간에. 그보다 신도는 어떻게 된 거야? 오늘은 일찌감치 집에 가던데, 연락 안 돼?"

"어디 갔는지는 압니다. 도착하면 바로 이쪽으로 전화하도록 전해 놓았습니다."

"그 인간, 크리스마스 파티에라도 간 거 아니야?"

무라이는 말하면서 굵은 코털 한 올을 뽑았다.

2

신도는 걸어가면서 에취, 하고 크게 재채기를 했다. 동시에 콧물이 주르륵 흘러나왔다. 손수건을 꺼내 쓱 닦고서 바지 주머니에 도로 밀어 넣었다.

'별로 춥지도 않은데 감기에 걸렸나……. 혹시 누가 내 험담을 하고 있는지도 모르지. 그렇다면 보나 마나 그 건방진 플레이보이 녀석일 거야.'

신도는 혼마 요시히코의 단정한 얼굴을 떠올리며 바드득 이를 갈았다. 하필이면 신도가 호감을 품은 다케우치 시노부와 맞선을 본 혼마는 그 이후로 마치 공공연한 사이인 양 시노부에게 접근하고 있다. 맞선 자체는 물 건너갔지만 혼마는 포기하지 않고 있는 것이다.

오늘도 혼마는 시노부가 교편을 잡고 있는 오지 초등학교 앞에서 그녀를 기다렸다고 한다.

오늘은 종업식 날이라 점심때가 지나고 바로 수업이 끝났다.

게다가 그는 오늘 자기 집에서 함께 크리스마스 파티를 하지 않겠느냐는 말까지 했다고 한다. 비장의 와인을 준비했으니 로스트 치킨이라도 먹으면서 건배하자고 했다는 것이다.

처음에는 망설였지만, 먹는 것이라면 사족을 못 쓰는 시노부다. 그래서 "그럼 갈까." 그랬단다.

"우리가 그 얘기를 들은 게 그 아저씨의 불행이죠. 바꿔 말하면 형사님에게는 행운이고요."

낮에 불쑥 전화를 해서 다나카 뎃페이가 전해 준 얘기다. 뎃페이는 시노부가 맡고 있는 반 학생으로 때로 신도에게 정보를 제공한다.

"저랑 하라다가 선생님께 우리도 같이 가고 싶다고 졸랐어
요. 그랬더니 선생님이 여럿이 재미나게 노는 것도 좋겠다고
했어요."

신도는 수화기를 든 채 자신도 모르게 히죽 웃었다.

"그랬더니, 혼마 그 사람 표정이 어땠어?"

"울상을 지으면서 그것도 나쁘지 않겠다고 하더니 억지로
웃더라고요."

"크하하하, 그거 잘했다. 나를 제치려고 한 벌이야."

"그리고 그다음에 우리가 아주 못을 쾅 박았어요."

"못?"

"네. 선생님께, 이왕 파티 하는 거 경찰 아저씨도 함께 있으
면 재미있겠다고 했죠."

"호오, 그랬더니?"

수화기를 잡은 손에 힘이 들어갔다.

"선생님이 잠깐 생각하더니 '혼마 씨만 괜찮다면 그것도 재
미있겠네요.' 그러셨어요. 그래서 우리가 그 아저씨께 막무가
내로 '괜찮죠, 괜찮죠?' 하고 떼를 썼죠. 그랬더니 아저씨가
할 수 없이 좋다고 하더라고요. 표정은 영 아니었지만."

"잘했어!"

신도는 자신도 모르게 소리를 질렀다.

"잘했어. 고맙다. 일 빨리 끝내고 갈게."

"기다릴게요. 그런데 저, 망원경 갖고 싶은데요."

"……"

"비싼 거 아니라도 괜찮아요. 6배 정도 되는 조그만 거 있잖아요. 제가 이렇게 분명하게 말씀드리면 크리스마스 선물 때문에 고민 안 하셔도 될 거 아니에요. 아, 아저씨, 잠깐만요. ……응, 알았어, 그렇게 말해 볼게. ……저, 하라다는 마돈나 CD래요."

"마돈나……"

"마돈나 CD면 아무거나 괜찮대요. 그럼 기다릴게요."

그리고 전화는 일방적으로 끊겼다.

'요즘 애들은 아주 맹랑하다니까. 생각해 주는 척하면서 속셈은 따로 있으니.'

신도는 한 손에는 쇼핑백을 들고 다른 한 손은 코트 주머니에 푹 쑤셔 넣은 채 혼마의 아파트로 향했다. 말할 필요도 없이 쇼핑백 안에는 망원경과 마돈나 CD가 들어 있다. 그리고 금 목걸이도 하나. 물론 그것은 시노부에게 줄 선물이다.

'문제는 혼마 그 인간이 시노부 선생에게 뭘 선물하느냐는 건데……. 빈틈없는 인간이니 선물을 준비하지 않았을 리 없지.'

그런 생각을 하고 있는데 또 재채기가 나왔다.

"재채기 한번 요란하게 하네. 감기 걸린 거예요?"

귀에 익은 목소리에 돌아보니 시노부가 웃고 있었다.

"아, 다케우치 선생님도 지금 가시는 겁니까?"

신도가 손목시계를 보면서 물었다. 약속 시간에서 한참 지나 있었다.

"혼마 씨 집에 갔다가 다시 나왔어요. 생각해 보니까 크리스마스 케이크가 없잖아요. 그래서."

시노부는 손에 든 네모난 상자를 들어 보였다. 하양과 분홍 줄무늬 포장지로 싼 상자에 빨간 리본이 묶여 있었다.

"호오, 케이크! 좋지요."

"단골 케이크 가게에 갔더니 크리스마스 케이크는 예약을 해야 한다더라고요. 그런데 마침 취소한 손님이 있기에 그 케이크를 사 왔어요."

"운이 좋았군요. 평소에 좋은 일을 많이 한 덕분이겠죠."

"저도 그렇게 생각해요."

"……."

그런 얘기를 나누며 걸어가고 있는데 앞에서 덩치가 커다란 남자가 다가왔다. 그는 산타클로스 복장에 장난감 가게의 풍선을 손에 쥐고서 지나가는 아이들에게 풍선을 나눠 주고 있었다.

시노부 뒤로 신도의 모습이 보이자 혼마는 살짝 눈살을 찌푸렸다.

"진짜 왔군요."

"안 오기를 바랐다는 소리처럼 들리는데, 내가 괜히 그러는 건가……?"

"그런 건 아니지만, 일은 괜찮은 겁니까?"

"다행히 세상이 평온해서 말이죠."

"안타깝군요."

"실망한 모양입니다."

"그게 아니라 그쪽 말입니다. 조금 전에 우루시자키 씨에게서 전화가 왔는데 사건이 발생했다던데요. 즉시 전화하라십니다."

"정말입니까?"

그렇게 둘이 티격태격하고 있는데 안쪽 방에서 다나카 뎃페이와 하라다 이쿠오가 나타났다. 둘 다 손에 치킨 다리를 들고 있었다.

"망원경, 있던가요?"

뎃페이가 느긋하게 물었다. 신도는 그 얼굴을 톡 때렸다.

"알겠습니다. 좀 이따가 연락하죠. 그 전에 건배 정도는 해야 되지 않겠어요?"

"술을 마셔도 되는 건가 모르겠네. 일하러 가야 하는데."

혼마의 말에 신도가 약이 올라 어쩔 줄 몰라 하는데 옆에서 시노부가 "그럼 케이크부터 자르죠. 드시고 기운 내서 현장에 가세요."라고 말했다.

"찬성."

뎃페이와 하라다가 박수를 쳤다.

"과연 시노부 선생님입니다. 그럼 그렇게 하죠."

신도도 손뼉을 짝 치면서 방으로 들어갔다. 혼마는 못마땅한 표정으로 고개를 절레절레 흔들었다.

시노부가 상자를 열자 생크림을 듬뿍 바른 케이크가 나타났다. 딸기로 둘레를 장식했고 산타클로스와 집 모양 초가 꽂혀 있었다. 그리고 한가운데 초콜릿으로 쓰인 글자는 물론 'Merry Christmas'다. 뎃페이와 하라다가 환호성을 질렀다.

그런데 시노부가 나이프를 쥔 채로 고개를 갸웃거렸다.

"동그란 것을 5등분하자니 힘드네. 다나카."

"네, 왜요?"

뎃페이가 케이크를 내려다보며 대답했다.

"원을 6등분할 때 각 부채꼴의 각도는 몇 도로 하면 되는지 대답해 봐."

"아, 뭐예요, 이런 데서까지 문제를 내고."

"인생의 모든 게 다 공부야. 빨리 대답해."

"치, 내일부터 겨울 방학인데."

뎃페이가 입을 비죽거렸다.

"음, 원의 각도는 360도니까 6등분하면······ 60도요."

"정답. 다음, 하라다."

"패스."

"패스는 없어. 6등분하면 60도, 그럼 5등분하면?"

"50도요."

"이런 맹추."

시노부는 왼손으로 하라다의 머리를 톡 쳤다.

"5등분하면 72도지. 똑똑히 기억해 둬. 그래도 5등분하려면 힘드니까 그냥 6등분하자."

"그럼 나머지 한 조각은 누가 먹어요?"

뎃페이가 물었다.

"그야 빨리 먹는 사람이 임자지. 약육강식이 판치는 세상이잖아."

그녀가 남은 한 조각은 자기 몫이라는 듯 자신만만한 표정으로 케이크를 잘랐다. 그런데 카랑, 하고 나이프에 금속이 부딪치는 소리가 났다.

"어, 뭐지? 뭐가 들어 있나 본데."

시노부가 케이크 자르던 나이프를 빼냈다.

"이상한 소리가 났어요."

혼마도 그렇게 말하며 시노부에게 나이프를 받아 들고는 케이크를 옆으로 쫙 갈랐다. 금속 조각 같은 것이 언뜻 보였다.

"어라, 이런 게 들어 있는데요."

혼마가 꺼낸 것은 조그만 칼이었다.

"아, 그렇구나."

커다란 목소리로 말한 사람은 뎃페이였다.

"이 케이크에는 칼이 들어 있나 봐요. 집에 칼이 없을 수도 있으니까."

"칼이 들어 있는 케이크가 어디 있어! 이리 줘 봐요."

신도가 혼마에게 칼을 받아 들었다. 시노부도 그에게 가까이 다가가서 칼을 들여다보았다. 그것은 플라스틱 손잡이가 달린 평범한 과일칼로 보였다.

"꺄악."

시노부가 느닷없이 비명을 질렀다. 그리고 뒷걸음질치면서 칼을 가리켰다.

"피, 피, 피가 묻어 있어."

"허억."

아이들은 오히려 신도의 손 쪽으로 다가갔다.

신도는 칼을 이리저리 들여다보았다. 아닌 게 아니라 검붉은 것이 칼날에 들러붙어 있었다.

"이거 골치 아프게 됐는데요."

그가 중얼거리는데 방 한쪽에 있는 전화의 벨이 울렸다. 모두가 놀라 움찔했다.

혼마가 수화기를 들더니 신도에게 건넸다.

"우루시자키 씨예요."

"아, 고마워요."

신도가 수화기를 귀에 대자 "뭘 꾸물대고 있는 거야!" 하는 우루시자키의 고함 소리가 날아들었다.

"살인이라고, 살인. 지금 이쿠노 서에 있으니까 빨리 와."

"아…… 살인……이라고요."

신도가 얼빠진 목소리로 대답했다. 그는 케이크에서 칼이 나온 충격에서 완전히 벗어나지 못한 듯했다.

"왜 그렇게 넋이 빠졌어? 살인이라니까. 자살로 위장했는데 칼이 발견되지 않았어."

"칼……이라고요?"

손에 든 칼을 보면서 신도가 되물었다.

"그래. 감식 담당자 말로는 과일 깎는 조그만 칼일 거라고 하던데……. 아무튼 냉큼 오라고. 자세한 것은 현장에서 알려 줄 테니까."

"저, 선배."

"뭐야, 바쁘다니까."

"아니 그게…… 여기 칼이 있어요."

"그야 있겠지. 그래서, 뭐?"

"그런 게 아니라…… 케이크를 잘랐는데, 케이크 안에서 칼이 나왔습니다."

"케이크? 케이크에서 칼이 왜 나와. 그래서 어쨌다는 건데?"

"케이크 안에서 칼이 나왔단 말입니다. 진짜예요. 거짓말 같은 얘기지만."

"뭐라고? 무슨 소린지 모르겠군. 케이크를 잘랐는데, 케이크 안에서 칼이……."

"나왔다고요."

"……."

우루시자키는 말이 없었다. 신도 역시 아무 말도 하지 않았다.

"이봐."

마침내 저쪽에서 먼저 입을 열었다.

"케이크라고 했지?"

조금 전과는 달리 나지막한 목소리에 신중한 말투였다.

"네."

"……."

또 아무 말이 없었다. 신도가 수화기를 귀에 대고 있는데 갑자기 우루시자키가 고막이 터져 나가라 외쳤다.

"알았어. 지금 바로 가지. 거기서 꼼짝 말고 있어, 알았어? 그리고 케이크와 칼도 그대로 둬. 손가락 하나라도 대면 가만 안 둘 거야."

3

그로부터 20분 후, 우루시자키가 후배인 히로다 형사와 감식 담당자를 데리고 나타났다. 감식 담당자는 케이크 상자, 칼, 포장지 등에서 지문을 채취했다. 우루시자키는 관계자—그래 봐야 모두 다 아는 사람들뿐이지만—를 상대로 참고인 조사를 벌였다.

"아 참, 다케우치 선생님께 부탁이 있습니다."

우루시자키가 머리를 긁적이며 입을 열었다.

"뭔데요?"

"다음부터는 소동이 벌어진 다음이 아니라 벌어지기 전에 연락을 주실 수 없을까요. 그래 주시면 참 도움이 되겠는데요."

"언제 어디서 무슨 소동이 벌어질지 제가 어떻게 안다고 그러세요."

"그게 정말인가요? 저는 선생님이 일이 벌어질 것을 미리미리 알고 끼어드는 줄 알았는데."

"쳇!"

"아무튼, 그럼 질문에 들어가죠."

우루시자키는 우선 시노부에게 어떤 경위를 통해 칼이 든 케이크를 사게 되었는지를 물었다. 우루시자키가 정색한 표정을 보였으므로 시노부도 진지하게 답변하기로 했다.

케이크 가게는 이마자토 역 앞에 있는 '퐁퐁'이라는 곳이다. 시노부는 학교에서 돌아가는 길에 곧잘 그 가게에 들러 케이크를 산다. 그래서 여주인도 그녀의 얼굴을 기억하고 있다.

예약을 하지 않아서 크리스마스 케이크를 못 살 줄 알았던 시노부는 대충 아무 케이크나 사려고 진열장 안을 들여다보고 있었다. 가게로 전화가 걸려 온 것은 바로 그때였다. 손님 하나가 케이크 예약을 취소했다는 것이다. 원래는 갑작스러운 예약 취소를 인정하지 않는데 마침 시노부가 있어서 취소를 받아들였다고 한다.

우루시자키는 후배 히로다 형사에게, '퐁퐁'에 전화해서 누가 취소했는지 확인하라고 지시했다.

"그다음 곧바로 이리 오신 겁니까?"

"네. 오는 길에 신도 씨를 만났어요."

"도중에 케이크를 어디다 내려놓은 적은 없고요?"

"네, 없어요."

"그래요……."

우루시자키가 고개를 끄덕였다.

"그 칼이 지금 조사하고 있는 사건에 사용된 흉기인가요?"

시노부가 우루시자키에게 물었다.

"단정할 수는 없습니다."

우루시자키가 턱을 쓰다듬으면서 대답했다. 수염이 텁수룩하게 자라 있었다.

"하지만 가능성이 없지 않아요. 상처의 형태와 칼의 형태가 일치하는 데다, 무엇보다……."

"무엇보다?"

"아니, 아무것도 아닙니다."

"다잉 메시지 말씀이죠?"

신도가 끼어들었다.

"피해자가 '케이크'라는 글자를 현장에 남겼다면서요? 히로다가 그러던데."

"자네 말이야."

우루시자키가 짜증스럽다는 표정으로 신도를 보았다.

"자네 사전에는 비밀이라는 말이 없나? 조잘조잘, 입이 가만있지 못하니."

"상대가 상대인 만큼 그러는 거죠. 시노부 선생님께 숨길 필요 없잖아요, 늘 도와주시는데."

"맞아요. 아, 답답해. 신도 씨, 그 다잉 메시지가 뭐였는지 가르쳐 줘요."

신도는 떨떠름한 표정을 짓고 있는 우루시자키를 곁눈질하면서, 사건 현장에 '케이크'라는 글자가 피로 쓰여 있었다고 말해 주었다. 신도는 이미 히로다 형사에게 들어 알고 있었던 것이다.

"흐음……, 그 여자가 왜 그런 말을 남겼을까요, 피로 쓰면서까지?"

"그걸 모르니 이 고생이죠."

우루시자키가 대꾸했다. 영 언짢은 목소리다.

"혹시,"

시노부가 오른손으로 턱을 괴고 왼손으로 오른 팔꿈치를 받치며 말을 꺼냈다.

"범인이 흉기를 케이크 안에 숨겼다는 사실을 그 여자가 알고 있었던 게 아닐까요? 그래서 그걸 알릴 생각으로……."

"그래요, 그게 틀림없어요. 역시 시노부 선생님입니다."

신도가 시노부를 추어올리고 있자니 우루시자키가 중얼거렸다.

"그렇게 생각하는 게 당연하지. 여기 오는 차 안에서 저도 거기까지는 생각했어요. 한데 글자를 남긴 것은 그렇게 설명이 된다 쳐도 아직 납득할 수 없는 일이 여럿 있습니다. 무엇보다 이해할 수 없는 건 범인이 왜 케이크 안에 흉기를 숨겼느냐는 점이에요."

"그야 증거를 인멸하기 위해서……."

거기까지 말한 시노부의 말문이 막힌 것은 그녀 스스로 자기 말의 모순을 알아차렸기 때문이다.

"케이크 안에 숨겨 봐야 무슨 의미가 있겠어요."

그리고 우루시자키는 빈정거리는 듯한 미소를 지었다.

"그래 봐야 언젠가는 발견될 텐데 말입니다."

"……그렇군요. 이거 꽤 어려운 수수께끼인데요."

신도가 말했다.

"이 수수께끼를 풀지 못하면 아주 힘든 연말을 맞게 될 거야."

우루시자키가 겁주듯 신도에게 말하고는 감식 담당자가 있는 쪽으로 가 버렸다. 신도와 시노부도 그의 뒤를 따라갔다. 감식 담당자는 케이크를 조사하는 중이었다. 뎃페이와 하라다, 혼마는 저쪽에 멀리 떨어져 상황을 지켜보고 있었다.

"칼에는 범인의 지문이 없는 것 같습니다."

금테 안경을 낀 감식 담당자가 우루시자키에게 말했다.

"두 사람의 지문이 검출됐는데 하나는 혼마 씨, 다른 하나는 신도 형사의 것입니다."

"흠."

그때 신도가 갑자기 "아! 아주 멋진 트릭이 떠올랐습니다." 라고 외쳤다.

"범인이 칼에서 자신의 지문을 지우는 걸 깜박한 거예요. 그래서 자신이 칼을 발견한 척해서 지문이 남아 있어도 혐의를 받지 않게 한 겁니다. 대단한 수법인데요."

"마치 나를 의심하고 있는 듯한 추리로군요."

혼마가 신도를 흘겨보면서 말했다.

"하지만 그 경우 의심받는 건 그쪽도 마찬가지일 텐데."

"나는 형사라고요. 참 안됐습니다."

"지문 트릭으로 혐의를 벗는다, 게다가 범인은 경찰이었다, 그편이 트릭으로서는 더 멋지지 않을까요?"

신도가 그 말을 맞받아치려는데 우루시자키가 헛기침을 하더니 감식 담당자에게 물었다.

"포장지 쪽 지문은 어때요?"

"거기서도 두 종류가 검출되었는데요, 하나는 다케우치 씨의 것인데 다른 하나는 알 수 없습니다."

"흐음, 아마 케이크 가게 점원의 지문이겠지."

"지금 칼을 어디로 집어넣었는지 조사하고 있는데, 아무래도 이쪽에서 밀어 넣고 그다음에 손가락으로 크림을 펴 발라 위장한 것 같습니다."

감식 담당자가 케이크 옆쪽을 가리키며 설명했다. 우루시자키는 고개를 끄덕거리면서 들은 후 케이크 한끝을 가리키며 다시 물었다.

"여기 이상하게 파인 곳이 있는데, 이건 뭐죠?"

"그건 하라다가 핥은 자리예요."

뎃페이가 대답했다. 하라다는 샐쭉해서 뎃페이를 노려보았다.

"하지만 그 옆에 있는 초콜릿은 뎃페이가 먹었다고요."

"너희들 말이야,"

우루시자키가 험한 눈초리로 둘을 노려보았다.

"증거품에 손대면 안 된다고 했지? 그럼 여기 떨어져 나간 곳도 너희들이 먹은 거야?"

"거기는……,"

그리고 둘은 합세해서 외쳤다.

"시노부 선생님이 드셨어요."

"아, 죄송합니다."

우루시자키 뒤에 있던 시노부가 허겁지겁 고개를 숙였다.

그때 케이크 가게에 전화를 하러 갔던 히로다 형사가 돌아왔다.

"케이크를 취소한 손님을 알았습니다."

"누구야?"

"마쓰모토입니다. 마쓰모토 고로, 바로 다카노 치카코의 연인입니다."

"뭐라고?"

4

다음 날, 점심때가 지나 사소한 용건 때문에 학교에 가던 도중에 시노부는 전날 케이크를 샀던 '퐁퐁'에 들렀다. '퐁퐁'의 주인은 마흔 살 정도 된 뚱뚱한 여자로 시노부와는 얼굴을 잘 아는 사이다. 여주인은 그녀를 보자마자 만면에 미소를 띠었다.

"아이고, 선생님, 어제는 우리 가게 케이크 때문에 큰 곤혹을 치렀다고요?"

시노부는 손을 얼굴 앞에서 내저었다.

"아줌마도 피해자니까 신경 쓰지 마세요. 그보다 경찰이 왔던가요?"

"왔었죠. 여러 가지를 묻고 조사하고 갔어요."

"뭘 물었는데요?"

"그러니까 여러 가지…… 아, 선생님, 이렇게 서서 얘기하는 건 좀 그러네요. 저기 가서 잠깐 앉으세요. 폐를 끼친 데 대해 사과도 할 겸 차를 대접할게요."

여주인은 가게 안쪽에 있는 테이블을 가리켰다. 그곳은 케이크도 먹고 차도 마실 수 있게 카페처럼 꾸며진 곳이다.

"바쁘신 거 아니에요, 크리스마스인데?"

시노부의 물음에 여주인은 얼굴을 찡그리며 고개를 저었다.

"크리스마스 케이크는 이브가 지나면 끝이에요, 독신 여자처럼."

"독신 여자?"

"스물네 살이 한창때, 스물다섯이면 떨이, 그런 거죠. 재미있죠? 아, 다케우치 선생님이 몇 살이더라?"

"스물다섯인데요……."

"……."

"그래서, 경찰이 뭘 묻던가요?"

의자에 앉자마자 시노부는 화제를 돌리려는 듯 정색하며 물었다. 여주인이 다소 안도하는 표정을 지었다.

"아, 그러니까……, 케이크를 주문한 사람이 누구였나, 어제 케이크에 접근한 사람은 누구냐, 그런 질문이었어요."

"그래서 뭐라고 대답하셨는데요?"

"케이크를 주문한 사람은 마쓰모토라는 사람이었고 취소 전화를 한 사람도 그였다, 케이크에 누가 접근했는지는 확실하게 모른다, 그렇게 대답했죠."

"케이크에 접근한 사람을 잘 몰라요?"

시노부는 어떻게 모를 수 있느냐는 듯 되물었다.

"그럼요. 선생님도 어제 봐서 아시겠지만, 예약된 케이크는 상자에 담아 진열 케이스 위에 올려놓잖아요. 그러니까 누구든 손님인 척하고 들어와서 쉽게 접근할 수 있지 않겠어요?"

"그래도 케이크 안에 칼을 숨긴다는 건 쉬운 일이 아니잖아요."

"그야 그렇지만, 제가 케이크를 포장할 때는 뒤돌아 있으니까 그때라면 가능하지 않을까요? 포장을 하지 않은 상태니까 상자 뚜껑을 열고 칼을 푹 찔러 넣은 후에 다시 뚜껑을 닫을 정도의 시간은 충분할 거예요. 형사에게도 똑같이 얘기했는데."

"아하, 그렇군요."

이 가게는 점원 없이 여주인 혼자 손님을 상대한다. 범인이 손님인 척 들어와서 무언가를 사면 주인이 그 상품을 포장하는 동안은 틈이 생길 수도 있다.

그녀가 생각에 빠져 있는 동안 여주인이 홍차를 끓여 왔다.

"어제 찾아온 손님 얼굴은 기억하세요?"

시노부가 묻자 여주인은 약간 한심하다는 표정을 지으며 대답했다.

"형사도 똑같은 질문을 했어요. 피해자의 얼굴 사진을 보여주면서요. 그런데 어제는 크리스마스이브였잖아요. 손님이 쉴 새 없이 들락날락하는데 어떻게 다 기억하겠어요?"

"하긴 그러네요."

시노부는 고개를 끄덕이면서 홍차를 마시고는 다시 물었다.

"그 케이크에는 주문한 사람의 이름을 적은 메모지나 뭔가를 붙여 놓았나요?"

"그야 당연하죠. 주문서를 상자에 붙여 놓았어요."

그렇다면 범인이 그 케이크 상자를 의도적으로 선택하기가 쉽다는 얘기다.

"정말 우리 가게로서는 엄청난 재앙이에요. 가게 신용에 영향을 미치지 않는다면 그나마 다행이지요."

"괜찮을 거예요. 게다가 그 형사들, 보기보다 굉장히 우수하거든요. 범인이 금방 잡힐 거예요."

시노부는 여주인을 격려하고 나서 잠시 다른 얘기를 하다가 '퐁퐁'에서 나왔다.

그녀가 가게에서 나와 역 앞 길을 걷고 있는데 카메라 가게 앞에서 중년 남자 둘이 얘기하는 소리가 그녀 귀에 들려왔다. 한쪽은 카메라 가게의 주인이고 그를 상대하는 남자는 그 옆 약국의 약사인 듯했다.

"정말이라니까, 틀림없는 UFO였다고."

카메라 가게 아저씨가 말했다.

"이렇게 천천히 동쪽에서 날아왔어. 처음 봤을 때 얼마나 놀랐는데."

"흠, 그래……. 하지만 자네는 근시 아닌가. 연 같은 걸 잘 못 본 거 아니야?"

약사의 의견은 냉정했다.

"연은 절대 아니야. 분명 UFO였어. 내기를 해도 좋아."

카메라 가게 아저씨가 한층 열을 올렸다.

'헤, 이런 데도 UFO가 나오나.'

시노부는 무심히 흘려들으면서 두 사람 곁을 지나갔다.

5

시노부가 '퐁퐁'에 있던 시각에 우루시자키와 신도 형사는 마쓰모토 고로의 아파트에 있었다. 그가 일하는 곳은 다카노 치카코가 사무원으로 있는 영어 회화 학원인데 어제로 올해 수업은 모두 끝났다고 한다. 마쓰모토는 그 학원 강사다.

마쓰모토는 두 형사를 거실로 안내했다. 다카노 치카코는 마쓰모토가 스물아홉 살로, 외국어 대학을 졸업한 후 아르바이트를 하면서 통역 공부를 했고, 2년 전부터 지금의 학원에서 일한다고 했다. 그리고 1년 2개월 정도 미국에서 생활한 적이 있다고 한다. 피부가 가뭇가뭇하고 키가 크며 동양인답지 않게 얼굴 윤곽이 뚜렷해 패션 잡지의 모델을 연상시키는 외모다.

'이런 타입은 딱 질색인데.'

마쓰모토를 보자마자 신도는 그렇게 생각했다.

"……그렇게 된 겁니다."

다소 긴장한 표정의 마쓰모토에게 우루시자키가 천천히 전후 상황을 설명했다. 상황이란 물론 케이크 안에서 칼이 나온 사실을 말한다.

"전혀 모르겠는데요."

마쓰모토는 하얗게 질린 얼굴을 좌우로 흔들었다.

"아키코 씨가 죽었다는 것도 놀랄 일인데 그런 곳에서 흉기가 나오다니요. 정말 저는 뭐가 어떻게 된 일인지 도무지……."

학생 시절부터 간토 지방에서 생활해서인지 마쓰모토는 도쿄 표준어를 사용했다. 그런 점도 신도는 영 탐탁지 않았다. 혼마가 떠오르기 때문이다.

"케이크를 주문한 사람은 마쓰모토 씨가 맞죠?"

우루시자키가 묻자 마쓰모토는 고개를 끄덕였다.

"크리스마스 파티에 케이크를 준비하자고 해서 주문했던 겁니다. 집 근처에 케이크 가게가 있어서요."

"호오, 그러고 보니 케이크 가게가 바로 근처군요."

우루시자키는 수첩을 보면서 확인했다. 사건이 발생한 후지카와 아키코의 아파트도 여기서 서쪽으로 2킬로미터 정도밖에 떨어져 있지 않다.

"파티를 하자고 맨 먼저 말을 꺼낸 사람은 누굽니까?"

"치카코 씨였을 겁니다. 그녀가 그런 걸 좋아하거든요."

"케이크는요?"

"그것도요. 저와 사카이는 단것을 별로 좋아하지 않거든요."

사카이는 사카이 나오유키, 즉 살해당한 후지카와 아키코의 연인이다.

"그리고 케이크를 가지러 가는 것도 마쓰모토 씨의 역할이었나요?"

"어쩌다 보니 그렇게 됐어요. 그런데 치카코 씨가 전화로 사건을 알려 줬죠. 그래서 케이크나 가지러 갈 때가 아니라는 생각에 취소했던 겁니다."

"그렇군요. 어제 파티는 어떤 식으로 진행할 예정이었죠?"

"어떤 식이랄 것도 없습니다. 저와 치카코 씨가 아키코 씨를 만나서 사카이의 집으로 가기로 했어요."

"그런데 마쓰모토 씨는 좀 늦었죠?"

"네, 할 일이 많아서……. 올해 마지막 수업 날이어서 여러 가지로 정리할 게 많았습니다. 쉽게 빠져나올 수가 없었어요."

"그래서 다카노 씨 혼자 후지카와 씨 집에 갔다가 시신을 발견한 거군요?"

"그런 것 같습니다."

"갑자기 이런 얘기를 해서 죄송하지만,"

우루시자키는 눈을 치켜뜨고 마쓰모토를 보았다.

"후지카와 씨가 살해당한 점에 대해 혹시 의심 가는 일은 없습니까? 사소한 일이라도 괜찮으니……."

그러자 마쓰모토는 살며시 눈을 감으며 천천히 고개를 저었다. 그런 질문은 당치 않다는 뜻인 듯했다.

"사람은 보통 여러 가지 비밀을 안고 살지 않나요? 그녀에게도 비밀이 있었는지 모르죠. 하지만 이 점만은 단언할 수 있습니다. 그녀를 미워하거나 원망하는 사람은 절대 없었을 겁니다."

"좋은 사람이었나 보군요."

"친절하고 남을 배려할 줄 아는 사람이었습니다. 제 증언으로 부족하다면 학원 사람들에게 확인해 보십시오."

"학원요?"

우루시자키가 되물었다.

"학원이라면 그 영어 회화 학원을 말하는 겁니까?"

"그렇습니다. 아, 제가 깜박했군요. 그녀는 지금의 일을 하기 전에 우리 학원에서 일했습니다. 치카코 씨와 함께 사무를 봤죠."

"아, 그래요? 그런데 왜 그만두었죠?"

"사무직이 자신의 적성에 맞지 않는다고 했습니다."

"적성에 맞지 않는다고요……."

다소 의아한 느낌이 들었지만 우루시자키는 이 건에 대해서는 다른 사람에게 확인하는 편이 좋겠다고 생각했다.

"범인이 정말 야속하군요."

마쓰모토가 내뱉듯이 말했다.

"그녀는 지금 행복의 절정이었을 겁니다. 사카이와 결혼하기로 되어 있었고 말이죠. 형사님, 어떻게든 범인을 잡아서 사형에 처해 주십시오."

그는 오른 주먹으로 왼 손바닥을 쳤다.

마쓰모토의 집에서 나온 우루시자키와 신도는 역으로 향했다. 다음으로 사카이 나오유키를 만나기로 돼 있었다. 사카이는 니혼바시에 있는 전자 대리점에서 일한다.

"마쓰모토 그 사람, 어떻게 생각하나?"

긴테쓰 나라선 전철의 손잡이를 잡고서 우루시자키가 신도에게 물었다.

"거짓말하는 것 같지는 않던데요. 게다가 그 사람에게는 알리바이가 있습니다."

후지카와 아키코의 사망 시각인 어제 오후 5시에서 7시 사이에 마쓰모토가 학원에 있었다는 것은 이미 확인됐다.

"더구나 케이크에 칼을 집어넣는 재주도 피울 수 없고 말이죠."

예의 칼을 감식반에서 조사한 결과 혈흔은 틀림없는 후지카와 아키코의 것으로 판명되었다. 상처의 형태와도 일치했으므로 범행에 사용된 흉기로 단정해도 무방할 듯했다.

"그런데 말이야, 범인이 왜 그런 엉뚱한 짓을 했을까? 케이크 안에 칼을 숨기는 것에 무슨 의미가 있었을까?"

"혹시 후지카와 아키코는 그 의미를 알고 있었는지도 모르죠. 그래서 그런 글자를 남기지 않았을까요?"

우루시자키는 몸을 틀어 자신보다 키가 큰 신도를 올려다보았다.

"자네, 그렇게 예리한 의견을 제시할 때도 다 있군."

"예리한가요?"

신도는 순간적으로 기쁜 표정을 지었다.

"그래, 아주 날카로워. 평소 자네의 소행에 비해서는 말이지. 칼이 들어 있는 케이크의 의미를 알려 주면 더 감동받겠는데."

"거기까지는 무리죠."

"그렇겠지."

얘기를 주고받는 사이, 전철이 니혼바시에 도착했다.

니혼바시는 도쿄의 아키하바라처럼 거리에 온통 전자 대리점이 들어선 곳이다. 사카이 나오유키가 일하는 곳은 5층 건물의 3층 매장이었다. 그 매장에서는 컴퓨터와 컴퓨터 관련 기기를 팔고 있었다.

매장 안쪽에 있는 조그만 방에서 두 형사와 사카이가 마주 앉았다. 종이 상자가 천장까지 쌓여 있고 방 한가운데에는 싸구려 테이블과 의자가 놓여 있다.

사카이는 깡마른 데다 혈색도 좋지 않은 남자였다. 우루시자키와 신도는 그가 소심한 남자일 거라는 인상을 받았다.

"오늘은 쉴 줄 알았는데요."

탐색하는 눈빛으로 우루시자키가 말을 꺼냈다. 사카이는 희미하게 고개를 위아래로 흔들었다.

"그러고 싶었지만 연말이라 몹시 바쁜 데다 제가 쉰다고 해서 그 일이 해결되는 것도 아니라서……."

사카이의 목소리에는 역시 맥이 없었다.

우루시자키는 두세 번 고개를 끄덕였다.

"곧바로 질문으로 들어가죠. 후지카와 씨와는 언제부터 사귀었습니까?"

사카이는 약간 긴장하는 눈치였다. 그가 등을 쭉 폈다.

"지난 6월부터니까…… 반년이 됐군요."

"그녀를 어떻게 알게 됐죠?"

"마쓰모토와 치카코 씨가 소개해 주었습니다. 저와 마쓰모토는 고등학교 시절 친구라서 그 친구가 오사카로 내려온 후로 자주 만났거든요."

"아하, 반년 전이라면 후지카와 씨가 영어 학원에서 일하던 때군요."

"네. 그 세 사람이 아주 친하게 지냈어요. 마쓰모토와 치카코 씨가 아키코 씨에게 애인을 만들어 주자고 의논해서 제가 물망에 올랐던 거죠."

"그리고 서로가 마음에 들어서 사귀기 시작한 거로군요?"

사카이가 힘없이 고개를 끄덕였다.

"내년 봄에 식을 올리기로 했는데."

"그것참……."

우루시자키는 잠시 수첩을 들여다보다가 다시 사카이를 보았다.

"그런데 최근에 후지카와 씨에게 달라진 점은 없었습니까?"

"달라진 점요?"

"뭐든 괜찮습니다. 지금까지 교류가 없었던 사람과 만나기 시작했다든지."

사카이는 고개를 가웃했다.

"그녀는 사교성이 뛰어난 사람이 아니에요. 만나는 사람이래야 나 말고는 치카코 씨와 마쓰모토 정도였죠."

"그렇다면 이번 일에 대해 심증이 가는 것이 없다는 말입니까?"

"없습니다. 범인은 강도나 그런 쪽이 아닐까 싶은데요. 그런 쪽으로도 조사를 하고 계시겠죠?"

"물론 하고 있습니다."

우루시자키는 말은 그렇게 했지만 강도의 짓일 가능성은 거의 없다고 판단하고 있었다. 없어진 물건도 없고 실내를 뒤진 흔적도 없다. 손목을 긋는 살해 방법만 해도 충동적인 범행이라고 보기 어렵다. 또 후지카와 아키코의 체내에서 수면제가 검출된 사실로 봐서도 범인은 안면이 있는 사람으로 추정된다. 그러니까 틈을 보아 수면제를 먹인 후 욕실로 데리고 가서 손목을 그은 것이다.

면식범의 짓이라면 굳이 사카이의 말이 아니더라도 범위가 한정된다.

우루시자키는 형식적인 질문이라는 듯이 가볍게 사카이의 전날 밤 알리바이를 물었다. 그의 표정이 갑자기 험악해졌다.

"6시쯤 집으로 돌아간 후에는 줄곧 집에 있었습니다. 그들을 기다리고 있었어요."

"혼자서요?"

"네, 혼자서요. 증명할 수는 없지만, 저를 의심하신다면 실수하는 겁니다."

"아, 물론 알고 있습니다."

우루시자키는 그를 달래듯이 몇 번이나 고개를 끄덕였다.

"다만 말이죠, 영문을 알 수 없는 일이 있어서 신중을 기하고 있을 뿐입니다."

그러면서 우루시자키는 케이크 안에서 칼이 나왔다는 얘기를 덧붙였다. 사카이의 눈이 휘둥그레졌다.

"정말 영문을 알 수 없는 일이군요."

"그렇죠? 달리 생각나는 것은 없으신지요?"

사카이는 고개를 옆으로 기울이고 한참 생각에 잠기더니 결국 포기한 듯 고개를 저었다.

"역시 없군요."

우루시자키와 신도는 사카이에게 인사하고 그 건물에서 나왔다.

6

학교에서 볼일을 끝낸 시노부는 곧장 역으로 갈 생각이었다. 실은 오늘 저녁에도 혼마가 같이 식사를 하자고 했다. 오늘 저녁에도, 가 아니라 오늘 저녁이야말로, 라고 해야 맞겠지만. 결국 어제는 어영부영 흩어지고 말았으니까.

그런데 역으로 가는 도중에 신사 앞길을 지나다가 경내에 낯익은 얼굴들이 모여 있는 것을 보고는 발길을 그쪽으로 돌렸다.

뎃페이, 하라다, 하타나카의 악동 트리오였다. 뎃페이가 망원경을 눈에 대고 하늘을 올려다보고 있고 그 옆에 있는 하라다와 하타나카도 위를 쳐다보고 있었다. 셋 다 입을 쩍 벌리고 있는 모습이 우스웠다.

"뭣들 하는 거야?"

시노부가 말을 건네자 셋은 천천히 돌아보더니 놀라서 소리를 질렀다.

"으악, 선생님이다!"

"또 뭔가 엉뚱한 짓을 하고 있는 거 아냐?"

그러고서 시노부도 하늘을 올려다보았다. 하얀 구름에 가린 하늘이 부옜다. 거기에는 아무것도 없었다.

"뭘 보고 있는데?"

"UFO요."

"UFO?"

"저는 안 믿는데 애들이 하도 시끄럽게 굴어서요."

그렇게 말하고서 하라다가 점퍼 주머니에서 휴지를 꺼내 코를 풀었다.

"제 동생이 어제 이상한 걸 봤대요."

하타나카가 밤송이머리를 북북 긁으면서 말했다.

"창밖을 내다보는데, 검은 물체가 하늘에 둥둥 떠 있더래요. 그래서 뭔가 하고 계속 보고 있었더니 점점 높이 올라가서 사라져 버리더라는 거예요."

"흐음, 그래? 어떤 모양이었는데?"

"밤인 데다 검은 물체라서 잘 안 보였대요."

"뭘 잘못 본 거겠지. 애드벌룬 아닐까?"

하라다가 또 코를 풀었다. 감기에 걸린 모양이다.

"그래서 그 정체를 알아보려고 아까부터 여기서 지켜보고 있는 거예요."

뎃페이가 다시 망원경을 눈에 댔다. 신도를 넌지시 협박해서 얻어 낸 망원경이라는 것을 시노부는 알고 있었다.

'별난 우연도 다 있네.'

시노부는 조금 전 상점가를 지나다가 들은 아저씨들의 얘기가 생각났다. 카메라 가게 아저씨도 그랬다. 어젯밤에 UFO를 봤다고.

그녀가 하타나카를 보며 물었다.

"그 물체가 어디쯤 떠 있었다고 하던?"

"저쪽이에요."

하타나카가 가리킨 곳은 역 쪽이었다. 그렇다면 카메라 가게 아저씨가 본 것과 같은 물체일 가능성이 높다.

'흐음, 참 희한한 일도 다 있군.'

그렇게 생각하면서 시노부는 한참 동안 하늘을 올려다봤다.

7

지하철 요도야바시 역에서 우메다로 가는 길에 '무지카'라
는 홍차 전문점이 있다. 어슴푸레한 실내는 원목을 넉넉하게
사용한 인테리어가 돋보인다.

사카이 나오유키와 헤어진 우루시자키와 신도는 이곳에 들
러 큼지막한 잔에 찰랑찰랑하게 따른 시나몬 티를 마셨다.
기다리는 상대는 쓰쓰이 미치요. 영어 학원에서 일하는 여자
다. 오늘부터 학원이 휴가에 들어갔기 때문에 자택으로 전화
를 했더니 이 찻집에서 만나자고 했다.

미치요는 약속 시각보다 5분 정도 늦게 나타났다. 나이는
이십 대 중반쯤일까. 꽤 미인이라 두 형사는 반색했다.

우루시자키가 우선 후지카와 아키코 살인 사건에 대해 아
느냐고 물었다. 그녀는 안다고 대답했다.

"그렇게 좋은 사람이 살해당하다니, 깜짝 놀랐어요."

미치요는 홍차를 한 모금 마신 후 그렇게 말하면서 한숨을
쉬었다.

"평판이 아주 좋았나 봅니다."

우루시자키의 말에 그녀는 고개를 깊이 꾸벅했다.

"마음씨도 곱고 일도 잘해서 윗사람들이 좋아했어요."

"그런데 왜 그만두었을까요? 지난여름에 학원을 그만두었

다고 하던데요."

"저도 그걸 잘 모르겠어요."

미치요는 불만스럽다는 듯 입술을 비죽 내밀었다.

"그만둘 만한 이유가 없었거든요. 그녀와 그다지 친하게 지
낸 건 아니었지만."

"남자관계는 어땠나요?"

그때까지 잠자코 있던 신도가 불쑥 질문을 던졌다.

"사귀던 남자에게 실연을 당했다든지, 반대로 남자를 찼다
든지, 그런 얘기는 없었나요?"

그러자 미치요가 표정을 약간 누그러뜨리고 고개를 저으면
서 대답했다.

"그 점에 대해서는 자신 있게 말할 수 있어요. 그런 일은 절
대 없었을 거예요."

"절대요?"

우루시자키가 확인하듯이 다시 물었다.

"네."

단호한 말투였다. 그리고 목소리를 죽여 엉뚱한 소리를 했
다.

"이건 형사님들께만 하는 얘긴데, 사무 보는 여자들 중에는
강사와 그렇고 그런 사이가 되는 사람이 많아요. 왜냐하면 강
사들은 해외 경험이 풍부한 사람이 대부분이라 외국 여행을

같이 가면 든든하고 그렇잖아요. 당연히 외국어도 잘하고."

"그렇겠군요."

우루시자키가 정말 그렇겠다는 듯이 대꾸했다.

"그런데 후지카와 씨는 그런 교제를 전혀 하지 않았나요?"

"네."

미치요가 또 고개를 끄덕였다.

"남자 쪽에서 은근히 작업을 거는 일은 없었나요?"

신도가 또 나섰다.

"없었을 거예요. 그 사람, 언제나 다카노 씨나 마쓰모토 씨와 함께였거든요. 작업을 걸 틈이 없었을 거예요. 게다가 그 사람들한테 남자를 소개받은 것 같던데."

"혹시 그 상대 남자를 아십니까?"

이번에는 우루시자키가 물었다.

"우메다 지하상가에서 우연히 본 적이 있었어요. 말은 안 했지만요."

미치요가 무슨 말인가 하려다 그만두는 듯했다. 우루시자키가 그녀의 얼굴을 응시했다.

"말을 안 했다는 건 무슨 뜻이죠?"

"네, 그게…… 외모가 좀 그런 사람이라서요. 마쓰모토 씨 친구라고 해서 기대가 컸거든요."

"아……, 그런 뜻이군요."

우루시자키는 조금 전에 만나고 온 사카이를 떠올렸다. 깡마르고 혈색도 좋지 않은 데다 온몸에서 소심함이 묻어나는 남자였다. 젊은 여자로서는 듬직하다는 느낌을 받지 못했을 것이다.

"다카노 씨나 마쓰모토 씨와는 사이가 어땠습니까? 별다른 점은 없었나요?"

"없었을 거예요. 다카노 씨는 언제나 후지카와 씨와 함께 움직였고, 마쓰모토 씨도 변함없이 늘 같이 다녔어요."

"그래요……."

우루시자키가 신도를 흘끗 보았다. 다른 질문은 없냐는 뜻이었다. 신도는 고개를 살랑살랑 저었다. 우루시자키가 남은 홍차를 입안에 털어 넣고 미치요에게 인사한 후 자리에서 일어났다.

"두 눈 부릅뜨고 돌아다닌 것치고는 별로 수확이 없네요."

지하철역 벤치에 앉아 신도가 투덜거렸다.

"대답이 다들 똑같아요. 그 사람이 살해당할 리 없다……. 하지만 살해당한 것이 사실이니 어딘가에는 반드시 범인이 있겠죠."

그리고 양복 안주머니에서 사진 한 장을 꺼내 들여다보았다. 목장으로 보이는 장소를 배경으로 네 남녀가 찍혀 있는 사진이었다. 후지카와 아키코의 방에 있던 액자에서 꺼낸 것이다. 네 남녀란 물론 아키코, 치카코, 마쓰모토, 사카이다.

아마 로코 목장일 것이다. 아키코의 책상 서랍에서도 같은 날 찍은 것으로 추정되는 사진이 여러 장 나왔다.

"그렇지는 않지. 나는 수확이 있었다고 생각하는데."

"어떤 수확요?"

"그건 나중에 천천히 얘기하고, 그보다 한 가지 마음에 걸리는 게 있는데 말이야."

"뭡니까?"

그러자 우루시자키가 사방을 살피고 나서 작은 목소리로 말했다.

"칼. 그 칼이 크리스마스 케이크 안에서 발견됐다는 것도 참 신기한 일이지만, 그 전에 왜 범인이 현장에서 흉기를 가져갔는지를 모르겠어. 그대로 현장에 놓아두었다면 경찰로서는 여러 가지로 미심쩍은 점은 있어도 자살 가능성을 점쳤을 텐데 말이야. 그러면 수사를 지연시킬 수도 있잖아. 그런데 범인은 왜 그 이점을 포기하면서까지 흉기를 그 방에서 가져갔을까?"

"그건 칼을 예의 케이크에 숨길 필요가 있어서가 아닐까요? 그 이유를 물으시면야 대답할 말이 없지만."

"아니, 그렇게 생각하면 제자리걸음이야. 케이크에 집착하는 게 잘못인지도 모르지."

우루시자키의 눈이 서서히 날카롭게 빛나기 시작했다.

"아무튼 오래 걸릴 것 같습니다, 이 사건이 해결되려면."

신도가 사진을 다시 주머니에 넣으면서 말했다. 그때 손끝에 뭔가가 닿았다. 꺼내 보니 길쭉한 상자였다.

"뭐야, 그건?"

우루시자키가 물었다.

"아, 아닙니다. 이건, 그……."

신도가 허둥지둥 그것을 도로 주머니에 집어넣었다.

"아무것도 아닙니다."

"포장지에 메리 크리스마스라고 쓰여 있잖아. 하하하, 선물이로군."

"죄송합니다."

"사과할 일이 아니지. 다케우치 선생님께 드릴 건가?"

신도가 "네." 하고 대답하며 머리를 긁적거렸다.

"어제 주려고 했는데 우왕좌왕하다가 못 줬습니다."

"여전히 참 둔한 사람이로군."

우루시자키가 손목시계를 힐금 보았다.

"보고는 내가 할 테니까 다녀와."

"네?"

"오늘이 가기 전에 선물해야 할 거 아니야. 설날에 줄 생각인가, 세뱃돈도 아닌데?"

"그럼 지금 갔다 와도 된다는 말씀입니까?"

"그래. 그 대신 잘하고 와야 해."

그때 전철이 들어왔다. 두 사람이 동시에 엉덩이를 들었지만 전철을 탄 것은 우루시자키 혼자였다.

선배 형사를 보낸 후 신도는 시노부의 집으로 전화를 걸었다. 그녀의 집에는 몇 번 전화를 한 적이 있다. 데이트 신청이 대부분이었는데, 돌발적으로 사건이 터지는 바람에 데이트는 한 번도 실현되지 않았다.

그런데 전화를 받은 사람은 시노부의 어머니 다에코였다. 직접 만난 적은 없지만 전화로는 얘기를 나눈 적이 있다. 사근사근하고 말이 많은 분이다.

"오늘은 혼마 씨와 저녁 식사를 한다고 나갔는데."

연적인 신도에게도 다에코는 거리낌 없이 말했다. 시노부는 아무래도 어머니를 닮은 듯하다.

"네? 혼마 그 자식과…… 아, 아닙니다. 그게 정말입니까?"

"거짓말을 왜 해? 우메다에 있는 무슨 호텔에서 식사를 한다고 하던데."

"하아……."

진이 쫙 빠지는 느낌이 신도를 덮쳤다. 그런 신도의 귀에 다에코의 목소리가 이어졌다.

"그런데 신도 씨, 어떻게 된 거야? 난 그 아이가 신도 씨와 사귀는 줄로 알고 있었는데 갑자기 맞선을 본다고 하지를 않나. 그 맞선이 물 건너갔나 했더니 그 남자를 만나는 것 같고…… 시노부가 양다리를 걸치고 있는 건가?"

'양다리라……, 시노부 선생이 상황에 따라 이쪽저쪽으로 옮겨 다닌다?'

"아니, 시노부 씨가 우리 둘을 놓고 비교하는 건 아닐 겁니다."

신도가 말했다.

"데이트 신청은 우리가 일방적으로 하는 것이고, 마음씨 좋은 시노부 씨가 거절을 못하는 거겠죠. 앞날에 대해 아직 심각하게 생각하는 것 같지도 않고요."

"그래도 벌써 스물다섯이야. 이제는 확실히 해 줘야 어미도 안심을 하지."

"저, 어머니."

신도는 혀로 입술을 핥았다.

"어머니는…… 어떻게 생각하세요? 그러니까 저와, 그…… 혼마 씨 말입니다. 어느 쪽이 시노부 씨에게 어울릴지……"

그러자 깔깔 웃는 소리가 들려왔다.

"그거야 어느 쪽이든 좋지. 시노부가 정할 일이지, 뭐. 그래도 아무튼 난 의지가 있는 사람이 좋아."

"의지……요?"

"응, 의지. 그래서 대시도 적극적으로 하는 사람이 좋아. 연애는 관철하는 거야, 신도 씨."

관철이라⋯⋯. 수화기를 꽉 잡고 있는 신도의 손바닥에 땀이 눅눅하게 배어 있었다.

8

"⋯⋯그래서 우리 모회사는 최근에 부동산에 적극 투자하고 있습니다. 오히려 본업인 설비에는 투자를 억제하고 있는 상황이죠. 이대로 가면 언젠가는 된통 쓴맛을 보게 될 텐데, 자회사의 일개 사원이 떠든다고 어떻게 되는 것도 아니니 참 답답한 노릇입니다."

그렇게 말하고 혼마는 와인을 한 모금 마셨다.

"쉬운 일이 없네요."

시노부는 나이프를 움직이면서 그렇게 대꾸했다.

경제나 국제 정세에 관한 얘기만 나오면 혼마는 열변을 토한다. 한편 시노부는 그런 화제에는 별 관심이 없었다. 신문으로 말하면 혼마는 앞쪽, 즉 정치와 경제면에 강하다. 하지만 시노부는 스포츠면이나 텔레비전 프로그램이 실리는 뒤쪽에 강하다.

'이 사람과 결혼하면 서로의 모자란 부분을 보완할 수 있는 장점이 있겠군. 하지만 공통의 화제는 별로 없겠어.'

시노부는 야구 얘기나 해 볼까 생각했다. 남자는 대개 야구에 관심이 많으니까. 그런데 혼마가 자이언츠의 팬일 경우를 생각해 그만두기로 했다. 시노부는 한신 타이거즈의 팬이라 자이언츠를 엄청 싫어한다.

그런 생각을 하면서 뵈니에르를 입에 넣는데 혼마가 갑자기 "어!" 하면서 시노부 뒤쪽을 보았다. 그녀가 돌아보니 신도가 서 있었다.

"꽤 재미나 보이네요."

신도가 다가와 시노부의 옆 자리에 앉았다.

"식사 중인데 거 무례하지 않습니까."

혼마가 낮은 소리로 말했다.

"금방 사라질 겁니다. 선생님에게 전할 것이 있어서 왔을 뿐이니까요."

"제가 여기 있는 거 어떻게 아셨어요?"

시노부가 물었다.

"댁으로 전화했더니 어머님이 우메다에 있는 호텔에 식사하러 갔다고 하시더군요. 그래서 이 부근에 있는 호텔에 일일이 전화를 걸어 혼마라는 이름의 예약이 있는지 확인했죠. 냄새 맡는 게 제 일이다 보니."

그리고 신도는 안주머니에 손을 집어넣어 길쭉한 상자를 꺼냈다. 그때 하얀 봉투가 함께 나와 바닥에 떨어졌다. 그가 상자를 그녀에게 건넸다.

"선생님, 크리스마스 선물입니다. 별거 아니에요."

"우와, 감사합니다. 열어 봐도 되나요?"

"집에 가서 열어 보세요, 쑥스러우니까."

"알았어요, 그렇게 할게요. 그런데 그 봉투는 뭐죠?"

"이거요? 예의 살인 사건 피해자 사진입니다. 보실래요?"

"네."

봉투를 건네받은 시노부는 사진을 꺼내어 들여다보았다. 사진은 석 장이었다. 그중 한 장은 사이즈가 나머지 두 장의 두 배 정도 됐다. 어느 목장을 배경으로 네 사람이 찍혀 있었다.

그녀는 신도에게 사진에 찍힌 네 사람의 관계를 물었다.

"흠, 그래요……. 그런데 이 한 장은 왜 크기가 다르죠?"

"아, 그 사진은 액자에 들어 있던 겁니다. 피해자가 가장 마음에 들어 한 사진이었던 모양이죠."

"호오……."

시노부는 뭔지 모를 껄끄러움을 느끼면서 사진을 신도에게 돌려줬다.

"볼일이 다 끝난 것 같은데."

혼마가 말했다.

"끝났습니다. 이제 원하시는 대로 돌아가 드리죠. 하지만 혼마 씨, 신사협정은 꼭 지키는 겁니다."

혼마가 "신사협정?" 하고 묻더니 고개를 끄덕거렸다.

"물론이죠."

"그 말을 들으니 안심이 되는군요. 그럼 오늘은 이만."

신도가 일어나 돌아가는 것을 보면서 시노부는 한숨을 쉬었다.

"한심해서 못 봐주겠네요. 어린애들 싸움도 아니고."

"시노부 씨가 마음을 굳히면 일이 깔끔해질 텐데 말이죠."

"안타깝네요. 저는 옆에서 어쩐다고 해서 일을 결정하는 성격이 아니거든요."

그리고 시노부는 창밖으로 시선을 돌렸다. 어느 사이에 밤이 밀려와 있었다. 빌딩의 불빛과 네온사인이 어두워진 하늘을 배경으로 반짝이고 있다.

'UFO란 말이지……'

문득 낮에 들은 얘기가 되살아났다. 그런데 그 얘기가 아까 신도가 사진을 보여 줬을 때부터 가슴속에서 뭔지 모르게 뭉글거리던 것과 딱 맞물렸다.

'혹시……'

시노부는 나이프를 내려놓고 맛있는 음식을 앞에 둔 채 생각에 잠겼다.

9

긴테쓰 이마자토 역에서 남쪽으로 조금 가면 속칭 '신도시 공원'이라고 불리는 공원이 있다. 12월 26일, 그 공원에 오지 초등학교 6학년 5반 학생 열 명 정도가 모였다.

"문제의 날은 엊그제인 12월 24일이야. 다른 날은 상관없어. 시간은 오후 5시 이후. 알았니?"

아이들 한가운데 서 있는 사람은 시노부였다.

그녀 옆에 있던 뎃페이가 손을 들었다.

"날아다니는 건 뭐든 괜찮아요? 비행기는 안 되죠?"

"비행기는 안 돼. 그렇게 크지 않을 거야. 기껏해야 이 정도."

그녀는 두 팔을 양쪽으로 한껏 벌렸다.

"색깔은요?"

하라다가 물었다.

"확실하게 알 수는 없지만 아마 검정일 거야. 하지만 색깔은 신경 안 써도 돼."

다른 질문은? 하면서 시노부가 아이들을 돌아보았다. 아무도 손을 들지 않았다.

"자, 이제 각자 행동 개시. 선생님은 역 앞에 있는 문복당에 있을 테니까 무슨 일이 있으면 와서 알려 줘."

넷, 하는 소리를 남기고 아이들이 흩어졌다.

"오늘은 애들이 유난히 많군."

후지카와 아키코의 집에서 창밖을 내려다보며 우루시자키가 중얼거렸다. 창문 바로 아래는 좁은 골목이지만 그 집에서는 큰길까지도 내다보인다. 아까부터 아이들이 유난히 많이 오갔다.

"겨울 방학이라서 그런가 보죠."

아키코의 앨범을 넘기면서 신도가 말했다. 오늘은 아키코의 친척에게 허락을 받아 그녀의 소지품을 조사하고 있다. 우루시자키에게 뭔가 속셈이 있는 듯한데 신도에게는 말해주지 않는다.

"선배, 실마리가 될 만한 건 없는데요. 다른 걸 조사하는 편이 낫지 않을까요?"

"다른 거 뭐?"

"그러니까, 아키코가 다니던 직장의 주변 인물이나 이 부근을 탐문 수사해 보는 게……."

"그런 건 이미 다 했어. 거기서 아무것도 나오지 않았으니이 고생을 하고 있는 거지."

"이 방도 전에 다 조사했잖아요. 그때도 아무것도 안 나왔는데."

"웬 말이 그리 많아. 형사란 직업은 뼈 빠지게 일해 봐야 헛수고로 끝날 때가 대부분이란 걸 몰라? ……그 상자는 뭐야?"

신도 옆에 있는 종이 상자를 가리키며 우루시자키가 물었다.

"아, 이거요? 벽장에 있던데요. 뭔가 봤더니 안에 털실이 들어 있었습니다."

"털실, 뜨개질을 했나?"

우루시자키가 종이 상자를 열자 돌돌 만 빨간색 털실과 그걸로 뜨다 만 스웨터가 있었다. 상자 속에는 똑같은 색의 털실 뭉치가 다섯 개나 더 있었다.

"완성을 보지 못하고 살해당했나 보군요. 참 안됐네."

신도가 안타깝다는 듯이 말하는데 우루시자키는 딴생각을 하는 듯 뜨다 만 스웨터를 한참이나 들여다보더니 마침내 중얼거렸다.

"역시 생각했던 대로군."

"뭐가요?"

"이걸 좀 봐. 좀 큰 것 같지 않아?"

우루시자키가 스웨터를 자신의 몸에 대고 신도 쪽을 보았다.

"아키코 본인이 입으려고 뜬 게 아니겠죠. 사카이에게 선물할 생각으로 뜨기 시작한 거 아닐까요?"

"아니야."

우루시자키가 딱 잘라 말했다.

"이건 사카이에게도 크다고. 아마도 마쓰모토의 몸에 맞춰 떴을 거야."

"마쓰모토요? 그 사람은 치카코의 남자잖아요."

"그래, 바로 그거야. 탐문 수사를 하면서 어제부터 왠지 이 상했어. 아키코와 치카코, 그리고 마쓰모토. 남자 하나에 여 자 둘이 줄곧 사이가 좋았다는 점이 말이야. 나는 아키코도 마쓰모토를 좋아하지 않았을까 하는 생각이 들어. 아니지, 어쩌면 더 깊은 관계가 있었는지도 몰라."

"그럼 사카이는 어떻게 하고요? 그 사람은 그냥 들러리였 다는 겁니까?"

"그야 알 도리가 있나. 물론 그랬을지도 모르지. 사카이는 어땠을지 모르겠지만, 만약 아키코가 마쓰모토에게 마음이 있었다면……."

"당연히 치카코의 연적이 되겠죠."

그러자 우루시자키가 벌떡 일어나더니 뜨다 만 스웨터를 상자에 던져 넣고 말했다.

"이봐, 서로 돌아가자고."

우루시자키와 신도가 이마자토 역으로 향하던 도중 문복당 이라는 과자 가게 앞에 이르자 아이들이 와글와글 모여 있었다. 무슨 일인가 싶어 기웃거리던 신도의 눈에 낯익은 얼굴이 들어왔다.

"어, 말단 형사 아저씨다!"

다나카 뎃페이였다. 뎃페이는 신도의 등 뒤에 있는 우루시자키도 알아보았다.

"와, 만년 말단 아저씨도 같이 있네."

"거참, 맹랑한 녀석이로세. 뭣들 하고 있는 거야?"

우루시자키가 가게 안을 들여다보는데 시노부가 불쑥 나타났다. 그녀도 형사들을 보고는 놀라는 눈치였다.

"우루시자키 씨, 마침 잘 만났네요."

"이게 무슨 일입니까, 대체?"

우루시자키가 아이들을 빙 둘러보았다. 모두가 키득거리고 있어서 기분이 나빴다.

"엊그제 사건 때문에 아이들에게 뭘 좀 시켰어요."

"뭔데요?"

"여기서 얘기하기는 좀 그러니까 공원으로 가시죠."

시노부가 걷기 시작하자 열 명의 아이가 줄줄이 그 뒤를 따랐다. 우루시자키와 신도도 얼굴을 마주 보며 어깨를 한 번 으쓱하고는 그들을 따라 걷기 시작했다.

공원에 도착한 시노부가 벤치에 앉자 우루시자키와 신도도 그 옆에 나란히 앉았다. 아이들은 그들을 에워싸듯 부채꼴로

섰다.

"이거야 원."

죽 늘어선 아이들의 얼굴을 보면서 우루시자키는 어이없다는 듯 쓴웃음을 지었다.

"하지만 이 아이들 활약이 컸어요. 아무튼 그 얘기는 나중에 하고, 신도 씨, 어제 제게 보여 주신 사진, 갖고 있어요?"

"사진요? 아, 있습니다."

신도는 목장에서 네 명이 찍은 예의 사진을 시노부에게 건넸다.

"이 사진을 봤을 때 좀 이상하다는 느낌이 들었어요. 한 가지는 왜 후지카와 씨와 사카이 씨가 떨어져서 사진을 찍었을까 하는 거였죠."

"듣고 보니 그렇군요."

우루시자키는 사진을 보며 고개를 끄덕거렸다. 왼쪽부터 아키코, 치카코, 마쓰모토, 사카이 순으로 서 있다.

"그리고 또 한 가지는, 액자에 들어 있던 사진에 사카이 씨가 눈을 감은 채 찍혀 있다는 점이었어요. 보통은 자신의 애인이 잘못 찍힌 사진을 액자에 넣지 않잖아요. 다른 사진을 보면 사카이 씨는 잘 나왔는데 반대로 마쓰모토 씨는 잘 안 나왔어요. 액자에 들어 있던 사진에서만 마쓰모토 씨가 아주 멋지게 나왔죠. 그래서 혹시 후지카와 씨가 정말 좋아했던 사람은 마쓰모토 씨가 아니었을까 하는 생각이 들었어요."

"이야, 아주 멋진 추리로군요. 그래서요?"

"후지카와 씨는 마쓰모토 씨를 줄곧 좋아하고 있었는데 친구인 다카노 씨가 마쓰모토 씨와 사귀기 시작한 후로 그 마음을 억누르고 있었던 게 아닐까요? 그러다 마쓰모토 씨에게 친구를 소개받는 바람에…… 그러니까 사카이라는 사람과 사귀기 시작한 것은 절반은 자포자기한 심정에서가 아니었을까 하는 거죠."

"그럼 사카이 씨의 결혼 신청을 승낙한 것도 그런 심정에서였다는 건가요?"

시노부는 희미하게 고개를 끄덕였다.

"될 대로 돼라, 그런 심경이었을 거예요."

"될 대로 돼라……. 그런데 시간은 자꾸 흘러가서 크리스마스가 다가오고 말았다. 네 명이 파티를 하게 되었는데……."

중얼거리듯 말하던 우루시자키의 입이 크게 벌어졌다.

"그렇다면 자살?"

"네, 그렇게 생각해요."

시노부가 차분하게 대답했다.

"갑자기 만사가 귀찮아져서 자살했을 거예요."

"하지만 흉기는……."

신도의 말에 우루시자키가 "그렇군." 하면서 이제야 납득이 간다는 듯이 무릎을 탁 쳤다.

"케이크에 칼을 넣은 사람도 아키코였군. 그날 원래는 마쓰모토가 케이크를 가지러 갔다가 치카코를 만나서 둘이 같이 아키코를 찾아가기로 돼 있었지. 만약 예정대로 되었다면 두 사람이 함께 아키코의 시신을 발견했을 거야. 두 사람은 당연히 경찰에 신고했겠지. 경찰이 와서 현장 검증을 하고 흉기가 없다는 것을 알게 된 후 '케이크'라는 다잉 메시지를 발견했다면……."

"경찰들은 마쓰모토가 들고 있는 케이크 상자를 조사했겠지…… 아!"

"바로 그거야. 케이크 안에서 칼이 나오면 마쓰모토와 치카코는 혐의를 벗을 수가 없거든. 아키코는 두 사람을 범인으로 몰기 위해 그런 트릭을 쓴 거야. ……하지만 이상하군. 아키코가 어떻게 흉기를 케이크에 집어넣을 수 있었을까?"

우루시자키가 시노부의 얼굴을 보았다. 그녀는 그것도 모르느냐는 듯이 헛기침을 한 번 했다.

"케이크에 들어 있던 칼은 자살에 사용된 흉기가 아니에요. 아마 칼이 두 개였을 거예요. 그중 하나로 자신의 몸 어딘가에 상처를 내서 피를 묻힌 후 케이크에 넣은 거죠."

"칼이 두 개였단 말이지……."

우루시자키가 분하다는 표정을 지었다.

"그러고 보니 아키코의 왼쪽 손가락에 일회용 반창고가 감겨 있었어. 그게 그 상처였나 보군."

"그런 다음 두 번째 칼로 자신의 손목을 직접 그었겠죠. 오른 손목을 그은 것도, 사전에 수면제를 먹은 것도, 모두 타살로 꾸미기 위한 짓이었을 거예요."

"그렇군요."

우루시자키가 몇 번이나 고개를 위아래로 흔들었다.

"그런데 그 두 번째 칼은 어디로 사라진 걸까요? 아무리 찾아도 없던데."

"바로 그 점이 포인트예요. 흉기를 숨겼다고 하면 보통 남들이 모르는 곳에 두거나 땅에 묻었을 거라는 생각밖에 못하죠. 그런데 숨기기에 딱 좋은 아주 넓은 장소가 있어요."

"넓은 장소?"

우루시자키가 묻자 시노부는 싱긋 웃으면서 손가락으로 위를 가리켰다.

"하늘."

"하늘?"

"네. 애들아, 순서대로 결과를 보고해."

시노부의 지시에 여태까지 입을 꾹 다물고 듣고만 있던 아이들이 이제 나설 차례가 되었다는 듯 기운찬 목소리로 말하기 시작했다.

"엊그제 밤, 역 앞에 있는 카메라 가게 아저씨가 UFO를 봤다고 했어요."

"제 동생도 검은 물체가 하늘에 둥실둥실 떠 있는 걸 봤대요."

"동네 아줌마 한 분은 서쪽 하늘로 유령이 올라가는 걸 봤다면서 지금도 넋이 빠져 있어요."

"우리 친구 형은 하늘에 뭐가 떠 있는 걸 봤는데 잘못 본 것 같아서 지금까지 말 안 하고 있었대요."

아이들이 한 차례 보고를 끝내자 시노부가 다시 우루시자키와 신도 쪽으로 돌아섰다.

"이 목격담들을 정리해 보니까 사람들이 하늘에서 뭔가를 봤다는 위치가 사건이 있었던 아파트 부근인 것 같더라고요."

"그 뭔가가 뭐죠?"

우루시자키가 그렇게 묻고 나서 침을 꿀꺽 삼켰다.

"아마 풍선이겠죠. 풍선을 몇 개 묶어서 검은 종이나 천으로 덮지 않았을까요. 그 풍선을 창밖으로 내놓고 실로 칼과 연결해 두면 손목을 그어 자살한 후 손에서 떨어진 칼이 풍선에 이끌려 하늘로 사라지겠죠."

"우와, 그것참, 대담한 추리입니다. 그런데 입증하기는 쉽지 않겠는데요."

"그러고 보니 크리스마스이브에 장난감 가게 앞에서 산타클로스 복장을 한 남자가 풍선을 나눠 줬죠. 그 남자가 뭘 알고 있을지도 모르겠습니다."

신도의 말에 시노부가 손뼉을 짝 쳤다.

"맞아요. 그 가게에서 풍선을 샀을 거예요."

"좋아, 장난감 가게에 가 보면 되겠군."

우루시자키가 신도의 등을 치면서 일어섰다. 그리고 공원 입구를 향해 가다가 문득 걸음을 멈추고 돌아섰다.

"선생님, 이번에는 완벽하게 졌습니다."

"우루시자키 씨는 언제나 듣기 좋은 말씀만 하시네요."

시노부는 밝게 웃었다.

10

"우와, 엄청나다!"

난카이선 전철에서 내리면서부터 끝없이 이어진 사람들의 행렬을 보고서 시노부가 외쳤다. 스미요시 신사는 새해 전날 밤부터 초만원이 된다.

"선생님, 바짝 붙어서 걸어요."

"왜 이렇게 사람이 많은 거야. 이 사람들은 갈 데도 없나."

"어, 저기요. 방송국에서도 나왔는데요."

"방송국에서 나온 게 무슨 큰일이라고. 빨리 새전함 앞까지 갑시다."

"아얏, 누가 내 발을 밟았어. 오사카 사람들은 사과할 줄도 모르나."

"정신을 빼놓고 걸으니까 그렇죠. 아얏, 나도 밟혔네."

출근 전철 못지않은 인파를 헤치고 가까스로 새전함 앞에 도착했을 때 신도와 혼마는 완전히 진이 빠져 있었다. 혼자서 여전히 팔팔한 시노부만이 손에 쥐고 온 5엔짜리 동전 몇 개를 던지고는 기뻐했다.

"시노부 씨 파워는 도무지 못 따라가겠다니까."

신도가 한숨을 쉬었다.

"그러니까 무리할 거 없다고 했잖습니까. 내게 맡겨도 될 일을."

"그럴 수는 없죠. 일도 후다닥 처리하고 나왔는데."

"풍선 주우러 가는 게 일입니까?"

"그럼요, 얼마나 중요한 일인데요."

신도는 코트 주머니에 들어 있는 장갑을 꼭 쥐었다. 크리스마스 선물의 답례로 시노부가 준 것이다. 그녀에게 받은 첫 선물이었다. 물론 혼마도 똑같은 선물을 받았다는 점이 영 마음에 안 들긴 하지만.

후지카와 아키코 사건은 오늘 드디어 결말이 났다. 이코마

산 기슭에서 풍선이 발견된 것이다. 시노부가 예상했던 대로 검은 쓰레기봉투가 씌워져 있었다. 거기에 봉투가 묶여 있고 그 안에 칼과 유서가 들어 있었다. 시노부의 추리, 즉 자살에 이른 경위는 그렇게 입증되었다. 다만 위장 살인에 대해 유서에는 풍선이 발견될 때까지 잠깐이나마 치카코와 마쓰모토가 괴로워하기를 바랐을 뿐이라고 쓰여 있었다.

"저, 혼마 씨."

"왜요?"

"난 좀 시간을 두고 상황을 지켜보기로 했습니다. 너무 억지를 부리는 것도 좋지 않은 것 같아서요. 여자 마음을 헤아리기가 쉽지 않다는 걸 이번에 뼈저리게 느꼈습니다."

"그러게 말입니다. 나 역시 동감입니다."

그리고 신도와 혼마는 시노부의 뒷모습을 바라보았다. 시노부는 두 사람의 얘기 따위는 귀에 들어오지도 않는지 두 손을 마주 잡고 뭐라고 열심히 중얼거리고 있었다.

마침내 제야의 종이 울리기 시작했다.

시노부 선생님의 은혜

1

오지 초등학교 학생들은 의무적으로 여럿이 모여 등교해야한다. 집이 가까운 아이들끼리 그룹을 만들어 매일 아침 함께 학교에 가는 것이다. 그룹의 리더는 학년이 높은 아이가맡는다. 이 규칙 덕분에 저학년 아이를 둔 부모도 등하굣길교통사고 등의 걱정을 줄일 수 있었다.

미도리야마 하이츠에 사는 아이들은 101호에 사는 다나카뎃페이를 리더로 다 같이 등교한다. 그래서 5학년인 아사쿠라 나나를 비롯해 4학년 두 명, 2학년과 1학년 각각 한 명이매일 아침 뎃페이의 집 앞에 모인다.

그런데 그를 따라 등교할 날도 이제 며칠 남지 않았다. 6학년인 뎃페이가 앞으로 일주일 후면 졸업하기 때문이다.

이날도 뎃페이는 여느 때와 똑같은 시간에 집을 나섰다. 그런데 아사쿠라 나나 혼자 오도카니 기다리고 있는 것이었다.나나는 엄마와 둘이 301호에 사는 아이다. 학년은 뎃페이보다 하나 아래지만 여자아이들이 성장이 빠르다 보니 키가 뎃페이와 비슷했다. 짧게 깎은 머리에 빠릿빠릿해 보이는 인상

때문에 소년 같은 느낌을 주지만 행동거지는 의외로 부드러
웠다.

"오늘은 일찍 나왔구나."

운동화 속에 발꿈치를 밀어 넣으면서 뎃페이가 말했다. 평
소에 나나는 그렇게 빨리 나오는 편이 아니기 때문이다.

나나는 커다란 눈을 두세 번 깜박거리더니 등 뒤에 숨겼던
조그만 종이봉투를 내밀며 고개를 살짝 숙였다.

"뭔데, 이게?"

뎃페이가 종이봉투를 받아 들었다.

"주는 거야."

나나는 기어 들어가는 소리로 말하고는 좌우로 몸을 흔들
었다. 체크무늬 짧은 치마가 찰랑찰랑 흔들린다.

"나한테?"

뎃페이는 종이봉투를 열어 안을 들여다보았다. 노란색과
검은색 털실 덩어리 같은 것이 들어 있었다. 꺼내 보니 목도
리다.

"이거, 네가 짠 거니?"

나나가 고개를 끄덕거렸다. 여전히 고개를 약간 숙인 채다.

"겨울 동안 다 짜려고 했는데 몇 번이나 틀려서 늦어졌어."

"우와…… 줄무늬네! 노란색하고 검은색."

"오빠 한신 타이거즈 좋아하잖아. 그래서……."

"그랬구나. 하지만 벌써 3월인데, 이거 두르면 좀 덥겠다."

"응, 미안해. 마음에 안 들면 돌려줘도 괜찮아."

나나가 고개를 숙인 채 오른손을 내밀었다. 뎃페이는 허둥지둥 목도리를 종이봉투에 쑤셔 넣었다.

"아니야, 받을게. 내년에 쓰면 되지, 뭐. 그런데 왜 나한테 이런 선물을 하는 거야?"

"별다른 이유는 없어."

나나는 왼발 끝으로 바닥을 콩콩 찼다.

"오빠, 이제 졸업하잖아. 축하하고 싶어서."

"그렇구나."

뎃페이는 코를 비볐다.

"그래, 고맙다."

"……"

그때 4학년인 다카시가 나타났다. 다카시가 뎃페이에게 다가오더니 불쑥 말했다.

"형, 왜 그래? 얼굴이 새빨개."

"다나카, 안색이 안 좋은데 어디 아프니?"

국어 수업을 하는 중이었다. 시노부가 그렇게 물으면서 뎃페이의 이마를 짚어 보았다.

"열은 없는 것 같은데."

"아무렇지도 않아요."

"그럼 다행이고. 졸업식까지 앞으로 일주일 남았으니까 우리 열심히 해서 결석이나 조퇴 없게 하자. 우리 반은 건강만큼은 다른 반에 절대 뒤지지 않으니까."

하하하. 모두들 웃고 있는데 뎃페이가 책상 속에 뭔가를 밀어 넣었다.

"뭐야?"

시노부가 뎃페이의 손을 잡았다.

"아무것도 아니에요."

"거짓말하면 안 되지. 뭐야, 이 종이봉투는? 공부하는 데 필요한 거 말고는 가져오지 말라고 했을 텐데. 어디 좀 보자."

시노부가 종이봉투를 들어 올리자 뎃페이가 그녀의 치마를 와락 잡았다.

"안 돼요, 보면 안 된다고요."

"그러면 더 보고 싶지."

시노부가 종이봉투 안에 든 것을 꺼냈다.

"한신 타이거즈 깃발이다!"

누군가가 그렇게 외쳤다.

"아니지, 이건 목도리인데. 여학생한테 받았니?"

"……."

뎃페이가 아무 말도 못했다.

휘— 휘—, 누군가 휘파람을 불었다. 야유하는 아이도 있었다.

"시끄러워!"

시노부가 교과서로 책상을 탁 쳤다.

"남자는 여자에게 인기가 있어야지. 샘을 내는 건 쓰레기 같은 남자나 하는 짓이야."

선생님이 버럭 소리를 지르는 바람에 교실이 잠잠해졌다. 시노부는 목도리를 종이봉투에 도로 넣어 뎃페이에게 건넸다.

"미안하다. 놀림감이 되게 하려고 그런 건 아니었어. 기분 나쁘게 생각하지 마."

"오늘 아침에 하급생에게 받았어요."

"그랬구나. 소중히 간직해. 중학교에 가서도 가끔은 만나러 와야 해. 알았니?"

"네."

뎃페이는 고개를 꾸벅 숙였다. 조금 쑥스러웠다.

"나는 선생님이나 만나러 와야겠네."

옆에서 뎃페이의 친구 하라다가 놀림조로 말했다. 그 말에 모두가 또 웃었다. 뎃페이도 같이 웃었다.

시노부는 자기도 모르게 눈시울이 찡해졌다. 마음이 사뭇 복잡했다.

2

사체가 발견된 곳은 야오 시 가메이 초다. 오사카 중앙 순환선과 국도 25호선의 교차점에서 약간 옆길로 샌 곳의 수풀 속, 화려하게 장식된 러브호텔 뒤쪽이었다.

"머리를 맞았는데요."

수사 1과의 신도가 오줌을 누고 현장으로 되돌아오는 우루시자키에게 말했다.

"평평한 흉기에 맞았는지 아니면 벽 같은 곳에 밀쳐졌는지는 모르겠지만, 아무튼 후두부입니다. 다른 곳에는 외상이 없고요."

"보아하니 흉기는 발견되지 않은 모양이로군."

"찾고 있습니다."

"폭행 흔적도 없다고 했지?"

"네."

사체를 발견한 사람은 근처에 사는 할아버지였다. 산책을 좋아하는 할아버지가 평소대로 이른 아침에 개를 데리고 집을 나서서 걷고 있는데 개가 자꾸 엉뚱한 방향으로 가기에 따라가 보니 젊은 여자가 쓰러져 있었다고 한다.

여자의 나이는 열다섯에서 스물다섯 사이. 청바지에 검은 스웨터 차림이다. 키 160센티미터 정도에 평범한 체형. 얼굴이 동그랗고 화장이 다소 짙다. 어깨에 닿을락 말락 한 머리는 파마를 했다.

"늘 그렇지만 여자 나이는 겉으로만 봐서는 잘 모르겠다니까. 열다섯과 스물다섯은 차이가 너무 심하잖아."

우루시자키가 혼자 중얼거리며 무언가를 메모했다.

"정말 요즘 여자들은 나이를 알 수 없어요. 제 동기 하나가 그러는데 성 매매로 검거해 보면 대부분이 중학생이나 고등학생이라 어처구니가 없다더라고요."

"초등학생과 할머니 정도는 차이가 나야 우리가 알아보겠군."

우루시자키가 아랫입술을 쑥 내밀었다.

"소지품은 아무것도 없는 거야?"

"아주 말끔하게 아무것도 없는데요. 사체에서 조금 떨어진 곳에 짙은 갈색 윗도리가 떨어져 있었는데 주머니에 아무것도 없었습니다. 가방 같은 것도 보이지 않았고요. 청바지 주머니도 비어 있습니다. 손수건 한 장 없어요."

"아무것도 없다……."

"강도를 위장한 범행이겠죠."

"그래. 뜨내기의 범행은 아니야."

우루시자키는 바지 주머니에서 꾸깃꾸깃한 손수건을 꺼내 코를 풀었다.

"뜨내기라면 흉기를 처리할 필요도 없지. 게다가 윗도리와 청바지 주머니에 아무것도 없는 점도 이상하고 말이야. 강도라면 핸드백만 들고 도망치면 됐을 텐데."

"피해자가 이런 곳에 있었다는 것도 이상합니다. 어디 다른 곳에서 죽인 뒤 여기다 갖다 버린 거 아닐까요?"

신도의 의견은 잠시 후 증거가 발견되면서 사실로 판명됐다. 사체에서 몇 미터 떨어진 곳에 차가 들어온 흔적이 있었던 것이다. 그 부근의 잡풀이 짓눌려 있었다.

"지금 타이어 자국을 채취하고 있는데, 큰 기대는 안 하는 게 좋을 것 같습니다."

감식 담당자의 얘기를 듣고 돌아온 신도가 우루시자키에게 전했다.

"포장도로에서 이쪽으로 들어온 흔적이 6미터 정도 이어지는데, 타이어 자국을 막대기 같은 것으로 교묘하게 지웠답니다. 틀림없이 범인의 짓이겠죠."

"살해당한 시간은 몇 시쯤이래?"

"그게 그러니까……,"

신도가 수첩을 펼쳤다.

"어젯밤 10시에서 12시경이라고 합니다."

"그렇다면 시신을 밤중에 여기로 옮겼다는 얘긴데."

우루시자키가 턱을 긁으면서 사방을 둘러보았다. 순환선

인근에는 주택이 거의 없다. 러브호텔을 제외하고는 주유소가 있는 정도다. 국도 25호선 쪽에는 주택이 많은데 이곳과는 거리가 좀 있다.

"탐문 수사를 해 봐야 별 수확은 없을 것 같군."

가족이 빨리 나타나 신원을 확인해 줬으면 좋겠다고 신도는 생각했다. 피해자는 후두부에 상처가 있을 뿐 언뜻 봐서는 상태가 좋았다. 이 정도로 깨끗하면 가족이 신원 확인을 하는 데도 별 거부감이 없을 것 같다.

그때 우루시자키가 "왠지 가족의 신고가 다소 늦을 것 같은데."라고 혼잣말하듯 중얼거렸다.

"왜요?"

"피해자가 혼자 살지 않았을까 싶어서 말이야. 뭐, 딱히 근거가 있는 건 아니지만 느낌이 그래."

"흐음……."

얘기를 듣고 보니 어쩐지 자신도 그런 생각이 든다고 신도가 말했다.

3

시노부가 안색이 좋지 않다고 했던 날 뎃페이는 결국 열이

났다. 감기였는데, 다음 날에도 상태가 좋지 않아 학교를 쉬기로 했다. 엄마가 학교에 전화를 거는 사이에도 뎃페이는 학교에 가겠다고 고집을 피웠다. 앞으로 남은 일주일 동안 결석이 없도록 하자는 시노부 선생님의 말이 마음에 걸렸기 때문이다.

"무슨 소리야. 무리해서 갔다가 더 아파서 계속 결석하게 되면 어쩌려고."

엄마 미사코의 말에 결국 포기는 했지만 뎃페이는 볼이 부은 채 이불 속에 누워 있었다.

그날 낮.

선잠이 들었던 뎃페이는 갑자기 무언가 쿵 떨어지는 소리에 깜짝 놀라 일어났다. 미사코는 장을 보러 나가고 없어서 집에는 뎃페이 혼자뿐이었다.

"뭐지, 이 소리는?"

소리와 함께 진동도 있었다. 소리가 난 방향으로 보아 마당에 뭔가 떨어진 것 같았다. 미도리야마 하이츠에는 1층에만 전용 마당이 있다.

뎃페이는 잠옷 위에 점퍼를 걸치고 하얗게 김이 서린 알루미늄 새시 문을 열었다.

그런데 거기에 믿지 못할 광경이 펼쳐져 있었다.

마당에 누가 누워 있었던 것이다. 게다가 요까지 깔고서.

어떻게 된 일이지, 하며 잠시 어리둥절하게 서 있던 뎃페이는 마침내 누워 있는 사람이 3층에 사는 아사쿠라 나나의 엄마라는 것을 알게 됐다.

뎃페이는 얼른 전화기로 달려갔다.

"오늘은 날씨가 참 좋군."

언제나 이 부근을 순찰하는 경찰이 마당에 서서 하늘을 올려다보았다. 오늘은 정말 구름 한 점 없이 하늘이 맑다.

"이불을 널기에는 더없이 좋은 날입니다."

"그러게요. 그래도 주의를 해야겠죠."

미사코도 경찰의 말에 맞장구쳤다. 긴박한 사태가 벌어지지 않아선지 다른 경찰들의 얼굴에도 안도감이 어려 있었다.

뎃페이가 경찰에 신고하고 7분이 지나자 구급차가 도착했다. 그리고 그 5분 후에는 경찰차가 왔다. 그사이에 미사코가 돌아오다가 구경꾼들이 모여 있고 경찰이 줄줄이 자신의 집으로 들어가는 걸 보고 깜짝 놀랐다고 한다.

아사쿠라 나나의 엄마 마치코는 자기네 요 위에 기절해 있었다. 구급대원이 들것에 실어 옮기는데 아픈 듯 얼굴을 찡그리며 신음했다. 그래서 뎃페이는 그녀가 죽지 않았다는 것을 알았다.

경찰은 뎃페이에게 얘기를 들은 후 동네를 탐문 수사하고 3층 아사쿠라의 집을 조사했다. 그들이 하는 얘기를 통해 뎃페이는 상황을 대충 파악했다. 아사쿠라 마치코는 오전에 이불을 내다 널고 털다가 잘못해서 떨어진 것이었다.

"이불을 털다 보면 몸을 자꾸 밖으로 내밀게 되니까."

경찰들은 그렇게 말했다.

하지만 누가 밀어서 떨어뜨렸을 가능성도 생각해 봐야 할 텐데 경찰들이 그 점에 대해서는 별 관심을 보이지 않았다. 뎃페이는 마치코가 살아 있기 때문이라고 해석했다. 그녀에게 어떻게 된 일인지 물어보면 그만이라고 여기는 것이다.

마치코의 정확한 상태가 전해진 것은 상황이 거의 정리될 무렵이었다. 경찰이 인자한 표정으로 뎃페이에게 말해 주었다.

"왼쪽 다리뼈가 부러지기는 했지만 병원에 빨리 갔기 때문에 큰 걱정은 안 해도 된다는구나. 다 네 덕분이다."

"아줌마가 정신을 잃었던 것 같은데요."

"가벼운 뇌진탕이었어. 병원에 도착할 무렵에는 정신을 차렸다는구나. 다리가 아프다고 울기는 했지만."

"어느 병원인데요?"

"이마자토의 스기자키 병원. 지금 응급 처치하는 중이란다."

이날 저녁, 뎃페이는 집에서 몰래 빠져나와 스기자키 병원으로 갔다. 접수창구에서 아사쿠라 마치코가 입원해 있는 병실 호수를 물은 다음 살며시 문을 두드렸다.

문을 열어 준 사람은 서른 살쯤 돼 보이는 예쁜 여자였다. 그녀는 뎃페이를 보더니 조금 놀라는 기색이었다.

"아, 뎃페이 오빠."

여자가 뭐라고 말을 하려는 참에 안에서 목소리가 들렸다. 나나가 침대 옆에 앉아 이쪽을 보고 있었다. 마치코는 침대 위에 잠들어 있는 듯했다.

"친구니?"

여자가 나나에게 물었다.

"1층 사는 오빠. 아침마다 학교에 같이 가요."

"다나카 뎃페이예요."

뎃페이가 꾸벅 머리를 숙이자 여자도 미소 지으며 고개를 끄덕였다.

"아, 구급차를 불러 준 아이로구나. 정말 고맙다. 게다가 이렇게 면회까지 와 주고. 좋은 오빠네. 차 끓여 줄게, 들어와."

뎃페이가 안으로 들어가자 여자는 주전자를 들고 병실을 나갔다.

"이모야. 우리 엄마의 동생, 마사코 이모."

"그렇구나."

뎃페이는 머리를 긁적이면서 침대 위를 보았다. 마치코는 눈을 감은 채 누워 있었다. 나나는 엄마랑 둘이 사니까 엄마가 쓰러지면 정말 큰일이겠다는 생각이 들었다.

"아줌마는 어떠셔?"

"응, 뼈가 부러졌지만 큰일은 아니래. 우리 엄마, 원래 운이 좋은 사람이거든."

"그런 것 같다."

"오빠는 감기 괜찮아? 내일은 학교에 갈 수 있겠어?"

"이제 다 나았어. 낮에 그 소동이 벌어지는 바람에 감기가 싹 달아났네. 그보다, 아줌마는 사고에 대해서 뭐라고 하셔?"

"음……."

무엇 때문인지 나나가 고개를 숙였다. 그리고 뭔가 말을 하려다 망설이는 듯 입술을 달싹거렸다. 그때 마사코가 돌아왔다. 마사코는 차와 찹쌀떡을 가져와 아이들에게 먹으라고 했다. 뎃페이는 그것을 먹으면서 마치코가 떨어질 때의 상황을 두 사람에게 얘기했다.

뎃페이가 돌아갈 때는 나나가 병원 입구까지 바래다주었다.

"저…… 있지, 뎃페이 오빠."

헤어지려는데 나나가 주춤거리면서 입을 열었다.

"왜?"

뎃페이가 목도리를 목에 두르면서 물었다. 이 목도리를 하고 있는 모습을 보여 주는 것도 여기 온 목적의 하나였다.

"우리 엄마, 기억이 잘 안 난대."

"뭐가?"

"그러니까 베란다에서 떨어졌을 때 말이야. 이불을 걷어 들이려고 베란다에 나간 것까지는 기억나는데, 그다음에 어떻게 됐는지는 아무리 생각해 봐도 기억이 안 난대."

"갑자기 떨어지는 바람에 놀라서 그러시는 건가?"

"그럴지도 모르지."

나나는 두 손을 뒤로 돌리고 발끝으로 바닥을 툭툭 찼다. 망설이거나 뭔가 골똘히 생각할 때 나타나는 그녀의 버릇이다.

"아무것도 기억은 안 나는데, 굉장히 무서웠다는 것만은 생각난대."

"무서웠다, 떨어지는 게 무서웠다는 뜻일까?"

그러자 나나가 두세 번 고개를 저었다.

"그런 건 아닌 것 같아."

"그럼……."

무슨 말인지 알 수 없어 뎃페이는 그만 입을 다물었다. 잠시 후 나나가 고개를 들더니 "됐어, 신경 쓰지 마. 그럼, 안녕." 하고는 몸을 빙그르 돌려 뛰어갔다.

4

가족의 신고가 늦을 것 같다던 우루시자키의 예상은 거의 적중했다. 오사카 중앙 순환선 옆에서 발견된 변사체의 신원이 밝혀진 것은 그날로부터 이틀이 지난 오후였다. 그날 낮에 이쿠노 서로 딸의 행방이 묘연하다는 중년 여자의 신고가 있었고, 그 얼마 후 신원이 확인되었다. 그때 함께 있었던 경찰의 말에 따르면 중년 여자는 시신을 보자마자 엉엉 소리 내어 울었다고 한다.

내키지 않는 역할이었지만 우루시자키와 신도가 그녀를 조사하게 되었다.

여자의 이름은 미야모토 가즈미. 살찐 몸집에 적갈색 머리를 뽀글뽀글 볶은 그녀는 5년 전에 남편과 사별하고 지금은 쓰루하시에서 잡화점을 운영하고 있다고 했다.

시신은 가즈미의 맏딸 기요코로 올해 스무 살이었다. 고등학교를 졸업한 후 모리구치 시에 있는 전자 제품 회사에서 일했는데, 일을 시작한 지 반년쯤 지났을 때 그녀는 동생 둘까지 넷이서 살기에는 집이 좁다며 히가시오사카에 있는 아파트로 따로 나갔다. 혼자 사는 여자가 아닐까 했던 우루시자키의 예감이 맞았던 것이다.

가즈미가 딸의 행방에 의문을 품은 것은 그녀의 회사에서 전화가 걸려 왔기 때문이었다. 무단결근이 계속되고 있는데 아파트로 전화를 걸어도 받지 않으니 어떻게 된 일이냐는 것이었다.

"그런데 이렇게 죽었을 줄이야……."

가즈미는 형사들을 앞에 둔 채 손수건을 눈에 대고 엉엉 울었다.

"마지막으로 따님을 만난 게 언제였습니까?"

우루시자키가 온화한 목소리로 물었다. 가즈미는 훌쩍거리면서 잠시 생각하더니 대답했다.

"지난 3월 3일이었어요. 동생들에게 하나 마쓰리 케이크를 사다 주었죠. 착한 애였는데, 혼자 살게 내버려 두는 바람에……."

그러고는 또 엉엉 울었다.

"그때 이상한 점은 없었습니까?"

가즈미는 고개를 저었다.

"없었어요. 평소와 똑같았어요."

"따님에게 사귀는 남자가 있었나요?"

"있었을지도 모르죠. 하지만 그 아이는 옛날부터 남자와 사귄다는 얘기는 절대 하지 않았어요."

"전에 사귀던 남자의 이름은 아세요?"

그 질문에도 가즈미는 힘없이 고개를 저었다.

"그럼 여자 친구라도 좋습니다. 친한 친구 중에 의심이 가는 인물은?"

"회사에서 알게 된 엔도라는 여자 얘기를 자주 했어요."

"엔도라고요……. 그 밖에는?"

"그 밖에는 잘……."

가즈미는 자신의 두 볼에 손바닥을 대고 생각에 잠겼다. 하지만 생각나는 이름이 없는 듯했다.

"밤에 따님의 집에 전화를 걸었을 때 받지 않은 경우는 없었나요? 혹은, 집에 찾아갔을 때 없었던 경우는요?"

"밤늦게 전화를 걸었을 때 받지 않는 일은 간혹 있었어요. 나중에 물어보면 야근을 했다고 하더군요."

우루시자키가 신도를 힐끔 보았다. 신도도 눈짓으로 동의를 표시했다. 거짓말이었을 것이 빤했다.

몇 가지 질문을 더 하고 인사를 나눈 후 가즈미를 돌려보냈다. 그녀의 뒷모습을 보면서 신도는 한숨을 쉬었다.

"자신이 아무것도 몰랐던 탓에 딸이 죽었다고 생각하는 모양입니다."

"사실이 그런지도 모르지."

우루시자키가 말했다.

다음 날, 우루시자키와 신도는 기요코가 다녔다는 전자 제품 회사를 찾았다. 기요코가 일한 분야는 파워 트랜지스터 제조 라인으로, 그 라인의 작업반장인 이이즈카라는 남자가 두 사람을 맞았다. 이이즈카는 키는 작지만 혈색이 좋고 부지런하게 생긴 타입이었다.

그는 기요코가 주로 품질을 점검하는 공정을 담당했다고 설명해 주었다.

"품질 점검에는 젊고 꼼꼼한 여자가 최고죠."

이이즈카는 진지하게 말했다.

"세세한 부분까지 들여다보는 점에서는 남자가 여자를 못 따라가요. 그런데 여자도 나이가 들면 눈이 나빠지고 머리도 흐리멍덩해져서 허술해지기 때문에 적합하지 않습니다. 그래서 젊은 여자가 최고라는 거죠."

"미야모토 기요코 씨는 꼼꼼한 성격이었다는 얘기군요?"

우루시자키의 말에 이이즈카는 몇 번이나 고개를 끄덕였다.

"아주 야무진 여자였어요. 사교성이 좋지는 않았지만 솔직하고 말귀도 잘 알아듣고요. 그런 젊은 여자는 좀처럼 없죠. 충격도 충격이지만 우리로서는 타격이 큽니다."

"야근은 어느 정도 합니까?"

"많을 때는 1시간 반 정도입니다. 남자 공원 중에는 더 오래 하는 사람도 있지만요."

"그렇다면 귀가가 그리 늦어지는 일은 없겠군요."

"없죠."

이이즈카는 분명하게 대답했다.

"미야모토 씨가 마지막으로 출근한 날이 언제인지 기억하십니까?"

"그야 기억하죠. 나흘 전입니다. 그날도 늦게 퇴근하지는 않았어요. 7시 전에 타임카드를 찍고 돌아갔습니다."

"혼자서 귀가했습니까?"

신도가 물었다. 이이즈카가 고개를 끄덕였다.

"아마 그럴 겁니다. 늘 혼자서 돌아갔으니까요."

살해당한 시각이 그날 밤 10시 이후이니 그때까지 기요코가 어디서 뭘 했는지가 문제다.

"그날 미야모토 씨에게 이상한 점은 없었나요?"

우루시자키가 물었다.

이이즈카는 팔짱을 끼고 음, 하면서 고개를 갸웃거렸다.

"없었는데요."

"엔도 씨도 미야모토 씨와 같은 반에서 일했습니까?"

우루시자키가 미야모토 가즈미에게 들은 이름을 꺼냈다. 그런데 이이즈카는 의아하다는 듯이 미간을 찡그렸다.

"엔도요? 그게 누구죠?"

두 형사가 얼굴을 마주 보았다. 뜻밖의 반응이었기 때문이다.

"직장에서 미야모토 씨가 친하게 지내는 사람이라고 들었는데요."

신도가 설명했지만 이이즈카는 고개를 저었다.

"엔도라는 사람은 모르겠는데요. 우리 반에도 없고 공장 전체에도 없습니다. 미야모토 씨와 친했던 사람은……, 그렇지, 고다마 씨 정도였는데."

"잠시 불러 주실 수 있을까요?"

우루시자키가 부탁하자 이이즈카 반장은 자리에서 벌떡 일어나 나갔다. 두 형사는 다시 얼굴을 마주 보고 할 말이 없다는 듯이 한숨을 쉬었다.

"흔한 수법이군. 가공의 친구를 만들어 놓고 남자와 여행이라도 갈 때는 그 이름을 써먹는 것 말이야."

"부모가 딸을 무턱대고 믿어서도 안 되겠군요."

"얘기가 그렇게 되는군. 시노부 선생님의 부모님께도 확인해 보는 게 좋겠어. 집에서 엉뚱한 이름을 들먹이고 있다면 요주의야."

그리고 우루시자키는 후배 형사를 힐끔 보았다. 시노부라는 이름이 불쑥 등장하자 신도가 당황스러운 표정을 지었다.

"정색하고 그런 말씀 마세요. 그 선생님은 절대 그런 일 없습니다. 믿어요, 전."

"여전히 안이하군. 여자란 생물은 속을 알 수 없다고. 그래서, 요즘은 잘돼 가고 있나?"

"그런대로요."

"그 말은 잘 만나지 못한다는 얘기군. 안 되지. 여자는 만나는 횟수가 조금이라도 줄어들면 이때다 하고 다른 남자에게 달려간다고."

"애인도 아무것도 아닌데 어쩌란 말입니까. 게다가 이렇게 늘 바쁜데 무슨 수로 만나요? 데이트 한 번 제대로 할 수 없는데."

"그래도 어떻게든 시간을 내서 데이트를 하는 게 연애 시절의 즐거움이야."

'뭐가 연애 시절의 즐거움이라는 건지. 상사에게 소개받은 여자와 선을 봐서 결혼한 주제에.'

그렇게 말하고 싶은 걸 신도는 겨우 참았다. 그랬다가 이런 데서 괜히 성질이나 부리면 곤란하다.

하지만 신도가 데이트를 위해 짬을 내기 쉽지 않은 건 사실이었다. 한 달 전쯤 시노부가 의논할 게 있으니 만나고 싶다고 했을 때도 결국은 급한 일이 생기는 바람에 만나지 못했다. 그런 불운이 두 번이나 계속되자 그녀는 결국 화를 내고 말았다. 그리고 그다음 만났을 때는 "의논하고 싶은 일이 있었는데 유효 기간이 지났네요. 중요한 때에 도움이 안 된다니까."라는 소리를 듣고 말았다.

점수가 확 떨어졌겠지, 하며 신도는 그때의 기억이 떠오를 때마다 낙담했다.

신도가 그런 생각에 빠져 침울해지는 참에 이이즈카 반장이 젊은 여자를 데리고 돌아왔다. 동그란 얼굴에 자그마한 몸집이 귀염성 있어 보이는 여자였다. 그런데 아쉽게도 "고다마 하루요입니다."라고 자신을 소개하는 목소리에는 힘이 없었다. 신도는 친구의 죽음에 충격을 받아서 그럴 것이라고 해석했다. 얘기를 들어 보니 하루요는 기요코와 입사 동기로, 지금껏 직장에서 줄곧 함께였던 것 같다. 둘이 수다도 잘 떨고 점심도 함께 먹었다고 한다. 다만 회사 밖에서는 거의 교류가 없었다는 것이다.

"얌전하고 좋은 사람이었지만 사교성은 별로 없는 편이었어요. 그래서 혹시 애인이 있나 생각했는데……."

"애인이 누구인지, 짐작 가는 사람은 없나요?"

우루시자키가 묻자 하루요는 커다란 눈망울을 어지럽게 움직이더니 대답했다.

"그런 얘기는 전혀 하지 않았어요. 그런 소문도 들리지 않았고요."

"엔도라는 이름은 들어 본 적 있나요?"

"엔도요? 아니요."

하루요는 주저 없이 대답했다.

"최근에는 미야모토 씨와 어떤 얘기를 나눴습니까?"

신도가 물었다.

"그냥…… 늘 하는 얘기뿐이었어요."

그녀가 말하고 나서 갑자기 눈을 동그랗게 뜨고 형사들을
바라보았다.

"그러고 보니 2주일쯤 전에 이상한 말을 했어요. 어쩌면 회
사를 그만둘지도 모른다고요."

"회사를 그만둔다고요? 왜죠?"

신도가 눈을 크게 뜨며 물었다.

"몰라요. 이유를 물어봐도 정확하게 대답해 주지 않았어요.
아직 결정된 게 아니라고 하면서요."

"그런 얘기, 들은 적 있습니까?"

우루시자키가 이이즈카를 보았다. 그도 처음 듣는 말인지
놀라는 표정이었다.

"금시초문입니다."

우루시자키가 다시 하루요에게 시선을 돌렸다.

"그 얘기를 들은 사람이 또 있나요?"

"글쎄요…… 아마 없을 거예요. 기요코가 제게 그 얘기를
한 것도 그때 딱 한 번뿐이었으니까요."

"이상하군."

우루시자키가 중얼거리자 하루요도 "정말 이상하네요."라
며 고개를 갸웃거렸다.

5

오지 초등학교 교직원들이 요즘 주로 하는 일은 며칠 후로 다가온 졸업식 준비와 그 예행연습이다. 주역인 6학년은 물론 조역인 5학년까지 연일 강당에 몰아넣고 입장하는 순서, 송사와 답사를 읽는 방법, 그리고 '석별의 정'과 '스승의 은혜' 노래를 연습시키고 있다.

시노부도 분주하게 움직였다. 자신이 가르친 첫 제자들을 졸업시키는 일이니 소매를 걷어붙이지 않을 수 없는 것이다.

그런 그녀가 교무실에서 뭔가를 찾고 있는데 교무 주임인 나카다가 강당에서 돌아와 퇴근할 준비를 시작했다. 아직 졸업식 예행연습이 끝나지 않았을 때였다.

"선생님, 어디 편찮으세요?"

시노부가 묻자 "아니, 그런 건 아니고."라며 나카다는 대머리를 만지작거렸다.

"문상을 가야 해서 말이지. 옛날에 내가 가르친 제자가 죽었어."

그리고 나카다는 입을 손바닥으로 가리고서 소곤거렸다.

"가엾게도 살해당했어. 머리를 얻어맞고 도로 옆에 버려졌다나 봐."

"아, 그 야오 사건……."

신문을 잘 읽지 않는 시노부지만 이런 유의 사건에는 민감하다.

"그럼 그 여자가 선생님 제자였단 말인가요?"

"오늘 아침 신문에 신원이 밝혀졌다는 기사가 실렸잖아. 그래서 알았지. 너무 놀라 전화를 걸어 봤더니 오늘 장례식이 있다더라고. 참 얌전하고 착한 아이였는데 어떤 놈이 그런 몹쓸 짓을 했는지."

나카다는 참으로 애석하다는 듯 얼굴을 찡그렸다.

"몇 학년 때 담임을 맡으셨는데요?"

"3학년에서 6학년 때까지. 졸업한 후에도 몇 번 만났어. 고등학교에 올라가서 내게 인사하러 찾아온 적도 있었고, 그 애의 아버지가 돌아가셨을 때는 내가 문상도 갔었지. 공부를 잘하는 편이 아니었고 집안 형편도 좋지 않아서 고등학교를 졸업하자마자 취직했는데 이런 일이 생기다니."

나카다는 몇 번이나 긴 한숨을 쉬었다.

이날 귀갓길, 시노부는 교문을 나서다가 누가 부르는 소리에 걸음을 멈췄다. 돌아보니 다나카 뎃페이가 키득거리며 오른손을 흔들고 있었다.

"또 뭔가 꾸미고 있는 표정인데."

시노부는 팔짱을 끼고 뎃페이의 얼굴을 째려보았다.

"졸업하기 전에 한탕 하려는 거 아니야?"

"아니에요. 선생님은 저를 통 안 믿으신다니까."

"너희들을 믿어서야 내 몸이 남아나겠니."

"치, 순 엉터리."

뎃페이는 바지 주머니에 두 손을 찔러 넣은 자세로 다가와 치켜뜬 눈으로 시노부의 얼굴을 보았다.

"선생님, 사실은 부탁할 게 있어서 그러는데요."

"안 돼."

"뭔지 들어 보시지도 않고."

"듣고 싶지 않아. 어차피 말도 안 되는 부탁이겠지. 종일 소프트볼을 하게 해 달라느니, 급식에 스테이크가 나왔으면 좋겠다느니."

"선생님!"

뎃페이가 입술을 쑥 내밀었다.

"저도 이제 중학생이라고요. 아무리 할 일이 없어도 그렇지, 그런 부탁은 안 해요."

"그래 봐야 그 비슷한 거겠지. 안 그래?"

"아니라니까요. 사실은 선생님이 탐정이 돼 주셨으면 해서 그러는 거예요."

"탐정?"

시노부의 목소리 톤이 살짝 바뀌었다.

"그게 무슨 말이야?"

"저, 얘기가 좀 길어질 것 같으니까 걸으면서 들으세요."

뎃페이가 자신의 집으로 향하면서 들려준 얘기는 아사쿠라 마치코, 그러니까 나나 엄마의 추락 사고에 관한 것이었다. 마치코의 다리는 순조롭게 치유되고 있지만 떨어졌을 때의 기억은 아직 돌아오지 않았다고 한다. 굉장히 무서웠다는 것만 기억하고 있는데, 뭐가 무서웠는지는 전혀 생각이 안 난다는 것이다. 또 딸인 나나의 말에 따르면, 마치코는 베란다에서 떨어질 만큼 미련한 여자가 절대 아니라고 한다. 이상의 상황으로 뎃페이와 나나는 마치코가 누군가에게 밀려 떨어진 것은 아닐까 생각한다는 것이다.

"그래서 제가 그때 온 경찰 아저씨들한테 그 얘기를 했거든요. 그런데 믿지를 않아요."

"흐음, 왜 안 믿지? 너희가 어린애들이라서 그런가……."

"그런 이유도 있겠죠. 그런데 경찰 아저씨 말이 나나네 집 현관문이 잠겨 있었대요. 그리고 열쇠는 집 안에 있었으니까 아무도 드나들 수 없었다는 거예요."

"호오, 그럼 밀실이었다는 거네."

"경찰 아저씨도 그런 말씀을 하셨어요."

시노부는 가슴이 두근거리는 것을 느꼈다. 한 번이라도 좋으니 밀실 사건이라는 것을 경험해 보고 싶었다. 신도를 만나면 다양한 사건 얘기를 들을 수 있지만 그래 봐야 다 뻔한 것들이다.

"그래서 선생님께 부탁드리는 거예요. 머리를 짜내서 어떻게든 이 수수께끼를 풀어 주세요. 범인까지 알아내면 더욱 좋고요."

"왜 나한테 부탁하는데?"

시노부가 코를 발랑거리면서 묻자 뎃페이는 그녀가 기대하는 대답을 했다.

"그야 지금까지 그런 일이 많았으니까 그렇죠. 선생님이 그 신참 형사 아저씨보다 훨씬 정확하게 추리하시잖아요."

"후훗, 그건 그렇지. 그래도 그 사람, 열심히 하는 거야."

시노부의 기분이 좋아졌을 때쯤 두 사람은 뎃페이가 사는 미도리야마 하이츠에 도착했다.

뎃페이는 우선 가방을 자기 집에 들여놓은 후 시노부를 데리고 3층으로 올라갔다. 301호에 아사쿠라라는 문패가 걸려 있었다. 뎃페이가 벨을 누르자 잠시 후 문이 열렸다. 보이시하고 귀여운 여자애가 얼굴을 내밀었다.

"시노부 선생님이야. 약속한 대로 모시고 왔어."

뎃페이가 자랑스럽게 말하자 나나는 고개를 꾸벅 숙이고는 "잘 부탁합니다."라고 인사했다.

"아니야, 그렇게 격식 차리지 않아도 돼."

시노부는 현관에서 실내를 죽 훑어보았다. 들어서자마자 식당 겸 주방이 있고 그 안쪽으로 방 두 개가 나란히 붙어 있었다. 흔한 구조다. 집 안에서는 카레 냄새가 은은하게 풍겨왔다. 가정 방문을 하다 보면 늘 느끼는 일인데, 아이가 있는 집에는 대개 카레 냄새가 배어 있다.

시노부는 나나를 따라 집 안으로 들어간 후 먼저 베란다로 가 보았다. 폭이 80센티미터 정도 되는 금속제 베란다였다. 조그만 셔츠와 치마가 베란다 빨랫줄에 널려 있었다. 아마도 나나가 제 손으로 빤 듯했다. 참 기특하다고 시노부는 속으로 감탄했다.

"이불을 몇 시쯤 내다 널었지?"

시노부가 물었다.

"엄마가 10시쯤이라고 했어요."

"떨어진 시각은?"

"12시 조금 전요."

그 대답은 뎃페이가 했다. 나나도 고개를 끄덕거리면서 "엄마도 그때쯤이라고 했어요. 이제 슬슬 이불을 걷어 들여야겠다 싶어서 베란다에 나갔대요."

"그런데 그다음 일은 기억을 못하신다고?"

"네……."

나나가 고개를 숙였다.

"다나카."

그녀가 뎃페이를 불렀다.

"너는 나나 엄마가 이불 터는 소리를 들었니?"

"안타깝게도 저는 그때 자고 있었어요. 그날 감기 때문에 결석했잖아요. 아줌마가 떨어지는 소리에 잠이 깼어요."

"그런데 엄마 옆에 이불 터는 막대기도 떨어져 있었대요."

나나가 말했다.

"그러니까 이불을 털다가 떨어진 건 분명해요."

"흠, 그래."

시노부는 베란다 밖으로 몸을 내밀어 이불을 터는 장면을 상상했다. 자칫하면 떨어질 수 있겠다는 생각도 들었지만, 과연 어른이 그런 실수를 할까 싶었다.

"실수로 떨어졌을 리는 없어요."

뎃페이가 난간에 몸을 맡기고 다리를 덜렁거리며 말했다.

"우리 엄마 같으면 몰라도, 나나네 엄마는 그렇게 덜렁대는 성격이 아니거든요."

"떨어지는 걸 본 사람은 없니?"

"없나 봐요. 그날 건너편 공장은 쉬는 날이었고."

이 아파트 앞에는 2층짜리 인쇄 공장 건물이 있었다. 하지만 유리창이 부예서 쉬는 날이 아니더라도 보이지 않을 것 같았다.

"다른 집 사람들은?"

"못 봤대요. 다들 아줌마가 떨어지는 소리에 놀라서 나와 봤대요."

"아쉽네. 목격자가 있었으면 좋았을 텐데."

"본 사람이 있었으면 선생님께 부탁하지 않았죠."

"하긴 그러네."

시노부는 다시 집 안으로 들어가 현관 쪽으로 갔다. 자물쇠는 평범한 실린더 타입이다. 이상은 없어 보였다.

"사고가 났을 때 문이 잠겨 있었단 말이지?"

"네."

뎃페이가 대답했다. 나나는 그날 사고를 알기 전까지 학교에 있었으니까 그 전후 상황에 대해서는 뎃페이가 더 잘 안다.

"그렇다면 범인이 집 안에 숨어 있었을 가능성도 있다는 건데."

"그럴 가능성은 없어요. 경찰 아저씨가 주인집에 가서 열쇠를 빌려 와서 문을 열고 들어왔대요."

"역시 그랬구나."

그리고 시노부는 나나의 얼굴을 보며 다시 물었다.

"집 열쇠는 어디 있니?"

"하나는 부엌 서랍에요."

나나가 싱크대 서랍을 열어 열쇠를 꺼냈다.

"또 하나는 제가 갖고 있어요."

나나는 치마바지 주머니에서 같은 모양의 열쇠를 꺼냈다.

"그럼 여벌의 열쇠를 만드는 방법밖에 없는데……."

시노부가 중얼거리자 옆에서 뎃페이가 그녀의 옷을 잡아당
겼다.

"깜박 잊고 말씀 안 드렸는데, 체인이 걸려 있었대요. 그래
서 집에 들어올 때 체인을 자르고 들어왔대요."

"뭐야, 그런 말은 빨리 했어야지."

시노부는 뾰로통한 표정을 짓고는 다시 한 번 실내를 둘러
보았다. 달리 들어올 수 있는 곳은 없었다.

"어때요?"

뎃페이가 물었다.

"뭐가 떠올랐어요?"

"그렇게 보채지 좀 마. 상황은 대충 알겠어. 이제는 천천히
생각해 봐야지."

"선생님만 믿을게요."

"그런데 나나에게 물어볼 게 있는데, 엄마를 누가 밀어서
떨어졌다 치고, 혹시 짚이는 일 없니?"

나나는 깜짝 놀란 얼굴로 "그런 거 없어요." 하고 대답했다.
그런 생각은 해 본 적도 없는 눈치였다.

"사고가 있던 날 아침이나 그 전날 무슨 이상한 일 없었어?"

"이상한 일이면, 어떤 거요?"

"예를 들어서 낯선 남자가 왔다든지."

나나는 고개를 저었다.

"우리 집에 오는 남자는 집배원 아저씨랑 택배 아저씨뿐이에요."

"그렇구나."

본격적으로 조사하려면 마치코 본인에게 물어보는 편이 좋겠다고 시노부는 생각했다.

나나네 집에서 나온 시노부는 뎃페이의 귀에 대고 속삭였다.

"역시 사고 아닐까? 아무리 생각해도 범인이 드나드는 건 불가능해."

"뭐예요, 선생님. 이제부터 생각하신다면서요."

뎃페이가 부루퉁하게 말했다.

"생각이야 하겠지만 사실을 냉철하게 보는 것도 중요하다고."

두 사람이 계단을 내려가는데 201호 문이 열리면서 남자가 나왔다. 201호는 아사쿠라 모녀의 집 바로 아래다. 시노부가 재빨리 말을 건넸다.

"저, 잠깐만요."

"네?"

신도 형사와 비슷한 나이로 보이는 남자는 체크무늬 재킷을 입고 있었다. 그러나 신도보다 피부색이 훨씬 하얗고 기품 있는 인상이다.

"저, 며칠 전에 위층에 사는 아줌마가 떨어진 사고가 있었는데, 알고 계세요?"

시노부가 묻자 남자는 입을 벌리며 고개를 끄덕였다.

"압니다. 큰일을 당하셨더군요. 그 아줌마, 몸은 괜찮으세요?"

"네, 순조롭게 회복 중이시래요."

"다행이군요."

"저, 그런데 죄송하지만, 사고 당시에 집에 계셨나요?"

"네? 저 말인가요? 아니, 저는 회사에 있었는데요."

남자가 회사라는 말을 하는 바람에 시노부는 오늘이 토요일이라는 것을 새삼스럽게 깨달았다. 요즘은 어느 회사나 주말에는 쉰다.

"그렇군요. 여긴 혼자 사세요?"

"그렇습니다. 그런데 그런 걸 왜 자꾸 묻는 거죠? 아줌마에게 무슨 일이 있는 겁니까?"

"아니에요. 그냥…… 혹시 사고를 목격하시지는 않았나 해서요."

"아니요. 아쉽지만 못 봤습니다. 용건은 그뿐입니까?"

"네, 죄송합니다."

시노부가 머리를 숙이자 남자는 그녀의 옆을 지나 계단을 내려갔다. 데이트라도 하러 가는지 머리에 어지간히 신경을 쓴 모습이었다.

"누구 한 사람이라도 목격자가 있으면 얘기는 간단한데."

남자의 뒷모습을 바라보면서 시노부는 한숨을 쉬었다.

초등학교에서 보면 미도리야마 하이츠는 역과 반대쪽에 있다. 시노부는 돌아가는 길에 오지 초등학교 앞에서 또 잘 아는 인물과 마주쳤다. 상대는 시노부를 보자마자 반가운 듯 손을 흔들었다.

"이런 데서 뭐하시는 거예요?"

그러면서 시노부는 살짝 골이 난 표정을 지어 보였다. 이 남자에게는 다소 불만이 있다.

"선생님을 기다리고 있었죠. 이 근처에 볼일이 있어서 왔거든요. 기다려도 안 오시기에 돌아갈까 했는데, 역시 기다리길 잘했습니다."

"학생 집에 다녀왔어요. 다른 길로 갈 걸 그랬네."

"왜 그러세요. 차 한 잔 하시죠. 제가 내겠습니다."

"괜찮아요. 지금 바빠요."

시노부는 신도를 지나쳐 빠른 걸음으로 걷기 시작했다. 그런데 이런 술수에는 익숙한지 신도는 아랑곳하지 않고 따라

왔다.

"졸업식이 며칠 안 남았죠? 그 악동 녀석들도 학교를 떠나겠군요. 준비는 잘돼 갑니까?"

"그냥 그래요. 제가 준비할 게 뭐가 있겠어요. 그보다, 조금 떨어져서 걸을래요? 혹시라도 학부모 눈에 띄면 이상한 소문이 날 수도 있으니까요."

"저로서는 바라는 바인데요."

"저로서는 전혀 바라지 않는 바거든요. 그런데 대체 무슨 볼일이죠?"

"아니, 다른 볼일이 있어서 이 근처에 온 김에 들렀다니까요. 아시잖아요, 야오 살인 사건. 피해자가 옛날에 이 부근에 살았답니다."

"아아."

시노부는 그제야 납득이 갔다.

"오늘 나카다 선생님이 문상을 간다고 했는데. 제자였나 보더라고요."

"네, 정말입니까? 야, 이거 좋은 정보인데요."

신도가 걸음을 멈추고 손뼉을 짝 쳤다.

"그럼 좀 자세하게 들어 볼 필요가 있겠는데요. 찻집에 들어가서 얘기하시죠. 이건 일이니까 싫다고 하시면 안 됩니다."

그러자 시노부는 두 손을 허리에 대고 신도의 얼굴을 노려보다가 그대로 시선을 하늘로 향했다.

"아아, 이런 형사가 있으니 범죄가 끊이질 않지."

두 사람은 전에 어떤 사건과 관련이 있었던 '퐁퐁'이라는 케이크 가게에 들어갔다. 시노부는 홍차를 마시면서 생크림 케이크를 먹고 신도는 커피를 마셨다.

"미야모토 기요코는 오지 초등학교를 졸업한 후에 시립 중학교에 들어갔고, 그다음에는 부립 고등학교에 들어갔어요. 사실은 중학교 때 성적이 부립 고등학교에 들어갈 정도는 아니었는데 정원 미달로 합격했답니다. 사립 고등학교에 가야할 경우에는 수업료 때문에 야간에 다니려고 했대요."

"어린 나이에 고생이 많았군요."

생크림 케이크에 얹힌 딸기를 입에 넣다 말고 시노부가 말했다. 성적이 좋건 나쁘건 그녀는 그런 아이들을 편들게 된다.

"고등학교를 졸업한 후에는 곧바로 취직을 했어요. 작년부터는 집에서 나와 혼자 생활하기 시작했고요. 이제 살 만해지려는데 살해당한 거죠. 이런 사건은 특히 화가 납니다."

"제 생각도 같아요. 그래서, 신도 씨는 이성 관계를 조사하고 있는 건가요?"

"그렇긴 한데, 미야모토 기요코는 거의 남자를 사귀지 않더군요. 고등학교 시절에 같은 반 남학생과 사귄 게 전부예요. 그 남학생은 도쿄에 있는 대학으로 진학했기 때문에 기요코로서는 일방적으로 차인 꼴이 됐나 봅니다."

"가엾어라. 남자는 정말 제멋대로라니까."

신도가 헛기침을 했다.

"소탈한 여자였던 것 같습니다. 회사에 들어가서도 남자와 교제한 흔적은 없어요."

"그럼 남자관계 때문에 발생한 사건은 아니라는 뜻인가요?"

"아니, 아직은 모르죠."

그리고 신도는 뭔가 의미라도 있는 것처럼 고개를 끄덕이더니 커피를 후루룩 마셨다.

"미야모토 기요코가 친한 사람에게 어쩌면 회사를 그만둘지도 모른다고 했답니다. 전 말이죠, 결혼이 예정돼 있어서 그런 말을 한 게 아닐까 싶어요. 결혼하면 가정을 꾸려야 하니까 회사를 그만둔다는 식으로 말이죠."

"그러면 그 결혼할 상대가 살인을 저질렀다는 말인가요?"

참 어이없는 일이라고 시노부는 생각했다.

"아직은 단언할 수 없습니다. 사건 얘기는 이 정도로 하죠. 일반인에게 떠들어 댔다가는 또 우루시자키 선배에게 혼날 수도 있으니까."

신도는 시노부와 함께 있을 때면 어쩔 수 없이 수사에 관련된 얘기를 많이 하게 된다. 그녀가 그런 얘기를 매우 좋아하기 때문이다.

"그런데 제게도 약간의 사건이 있었어요."

"사건이라니, 무슨 사건인데요?"

시노부는 아사쿠라 나나의 엄마 마치코의 추락 사고에 관해 신도에게 얘기했다. 그 사고에 대해 뎃페이가 의문을 품었고, 그래서 자신에게 의논을 청했다는 얘기도 포함해서. 다 듣고 난 신도가 심각한 표정으로 말했다.

"재미있다고 하면 실례가 되겠지만, 아주 흥미로운 사건인데요. 밀실만 아니라면 경찰에서도 좀 더 관심을 보일지 모르겠는데."

"하지만 완벽한 밀실에, 누가 밀어서 떨어졌다는 근거도 없어요. 솔직히 그냥 단순 사고가 아닐까 싶어요."

"타당한 의견입니다. 하지만 그 정도로는 뎃페이 군이 납득하지 못하겠죠. 어떻게든 그 어머니의 기억을 되살리는 것이 급선무로군요."

"그게 쉽지가 않으니까 난감해서 이렇게 의논하는 거죠."

시노부는 마지막 남은 케이크 한 조각을 입에 넣고서 진열 케이스 쪽을 바라보았다. 하루에 두 개나 먹으면 살찔 텐데…….

"그러고 보니 전에도 의논할 일이 있다고 하셨죠? 이미 해결된 모양이지만…… 어떤 일이었나요?"

"아, 그거요."

시노부는 신도를 힐끔 바라보았다. 한 달 전쯤 의논하고 싶은 일이 있어서 그에게 연락한 적이 있었다. 그것도 두 번이나. 그런데 이 남자는 두 번 다 약속 장소에 나타나지 않았다. 일 때문이니 어쩔 수 없었다고 생각은 하지만 중요한 의논이었기 때문에 다소 낙담한 것은 사실이다.

"신도 씨와는 별로 관계없는 일이에요."

"그렇게 쌀쌀맞게 굴지 말고 얘기해 줘요. 무슨 일이었습니까? 돈이 궁하다거나, 그런 일이었나요?"

이 남자는 어쩌면 이렇게 맹할까. 시노부는 어이가 없어서 벌떡 일어났다.

"제가 왜 돈이 궁하겠어요? 신도 씨와는 관계없는 일이라고 했잖아요. 그만 가 볼게요."

"잠깐, 잠깐만 기다려 보세요. ……이런!"

신도가 허둥대며 일어서는 바람에 컵이 쓰러졌다. 그때 갑자기 시노부가 신도 쪽을 돌아보며 말했다.

"미야모토 기요코 씨 말인데요, 회사를 그만두는 이유는 결혼 말고도 있지 않을까요? 가령, 남자가 멀리 가기 때문에 같이 가기 위해서라든지……."

"네?"

"신도 씨는 여자 마음에 대해서 공부를 좀 해야겠어요."

"저, 그런데……"

젖은 바지를 손수건으로 닦는 그의 모습을 잠시 곁눈으로 흘겨보던 시노부는 이내 성큼성큼 걸어 나갔다.

6

시노부와 만난 그다음 주 월요일, 신도는 우루시자키와 함께 다시 미야모토 기요코의 직장을 찾아가 혹시 최근에 전근 발령이 난 사람이 있는지 물었다. 전에 만났던 이이즈카 반장이 대뜸 없다고 했다.

"우리는 현장이라서 말이죠. 현장에서 일하는 사람이 전근하는 경우는 99퍼센트 없습니다. 기껏해야 같은 공장 안에서 맡은 분야가 바뀌는 정도인데 그것도 젊은 사람에게는 거의 없는 일입니다."

"그 말은 미야모토 씨 주위에도 그런 사람이 없다는 뜻이겠군요?"

우루시자키의 물음에 반장은 그렇다고 대답했다.

"저, 미야모토 씨가 하던 일이 품질 점검이라고 하셨죠?"

옆에서 신도가 물었다.

"그 일은 다른 부서 사람들과는 관련이 없나요?"

"그야 전혀 없지는 않죠."

이이즈카 반장이 옆에 놓인 구내 전화번호부를 집어 형사들이 보는 앞에서 페이지를 넘겼다. 차례 페이지에 각 부서의 이름이 나열돼 있었다.

"품질과 사람들이 간혹 오기는 합니다. 그리고 생산 기술이나 설계과 사람들. 신제품을 시연할 때는 개발과 사람들도 오죠."

신도는 이이즈카 반장이 말한 부서 이름을 재빨리 메모한 후 다시 물었다.

"그런 사람들이 미야모토 씨와 얘기를 나누는 일도 있습니까?"

"그야 물론 있죠. 여직원과 얘기하는 걸 싫어하지는 않을 테니."

이이즈카의 표정이 환하게 누그러졌다.

"품질과나 생산 기술과 사람들 중에는 그렇게 해서 신붓감을 찾은 경우도 있습니다. 다만 개발과 사람들은 현장 여직원들에게 별 관심이 없어요. 대학원 출신의 엘리트가 대부분이라서 고졸 여직원은 상대하지 않거든요."

"엘리트들이란 다 그렇죠."

만년 말단 형사 우루시자키가 힘주어 말했다. 어쩌면 비슷한 신세인지도 모를 신도도 옆에서 고개를 끄덕였다.

이이즈카와 헤어진 후 신도는 우선 품질과에 전화를 걸어 조사할 일이 있다는 뜻을 전했다. 경찰이라고 하자 저쪽에서 다소 당황하는 듯했지만, 결국은 곧장 와도 괜찮다고 대답했다. 두 형사는 내빈용의 파란 모자를 덮어쓰고 전화로 설명을 들은 대로 길을 찾아갔다.

품질과장은 사람이 좋아 보이는 인상에 통통하게 살찐 남자였다. 우루시자키와 신도의 질문에도 친절하게 대답해 주었다. 과장은 그의 부하 직원 중 현재 전근이 결정된 직원은 없다고 했다.

"미야모토 기요코 씨와 일로 관련이 있었던 직원은 누구인가요?"

"이이즈카 반장의 현장이니까 파워 트랜지스터 라인이군요. 오세라는 남자가 담당자입니다. 제가 가서 불러오죠."

품질과장은 자리에서 일어나 방을 나가더니 10분쯤 지나 돌아왔다. 스무 살쯤 된 청년이 그 뒤를 따라왔다.

"오세입니다."

청년이 인사했다.

우루시자키는 그에게 우선 미야모토 기요코와 얘기를 나눈 적이 있는지 물었다. 물론 있다고 오세는 대답했다.

"어떤 얘기를 나눴나요?"

"어떤 얘기…… 일에 관한 얘기였는데요."

"혹시 데이트 신청을 하지는 않았습니까?"

그렇게 묻자 오세는 눈을 동그랗게 뜨고 약간 화가 난 표정을 지었다.

"제가 왜 미야모토 씨에게 데이트 신청을 합니까?"

"아니, 혹시나 해서 물어본 겁니다. 미야모토 씨와 사적인 얘기를 나눈 적은 없습니까?"

"일에 관한 얘기 말고는 한 적이 없습니다. 미야모토 씨 역시 그럴 마음이 전혀 없는 사람이었어요. 저와 얘기할 때도 내내 고개를 숙이고 있었고 남자를 몹시 경계했습니다."

"호오."

우루시자키는 턱을 쓰다듬으면서 신도를 보았다. 신도가 살며시 눈을 깜박했다. 오세가 거짓말을 하고 있는 것 같지는 않다는 의견을 표시하는 것이었다.

품질과 다음으로 생산 기술과와 설계과에서도 얘기를 들어 봤지만 결과는 비슷했다. 담당자들이 모두 입을 모아 미야모토 기요코는 사교성이 없는 여자라고 평하는 점이 흥미로웠다.

마지막은 개발과였다. 개발 주임은 눈초리나 태도가 별로 좋지 않은 남자로 꼭 필요한 말밖에 하지 않았다. 사건과 얽히는 것을 마뜩잖아하는 눈치가 뻔히 보였다. 그래도 이이즈카 반장의 현장과 관련 있는 사람이 요코다라는 사원이라는 대답은 얻어 냈다.

"그 요코다라는 분을 만나고 싶은데요."

우루시자키가 부탁하자 개발 주임은 노골적으로 싫은 표정을 지으면서도 근처에 있던 젊은 사원에게 요코다를 불러오라고 지시했다.

잠시 후, 피부가 하얗고 단정하게 생긴 남자가 나타났다. 요코다였다. 세 사람은 회의용 책상에 마주 앉았다. 개발 주임은 이제 나는 모르겠다는 듯이 어디론가 가 버렸다. 어떻게든 사건과 관련되는 것을 피하고 싶은 것이다.

우루시자키가 요코다에게 질문을 시작했다. 우선 미야모토 기요코와의 관계부터 물었다.

"신문을 보고 사건을 알았을 때도 여기서 일하는 여자인 줄은 몰랐습니다. 회사 내에서 화제가 된 후에야 비로소 알았죠."

"그렇다면 그 전에는 이름도 몰랐다는 뜻인가요?"

"그렇습니다. 귀엽고 수수한 여자라고 생각한 적은 있습니다만."

"얘기를 나눈 적은 있나요?"

"몇 번 있습니다. 하지만 거의 기억에 없어요. 저로서는 상품의 테스트 결과에만 관심이 있었으니까요."

일에 몰두하다 보면 여자는 눈에 들어오지도 않는다는 말인가. 신도는 옆에서 두 사람의 대화를 들으면서 '아니꼬운 놈이로군.' 하고 생각했다.

"오늘 만난 사원 전원의 얼굴 사진을 입수해."

개발과에서 나오자 우루시자키가 신도에게 지시를 내렸다.

"미야모토 기요코의 어머니와 친구들에게 보여 주고 본 적이 있는 사람인지 확인하자고. 기대는 별로 안 하지만 할 수 있는 일부터 해 봐야지."

"미야모토 기요코의 남자가 먼 곳으로 전근을 갈 수도 있다는 추리, 꽤 설득력이 있다고 생각했는데요."

며칠 전 시노부에게 그 얘기를 듣고서 흥분한 상태로 오늘 여기까지 왔다.

"아직은 모르지. 상대 남자가 같은 회사에 다니지 않을 수도 있고 말이야. 그런데 그 선생님은 왜 그런 추리를 했을까?"

"글쎄요……."

"혹시 그 선생님이 좋아하는 상대가 전근 때문에 멀리 가는 거 아닌가? 그래서 선생님도 따라가려고 학교를 그만둘 생각인 거 아냐?"

"무슨 소립니까. 그런 말로 괜히 겁주지 마세요."

"아니, 알 수 없지. 자네가 이렇게 맹추같이 구니까 말이야. 선생님이 답답해하는 것도 무리가 아니야."

"무슨 그런 말도 안 되는 소리를……."

우루시자키 쪽은 히죽거리고 있는데 신도는 어처구니가 없다는 표정으로 우뚝 서 있었다.

"내게 볼일이 다 있다니, 무슨 일입니까?"

튀긴 두부를 뒤적거리면서 혼마 요시히코가 말했다. 혼마는 신도의 연적이다. 도쿄 출신의 회사원으로 시노부와 맞선을 본 적이 있다.

"아, 그게 좀……."

일단 한잔하죠, 하면서 신도가 혼마의 잔에 술을 따랐다. 둘은 센니치마에에 있는 술집 카운터에 나란히 앉아 있었다.

"이거 영 기분이 찜찜한데요. 미리 말해 두는데 말이죠, 우리 제조업 회사원의 월급은 현재 최하위권입니다. 경기가 좋건 안 좋건 안정된 소득을 얻을 수 있는 당신네들 공무원 족과는 사정이 다르단 말이죠."

"경기가 좋든 나쁘든 상관없이 범죄는 끊임없이 발생하죠. 그런데 왜 월급 얘기를 하는 겁니까?"

"돈을 빌려 달라, 뭐 그런 볼일 아닙니까?"

"이런, 왜 라이벌에게 돈을 빌린단 말입니까. 혼마 씨에게 돈을 빌리느니 차라리 우루시자키 선배에게 빌리겠습니다."

"우루시자키 씨에게 돈을 빌린다는 것이 어떤 의미인지는 모르겠지만, 상당히 모욕적으로 들리는데요."

"그런 건 상관없고, 오늘은 그쪽한테 물어보고 싶은 게 있어서 이렇게 만나자고 한 겁니다."

신도는 잔을 비우고 혼마의 얼굴에 시선을 맞춘 후 등을 쭉 폈다.

"혼마 씨, 혹시 전근할 예정이 있습니까?"

"아니, 없는데요."

혼마가 열빙어를 우물거리면서 대답했다.

"대답 한번 빠르군요."

"없으니까 없다고 하는 겁니다. 아저씨! 여기 굴튀김 주세요."

"그렇군요. 없군요."

신도는 후, 숨을 내쉬는 동시에 쭉 폈던 등을 도로 구부렸다.

"아니, 내가 어디 전근이라도 가길 바랐습니까?"

"그렇게 심보 고약한 생각은 안 합니다. 물론 전근을 간다고 하면 붙잡지야 않겠지만."

그리고 신도는 연거푸 술을 마셨다. 만약 혼마가 전근을 가는데 시노부가 그를 따라가기로 했다는 말이 나오면 그 자리에서 한바탕할 생각이었다.

"아 참, 한 가지 더 물어볼 게 있는데요."

신도는 한 달 전쯤 시노부에게서 의논하고 싶은 일이 있다는 연락이 왔었다는 얘기를 했다. 그러자 혼마는 다소 불만스러운 듯한 표정을 짓더니 투덜거리는 투로 말했다.

"뭐야, 그쪽에도 그런 연락이 갔단 말입니까? 실망이네."

"그럼 그쪽에도? 그래서 의논에 응했습니까?"

"응했죠. 왜요, 신도 씨는 거절했습니까?"

"아, 그게…… 일이 바빠서요. 무슨 의논이었는데요? 그후로 몇 번이나 물어봤지만 가르쳐 주지 않더군요."

"흐음."

혼마는 젓가락을 내려놓고 신도를 곁눈으로 보며 의미심장하게 웃었다.

"그럼 나도 얘기하지 말아야겠군요."

"허……."

"시노부 선생님이 얘기하지 않는데 제가 말할 수는 없잖아요."

"아니, 그러면 안 되죠."

"이거 한 가지는 가르쳐 드리죠. 그녀는 지금 중요한 기로에 서 있어요. 그녀가 결혼 상대를 선택한다면 지금일지도 모르죠."

"그렇다면 지금이 프러포즈할 기회라는 얘기네요."

"그렇죠. 하지만 나는 안 할 겁니다. 하지 않는 편이 좋다고 생각하니까요."

"……."

그리고 혼마는 말없이 술잔을 입으로 가져갔다. 신도는 그 옆얼굴을 바라보면서 더는 아무것도 묻지 못했다.

7

졸업식이 내일로 다가왔다. 예행연습은 거의 완벽하게 마무리돼 가고 있었다. 시노부는 강당 벽에 기대어 노래를 연습 하는 아이들을 바라보면서 그들과 함께 보낸 날들을 떠올리고 있었다.

'그렇게 말을 안 들으면서도 여기까지 잘 따라와 주었어. 선생으로서의 자신감도 좀 생겼으니 내가 오히려 감사해야겠지.'

그렇게 생각하는데 '스승의 은혜' 노래가 흘렀다. 시노부의 반은 담임을 닮았는지 목소리는 유달리 큰 데 반해 음정이 불안정했다. 그들의 음악 성적은 끝내 오르지 않았다.

다나카 뎃페이와 하라다 이쿠오의 얼굴이 보였다. 그들 덕분에 여러 가지 사건에 휘말렸지만 이제는 좋은 추억거리가 됐다. 하지만 다나카와 관련된 아사쿠라 마치코 사건이 아직 해결되지 않았다. 이대로 시간만 흐르게 할 수는 없다.

아이들이 노래 연습을 하는 동안 무대에서는 내일을 위한 준비가 진행되고 있었다. 연단과 마이크의 위치를 확인하고 연단 뒤에 국기를 붙이고 있다.

그런데 국기를 붙이던 선생이 휘청 옆으로 넘어지면서 국기를 움켜쥐는 바람에 국기가 뜯기면서 함께 주르륵 아래로 떨어졌다.

아이들이 노래를 부르다 말고 웃는 통에 온 강당 안에 웃음소리가 울려 퍼졌다. 선생들이 큰 소리로 주의를 주었다. 시노부도 그러려고 했는데, 그 순간 머릿속에서 무언가가 번뜩 빛났다. 그녀는 다시 무대를 보았다. 넘어진 선생이 허둥거리며 일어나 다시 국기를 붙이려 하고 있었다.

"그렇구나. 그런 거였어⋯⋯."

시노부의 입에서 그런 소리가 흘러나왔다.

8

졸업식 당일.

시노부는 졸업식이 시작되기 1시간 반 전에 이마자토 역에 도착했다. 어젯밤 신도가 전화를 걸어 꼭 만나고 싶다고 했기 때문이다. 식이 끝난 후에는 교직원들끼리 모임이 있을 것 같아 식전에 만나기로 했다.

역에서 5분쯤 걸어 공원에 들어서니 신도가 그네를 타면서 그녀를 기다리고 있었다. 시노부가 손을 흔들자 그는 벌떡 일어나 바지에 묻은 흙을 털었다.

"뭐죠, 급한 일이라는 게?"

시노부가 묻자 신도는 넥타이를 고쳐 매며 침을 꿀꺽 삼켰다.

"그게 그러니까 말이죠."

"뭐냐고요?"

"아, 저…… 검은 옷이 아주 잘 어울리시는데요."

"알아요. 난 뭘 입어도 잘 어울리니까. 그건 그렇고, 용건이 뭐예요?"

"그렇게 다그치니까 말을 꺼내기가 어렵잖아요."

"뭘 그렇게 중얼거려요? 용건이 없으면 전 이만 학교에 갈게요."

"아닙니다. 잠깐 기다려 보세요. 좋아요, 말할게요. 지금 말한다고요."

신도는 헛기침을 흠흠 하고는 허풍스럽게 심호흡을 했다. 그리고 차려 자세를 하고 똑바로 섰다.

"부탁입니다. 결혼해 주십시오. 최고……는 보장할 수 없지만 나름의 행복은 보장하죠."

그러고는 또 부탁입니다, 하며 머리를 숙였다. 그 바람에 그의 양복 주머니에서 무언가가 팔랑팔랑 떨어졌다.

"어, 뭐가 떨어졌는데요."

시노부의 말과 동시에 바람이 휙 불어와 종이가 사방으로 흩어졌다.

"앗, 안 돼! 중요한 사진인데."

프러포즈를 하는 도중인데도 수사 자료를 잃어버리는 것은 큰일인지 신도는 허둥지둥 사진을 줍기 시작했다. 시노부도 몇 장을 주웠다.

"한 장, 두 장……, 선생님은 몇 장이죠?"

"이쪽은 두 장요."

그러면서 슬그머니 사진을 훔쳐보던 시노부가 "어?" 하고 외쳤다.

"왜 그러시는데요?"

"저, 이 사람 알아요."

시노부가 사진 속에서 발견한 남자는 미도리야마 하이츠 2층에 사는 남자, 즉 아사쿠라 모녀가 사는 집의 아래층 남자였다. 문패에 적힌 이름이 '요코다'였다고 기억한다.

"맞아요. 이 남자, 요코다라는 남자예요. 야, 이거 희한한 우연인데."

신도가 어떻게 이런 일이 있을 수 있냐는 듯 감탄하며 말하는데 시노부는 진지한 눈빛으로 그런 그를 보고 있었다.

"우연이 아닐 거예요, 신도 씨."

"네, 어째서요?"

"야오에서 시신이 발견된 것도, 미도리야마 하이츠에서 추락사고가 발생한 것도 같은 날이잖아요. 무슨 관계가 있지 않을까요?"

"하지만 같은 날이라는 것만 갖고는……."

그러면서 신도가 이마에 손을 댔다.

"그게 다가 아니에요. 내 생각이 틀림없다면 나나의 엄마를 떨어뜨린 사람은 이 요코다라는 사람일 거예요. 어제 그걸 알았는데 동기가 분명하지 않아서 말을 못했어요."

시노부가 열띤 목소리로 말했다. 그녀는 무의식중에 신도의 소맷자락을 잡아당기고 있었다.

"어, 그러면 밀실의 수수께끼가 풀렸단 말입니까?"

"풀렸어요. 하지만 그리 대단한 트릭은 아니에요. 신도 씨, 베란다에 넌 이불을 털 때 보통 어떻게 하죠? 이렇게 몸을 베란다 밖으로 쑥 내밀고 하지 않나요?"

시노부가 신도 앞에서 팔을 쭉 뻗고 상체를 앞으로 깊이 구부렸다. 옆에서 보면 기묘한 광경일 테지만 그런 걸 따지고 있을 때가 아니었다.

"그렇죠, 보통은 그렇게 하죠. 그럴 때는 뒤에서 살짝 밀기만 해도 떨어뜨릴 수 있겠네요."

"그렇게 생각하면 안 돼요."

시노부는 구부렸던 몸을 다시 폈다. 머리에 피가 몰려 볼이 달아올라 있었다. 오늘 아침에 고생고생해 가며 손질한 머리가 엉망이 되고 말았다.

"떨어뜨렸다고 생각하면 안 돼요. 아마 범인은 아사쿠라 마치코 씨가 털고 있는 이불을 밑에서 잡아당겼을 거예요. 베란다에 받침대를 놓고 그 위에 올라서면 위층 베란다에 넌 이불에 손이 닿지 않겠어요?"

"그러고 보니 요코다는 키가 꽤 컸습니다. 그래요, 밑에서 이불을 잡아당기는 방법이 있었군요."

"추락 사고가 있던 날, 요코다라는 사람은 회사에 있었다고 했는데 그게 사실인지 의심스러워요. 신도 씨, 빨리 가서 조사해 보세요."

"아니요, 그 전에 할 일이 있습니다."

신도는 주머니에서 다른 사진을 꺼냈다. 시노부가 언뜻 보니 미야모토 기요코의 사진인 듯했다.

"만약 살해당한 미야모토 기요코가 요코다의 애인이었다면 그 사람 집에 드나들었을 테니까 아사쿠라 씨가 얼굴을 봤을 가능성이 있어요. 그렇다면 요코다가 아사쿠라 씨를 살해할 동기가 생기는 셈입니다. 선생님, 우선은 아사쿠라 씨를 만나야겠습니다. 미야모토 기요코의 얼굴을 본 적이 있는지 물어보고 오겠습니다."

"저도 같이 갈까요?"

"무슨 당치 않은 말씀을. 선생님은 졸업식에 가셔야죠. 가서 마무리를 깔끔하게 하십시오."

그래서 신도는 미도리야마 하이츠를 향해, 시노부는 오지 초등학교를 향해 걷기 시작했다. 초등학교까지는 방향이 같아서 나란히 걸었다. 신도의 프러포즈는 중단된 꼴이 됐지만 둘 다 그 점에 대해서는 언급하지 않았다.

'이래저래 이 사람은 폼 잡는 일과는 인연이 없는 모양이네. 천생 감초 역이야.'

진지한 표정으로 앞을 향해 걸어가는 신도를 곁눈으로 보면서 시노부는 키득 웃었다.

마침내 두 사람은 초등학교 앞에 도착했다. 그럼 여기서, 하고 헤어지려 할 때였다.

"다케우치 선생님, 큰일 났어요."

큰 소리로 외치며 달려오는 아이가 있었다. 가까이서 보니 아사쿠라 나나였다.

"왜 그래? 그런 이상한 표정을 다 하고. 귀여운 얼굴 망가지겠다."

놀리듯 시노부가 말했다.

"큰일 났어요. 우리 엄마가 습격당하고 범인이랑 뎃페이 오빠가 어디론가 가 버렸단 말이에요."

"뭐라고?"

시노부와 신도가 동시에 외쳤다.

"제가 뎃페이 오빠랑 집에서 나오는데 바로 뒤에서 엄청나
게 큰 소리가 났어요. 그래서 돌아봤더니 검은 점퍼를 입은
남자가 아파트에서 후다닥 뛰어나오는 거예요. 무슨 일인가
하고 서서 봤더니 이번에는 뎃페이 오빠의 엄마가 나와서 강
도야, 하고 소리치면서 아사쿠라 씨네 집에 강도가 들었어,
그러시잖아요. 얼마나 놀랐는지 몰라요."

얼마나 놀랐는지 보여 주려는 듯 나나는 도토리처럼 눈을
커다랗게 떴다.

"그래, 놀란 건 알겠는데, 그래서?"

신도가 나나를 채근했다.

"뎃페이 오빠가 그 남자를 쫓아갔어요. 그 남자, 길에 세워
둔 조그만 트럭 같은 걸 타더라고요. 뎃페이 오빠는 그 짐칸
에 올라탔고요."

"뭐? 뎃페이가 그런 엉뚱한 짓을……."

시노부는 말문이 막혔다.

"뎃페이 오빠네 아줌마가 그러는데 우리가 나간 뒤에 우리
집에서 비명 소리 같은 게 들렸대요. 그래서 아줌마가 무슨 일
인가 하고 올라갔더니 남자가 불쑥 튀어나와서 아줌마를 밀치

고 도망쳤대요. 그 남자가 우리 엄마 목을 졸랐고요."

"그 남자예요, 신도 씨!"

시노부가 외쳤다.

"요코다 그 사람이 또 아사쿠라 씨를 노린 거라고요."

"그 아저씨, 어느 쪽으로 도망쳤지?"

신도가 묻자 나나는 잠시 생각하다가 "저쪽인가……?" 하고 손가락으로 가리켰다.

"남쪽이군. 그리고 검은 점퍼 외의 특징은?"

"회색 모자를 쓰고 있었어요. 아, 그리고 선글라스도요."

"트럭은 어떤 특징이 있었는지 생각나니? 뭐라도 좋아."

나나는 고개를 옆으로 기울이더니 더듬더듬 말했다.

"파란색이었고…… 짐 싣는 곳에 비닐이 쳐져 있었어요."

"비닐이 쳐져 있었다……, 좋아, 잘했다."

신도는 사방을 둘러보면서 공중전화를 찾아 뛰어갔다. 본부에 연락하려는 듯했다.

그때 하라다와 하타나카 등의 악동들이 느긋하게 나타났다. 모두들 옷을 깔끔하게 차려입었는데, 평소에 입고 다니는 흙투성이 옷만큼이나 어울리지 않았다.

"어, 선생님, 진짜 빨리 오셨네요."

"너희들, 선생님이 하는 말 잘 들어."

"왜요? 우리는 잘못한 거 없는데……."

하라다가 경계하는 눈빛으로 말하는 사이 하타나카는 이미 도망칠 준비를 하고 있었다.

"요런 맹추. 그런 게 아니라, 실은 선생님이 급한 일이 생겨서 졸업식에 참석할 수 없게 됐거든."

"왜요?"

"급한 일이 생겼다고 했잖아. 다른 선생님께 부탁할 테니까 너희들, 똑바로 잘해야 해. 노래는 잘 못 불러도 괜찮으니까 큰 소리로 부르고. 알았지?"

"치, 알았어요."

"다른 아이들에게도 그렇게 잘 전하고."

시노부가 학교로 들어가는 아이들의 모습을 지켜보고 있는데 교무 주임인 나카다가 나타났다. 시노부는 그에게 사정을 설명하고 뎃페이의 안부를 알게 될 때까지 그 집에 있겠다고 말했다. 나카다는 뎃페이가 쫓아간 남자가 미야모토 기요코를 살해한 범인일지도 모른다는 말에 몹시 놀라는 표정이었다.

"그렇게 해요. 선생님 반은 내가 맡을 테니까."

나카다 선생이 자기 가슴을 툭툭 치면서 말했다.

그때 전화를 하러 갔던 신도가 돌아왔다.

"연락하고 왔습니다. 주요 도로를 봉쇄한답니다. 이제 독 안에 든 쥐예요."

"전 다나카 군 집에 가 있을게요."

"그럼 저도 같이 가겠습니다."

"저도요."

나나도 손을 들었다.

뎃페이의 집에는 이미 동네 파출소에서 경찰이 나와 있었다. 부모는 흥분한 기색이 역력했지만 시노부가 도착하자 다소 진정된 듯이 보였다.

뎃페이의 엄마 미사코가 눈물을 훔쳤다.

"그 아이가 얼마 전부터 나나네 엄마를 떨어뜨린 범인을 꼭 잡겠다고 했어요."

"죄송해요. 저 때문에."

지팡이를 짚은 모습이 안쓰러워 보이는 아사쿠라 마치코가 그렇게 말하면서 머리를 숙이더니 갑자기 숨이 막히는 듯 컥컥거렸다. 목이 졸렸던 영향인 듯했다.

미사코가 손을 내저었다.

"아사쿠라 씨는 아무 잘못이 없어요. 신경 쓰지 마세요."

"그런데 어머니, 물어보고 싶은 게 있어요."

시노부가 마치코의 눈을 응시하며 물었다.

"베란다에서 떨어질 때 이불을 밑에서 누가 잡아당기는 느낌이 들지 않았나요?"

"그러네요, 듣고 보니……."

마치코는 눈썹을 찡그리며 고개를 기울인 채 생각에 잠겼다.

"그러고 보니 몸이 갑자기 붕 떴던 것 같아요. 그래서 버티려고 했는데 계속 끌려가는 바람에…… 그래요, 굉장히 무서웠어요."

"역시."

시노부는 신도와 얼굴을 마주 보면서 고개를 끄덕거렸다. 이번에는 신도가 미야모토 기요코의 사진을 마치코에게 보여 주었다.

"이 여자를 본 적이 있으세요?"

마치코는 사진을 한참 들여다보았지만 결국은 고개를 저었다.

"본 적이 없는데요."

"그래요……."

신도가 고개를 갸웃하며 시노부를 봤다. 역시 살인 사건과는 관계가 없는 것일까.

그런데 이때 옆에서 사진을 들여다보던 나나가 "어, 저 이 사람 알아요!" 하고 외쳤다.

"알아? 정말?"

"네. 이 사람, 택배 온 거 가지러 왔던 사람이에요. 아래층에 사람이 없어서 우리가 맡아 둔 짐을 나중에 가지러 왔어요. 분명해요."

"그거였군!"

신도가 외쳤다.

"요코다는 아사쿠라 마치코 씨가 미야모토 기요코 씨에게 짐을 건네줬을 거라고 생각한 모양이군요. 그래서 마치코 씨의 목숨을 노린 거예요. 자신과 미야모토 기요코 씨의 관계가 마치코 씨의 입을 통해 알려지는 것을 막기 위해서."

"어리석은 남자로군요. 그 남자가 죽었어야 하는데."

시노부가 그런 말을 내뱉었을 때 전화벨이 울렸다. 신도가 얼른 수화기를 들었다. 모두가 지켜보는 가운데 두세 마디 주고받던 그가 갑자기 힘차게 손가락으로 V 자를 그렸다.

요코다가 체포된 곳은 히라노 구 가미라는 곳으로, 공교롭게도 미야모토 기요코의 사체가 발견된 현장 근처였다.

짐칸으로 뛰어오른 뎃페이는 요코다가 눈치채지 못했다는 것을 알고는 꼼짝 않고 숨어서 소리 지를 기회를 엿봤다고 한다. 그리고 차가 국도 25호선으로 진입해서 신호에 걸려 멈췄을 때 가까이에 경찰이 있는 것을 보고 기회는 이때다 하고 도움을 청했다는 것이다. 깜짝 놀란 요코다는 차에서 내려 도망치려 했지만 그러기 전에 경찰에게 잡히고 말았다.

"그렇게 위험한 짓을 하면 어떡해. 다음에도 또 그러면 가만 안 둘 거야!"

일행과 함께 뎃페이를 데리러 히라노 서로 간 시노부는 뎃페이를 보자마자 그렇게 말하면서 꿀밤을 먹였다.

"아야, 아프잖아요! 하긴 이제 선생님께 혼날 일도 없을 테니 마지막 꿀밤이네요."

뎃페이는 태연한 표정이었다.

잠시 후 신도가 나타나더니 모두를 학교까지 데려다주겠다고 했다. 그래서 일행은 경찰차 두 대에 나눠 타고 학교로 가게 되었다. 시노부는 신도와 단둘이 탔다.

"요코다와 미야모토 기요코 씨는 작년부터 사귀었던 것 같아요. 결혼할 마음은 처음부터 없었나 봅니다. 그런데 그 자식이 다니는 회사에서 올여름에 우수 사원을 해외로 연수 보낼 계획이 있는데 그가 멤버 중 한 명으로 내정됐다는군요. 그래서 이참에 헤어지려고 했다는 거예요. 그런데 기요코 씨 쪽은 회사를 그만두는 한이 있어도 따라갈 생각이었나 봅니다. 해바라기 같은 성격이었나 봐요. 그래서 일이 꼬이는 게 싫었던 요코다가 자기도 모르게 죽이게 되었던 겁니다. 엘리트의 비극이죠. 자백을 하는 동안에도 그는 애초에 그런 고졸 여자에게 손을 대는 게 아니었다며 울더군요. 그거 병이에요. 제정신으로는 그럴 수 없죠."

그리고 신도는 요코다가 아사쿠라 마치코를 노린 동기와 수단에 대해서는 추리한 그대로였다고 덧붙였다.

"그런 어른은,"

시노부는 잠시 말을 끊고 한숨을 쉬었다.

"절대 되지 말았으면 좋겠네."

제자들을 두고 하는 말이었다.

"그런데 이거 참 대단한 졸업식이 됐습니다."

신도가 쓴웃음을 지으며 말했다.

"그러게요. 평생 못 잊을 거예요."

"그런데 저…… 선생님께 대답을 아직 못 들었습니다. 오늘 아침에 한 얘기 말입니다."

"아아, 그거요."

"그거요, 라니, 너무 가볍게 말씀하는 거 아닙니까? 일생일대의 청혼인데."

그러자 시노부가 아하하, 하고 웃었다.

"신도 씨를 보면 그다지 거창한 일로 느껴지지 않는데 어떻게 해요."

"거참. 아무튼 어쩔 겁니까? 예스입니까, 노입니까?"

"노예요."

그 얘기를 들은 신도가 갑자기 좌석에서 쑥 미끄러져 내렸다.

"그런 대답을 참 시원스럽게도 하시는군요."

"지금은 노라고 분명하게 말할 수 있어요. 얼마 전이었다면 망설였을 테지만."

"얼마 전요?"

시노부는 잠시 말이 없다가 천천히 입을 열었다.

"저, 올봄부터 효고 현에 있는 대학에 다닐 거예요. 파견 유학이라고 하는 건데, 교육에 대해서 좀 더 공부하고 싶어서요."

"공부를 더 한다고요? 그럼 선생은 그만두시는 겁니까?"

"아니요. 선생 월급을 그대로 받으면서 2년간 공부하는 거예요. 그 과정이 끝나면 다시 돌아와서 아이들을 가르칠 거고요."

"그런 일을 언제 결정한 겁니까?"

신도는 충격을 감추지 못하는 기색이다.

"오래전부터 생각은 하고 있었어요. 시험은 1월 10일에 봤고요. 경쟁률이 10 대 1이나 됐는데 어쩌다 합격했네요. 그런데 그 후에 결심이 서지 않았어요. 지금 새삼스럽게 공부하는 게 무슨 의미가 있는지, 그 2년을 어떻게 보내야 좋을지 생각이 복잡해서요. 그래서 여러 사람과 의논했는데……."

"아아……."

신도는 고개를 푹 숙였다. 시노부가 의논하고 싶다던 내용을 이제야 알게 된 것이다.

"혼마 씨와도 의논했어요."

"알고 있습니다."

"하지만 전…… 신도 씨의 의견이 가장 궁금했어요."

"……미안합니다."

그러고는 둘 다 입을 굳게 다물었다.

학교에 도착해 보니 졸업식이 이미 끝났는지 무척 고요했다. 시노부와 신도, 그리고 다나카 모자와 나나는 소리 없이 교정으로 발을 들여놓았다.

"끝나 버렸네."

넷페이가 주위를 둘러보면서 말했다.

그때 강당 쪽에서 뒤뚱거리며 뛰어오는 사람이 있었다. 교무 주임 나카다였다. 그가 시노부에게 다가와 숨을 헉헉거리면서 말했다.

"다케우치 선생, 아이들이 기다리고 있어요. 선생님 반만 아직 졸업장을 못 줬어. 아이들이 선생님이 오면 받겠다고 해서 말이야. 그러니까 얼른 가서 직접 줘요. 게다가 그 아이들, '스승의 은혜'도 아직 부르지 않았어. 선생님이 오면 부르겠다면서. 빨리 가 봐요."

"그 아이들이요?"

"그래요. 그 악동 녀석들, 의외로 의리가 있더라니까."

시노부는 뭔가를 참으려는 듯 아랫입술을 꼭 깨물었다.

"……맹랑한 녀석들, 똑바로 잘하라고 그렇게 일렀는데."

"선생님, 빨리 가요."

덴페이가 시노부의 팔을 잡아끌었다. 시노부는 두세 걸음 걷다가 돌아서서 신도를 보았다.

"일이 그렇게 됐어요. 그럼 다녀올게요."

신도가 고개를 끄덕였다.

"졸업식을 치를 수 있게 돼서 다행입니다."

시노부는 미소를 지어 보이고서 덴페이와 함께 악동들이 있는 곳으로 뛰었다.

간사이 사람, 그 불가사의한 매력

—미야베 미유키

벌써 10년 가까이 된 옛날 일이다. 처음 오사카에 갔을 때, 버스를 탔다가 말다툼하는 남매를 목격했다. '목격'이라니 또 그 허풍—이라고 할지 모르겠는데, 당시의 내게는 그야말로 '드디어 목격했다'는 말에 어울리는 흥미로운 광경이었다.

누나는 중학교 1학년쯤 돼 보이고 동생은 초등학교 4학년쯤으로 보였다. 당연히 그들은 오사카 사투리로 다투었다. 그리고 그것이 바로 내게는 '와우!' 할 만한 감격적인 체험이었던 것이다.

'와, 진짜 오사카 사투리다!'

시내 지도를 한 손에 쥐고 버스 뒷자리에 앉아 귀를 쫑긋

세운 아줌마 여행자 따위는 아랑곳하지 않고 남매는 빠른 말투로 티격태격 말다툼을 하다가 다음다음 정거장에서 내렸다. 버스 계단을 내려가면서 누나가 동생의 머리를 탁 때리는 경쾌한 소리가 났다. 그 광경이 더없이 매력적이어서 나도 버스에서 내려 그들을 따라가고 싶을 정도였다.

지금 그때 기억을 떠올리면서 아쉬운 점은 그 말다툼을 문장으로 자세하게 재현할 수가 없다는 것이다. 내 머릿속 언어 소프트에는 '오사카 사투리용' 옵션이 없기 때문에 전환할 수 없다.

'외국어를 배울 때 그 언어로 싸울 정도가 되면 고수가 됐다고 할 수 있다'는 말을 흔히 하는데, 부연하자면 오사카 사투리에는 외부 사람이 성큼성큼 들어갈 수 없는 하나의 세계가 있다. 실제로 아무리 흉내를 내려 해도 그럴 수 없다. 말은 흉내 낼 수 있어도 그 뉘앙스는 절대 표현할 수 없는 것이다.

그런데 가질 수 없으니 더 갖고 싶은 것인가. 나는 범접할 수 없는 언어인 오사카 사투리를 무척 좋아한다. 남에게는 도저히 보여 줄 수 없을 정도로 형편없는 작품이라 꼭꼭 숨겨놓고 있지만 오사카 사투리를 쓰는 형사가 등장하는 작품을 쓴 적이 있을 정도다.

왜 그렇게 좋아하는가? 이유는 간단하다. 하루키 에쓰미 씨의 만화 〈말괄량이 치에〉의 열광적인 팬이기 때문이다. 신간이 나오면 즉시 달려가 책을 사서는 일을 내팽개치고 읽는다.

그런 내게 버스에서 말다툼하는 남매는 치에가 사는 세계가 고스란히 눈앞에 출현한 것이나 다름없었다. 당장이라도 "데쓰!" 하는 고함 소리와 함께 시장통에서 신발이 날아올 듯한 느낌이 들어 정말 즐거웠다.

'어, 이거 엉뚱한 책의 해설을 쓴 거 아니야?' 하고 의아해하는 독자 여러분, 걱정 마세요. 이 해설자, 알고서 이렇게 서두를 쓴 것입니다.

즉, 내가 하고 싶은 말은 이런 것이다.

이 책 『오사카 소년 탐정단』의 주인공 시노부 선생님은 어른이 된 치에의 모습이라고. 그렇게 생각하지 않나요? 달리기를 잘하고 말이 빠르고 행동거지도 빠릿빠릿하다. 정말 닮았다고 생각한다.

그래서 나는 이 시노부 선생님 시리즈를 무척 좋아한다. 작가 히가시노 게이고의 작품 중에서도 단연 좋아한다. 물론 이 외에도 역작과 걸작이 많으므로 그렇게 말하면 작가는 쓰러질지도 모르겠지만 좋은 것은 어쩔 수 없다.

에너지가 넘치는 오사카라는 도시는 사회의 다양한 분야에서 활약하는 특이하고 강력한 재능 있는 사람들을 낳았다. 미스터리계만 해도 이 책의 작가인 히가시노 게이고 씨를 비롯해서, 오사카를 무대로 활약하는 형사 구로마메 콤비를 낳은 구로카와 히로유키 씨, 이색적인 강도물 『황금을 안고 날아라』로 강렬한 데뷔를 장식한 다카무라 가오루 씨, 『움직이는 부동산』으로 요코미조 세이시상을 수상한 아네코지 유 씨, 다이쇼 시대의 그윽한 낭만을 그린 수작 『플루트의 밤』을 쓴 미즈키 미네코 씨 등, 모두 독자적인 개성을 지닌 실력파이다.

일종의 '독립국'이라 할 수 있는 오사카는 정체를 알 수 없고 허상뿐인 도쿄와는 달리 늘 살아 움직이고 활동하기 때문에 생명력이 넘치는 작가를 배출할 수 있는 것이다.

도쿄 토착민인 나는 그것이 굉장히 부럽다. 다만 여기서 한 가지 말해 두어야 할 것은, 내가 말하는 '토착민'이란 결단코 내가 '에도 토박이'라는 의미가 아니며, '도쿄 사람'이라는 것도 '도쿄는 역시 국제도시니까' 어쩌고 할 때의 멋진 이미지가 아니라는 것이다.

그것은 말하자면 태어나고 자란 고장이 도쿄이고, 거기에 살면서, 세상에 널리 알려진 '멋진 도쿄, 스마트한 도쿄'를 쫓아갈 수 없어 뒤처져 있는 '도쿄 사람'을 말한다.

그렇다. 도시화가 진행되면서 소박한 '토착민'들이 알았던 도쿄는 개개인의 생활공간의 크기에 이르기까지 산산이 부서지고 말았다. 원래 있었던 도쿄는 지금 존재하는 환상의 도쿄, 외면뿐인 도쿄에 밀려나고 말았다.

그런데 오사카는 다르다. 오사카는 도시로 진화하면서도 고집스럽게 '오사카'로 존재하고 있다. 이것이 바로 도쿄가 벽지에 불과했을 때부터 문화 도시였던 오사카의 강점일 것이다. 도시의 기개가 차원이 다르다. 그런 도시와 피와 살을 나눈 작가가 개성이 풍부하고 골격이 탄탄한 소설을 쓰지 않을 리 없다. 그리고 이 소설을 쓴 히가시노 게이고 씨도 그런 작가의 한 사람이다.

해설을 먼저 읽을 독자를 위해, 재미가 발군인 이 작품의 속살을 건드리지 않는 범위 안에서 내용을 잠시 소개하기로 하자.

첫 번째 이야기 '시노부 선생님의 추리'에서는 시노부 선생님이 처음으로 등장한다. 하라다와 뎃페이 등의 악동, 빵 대십 머리의 나카다 교무 주임, 시노부 선생님의 꽁무니를 쫓아다니게 되는 다소 미덥지 못한 신도 형사, 그의 선배이며 머리가 잘 돌아가는 변태 형사 우루시자키까지 여기서 총출동한다.

스토리의 내용은 실제로 있을 법한 범죄 이야기로, 수수께끼의 열쇠가 다코야키라는 것도 실로 흥미롭다.

그다음 '시노부 선생님과 집 없는 아이'에는 뎃페이도 당한 달리기의 명수인 날치기 소년이 등장한다. 그는 발이 빠른 시노부 선생님도 따돌린다. 선생님과 신도 형사가 이번에는 오코노미야키를 먹으면서 추리를 전개한다. 그러나 결국 변태 형사가 사건을 해결하게 되고 시노부 선생님은 역시 형사는 대단한 사람이라며 감탄한다.

세 번째 이야기 '시노부 선생님의 맞선'에서는 신도 형사의 연적이 되는 혼마 요시히코가 등장한다. 그리고 하라다와 뎃페이가 스파이가 되어 신도 형사에게 정보를 제공하고 맛있는 것을 얻어먹는 협력 관계가 형성된다. 사건 해결의 열쇠가 되는 '비 온 뒤에 땅이 굳어진다'는 대사는 해설자도 지인의 결혼식에서 써먹은 적이 있는 속담이라(독자 여러분도 한두 번은 그런 기억이 있을 것이다) 히죽 웃음이 나왔다.

'시노부 선생님의 크리스마스'에는 놀랍게도 UFO가 등장한다. 그 정체를 알아내기 위해 동분서주하는 6학년 5반 아이들이 바로 오사카 소년 탐정단, 이 책 제목의 유래이다. 오른손잡이인데 오른 손목을 긋고 죽은 여자의 기묘한 시신과 크리스마스 케이크에서 나온 흉기, 과연 그 진상은? 그런 이야기이다. 방에 있는 액자로부터 전개되는 추리, 시노부 선생님의 여성스러움, 작가의 꼼꼼한 시선 등을 엿볼 수 있다.

마지막을 장식하는 '시노부 선생님의 은혜'는 6학년 5반의 졸업식을 앞두고 발생한 기이한 사건. 뎃페이가 사는 미도리야마 하이츠에서 생긴, 언뜻 사고로밖에 보이지 않는 주부의 베란다 추락 사건과 우루시자키와 신도 형사를 진땀 나게 하는 젊은 여자 살해 사건이 어떻게 연결되는가, 수수하고 별로 눈에 띄지 않으며 사람에게 원한을 살 만한 타입도 아닌 얌전한 여자가 왜 살해되었는가를 추적하는 이야기로, 마음만 먹으면 장편이 될 수도 있는 테마다. 베란다 추락 사고의 트릭도 일품이다. 일종의 밀실물이라고 할 수 있겠는데, 실제로 있을 법한 사건으로, 실제로 시도했을 경우의 성공률도 꽤 높을 듯하다.

다만, 독자 여러분 중에 혹여 '어디 나도 한번 해 볼까' 하고 생각하는 분이 있다면 모쪼록 주의를 바란다. 달려온 경찰이 이 작품을 읽은 경우라면 금방 들통 날 테니까. 또 다른 작가의 작품 중에도 효과적으로 응용된 예가 있으므로 그쪽을 읽었어도 트릭은 금방 밝혀질 것이다. 추리 소설이란 원래 그런 것이다. 그러니 흉내는 내지 않는 편이 좋습니다.

이 책에는 이상의 다섯 편이 실려 있는데, 반갑게도 이 '시노부 선생님 시리즈'는 작가의 간판 작품의 하나가 되어 현재도 『소설 현대』에 단편 연작으로 게재되고 있다.

네? 못 기다리겠다고요? 거참, 조급하게 구시는군요. 조금만 참아 주시지요.